劍尋千山
第一部
下卷
劍意尋情
墨書白 著

《劍尋千山》宗門勢力圖

北境

天劍宗爲北境第一大宗門。

定離海

玉成宗原屬合歡宮，但因合歡宮式微，玉成宗轉投鳴鸞宮。宗門流變請參照內文。

西境

碧血魔主

清樂宮　鳴鸞宮　合歡宮

道宗　陰陽宗　藥宗　劍宗　傀儡宗　巫蠱宗　玉成宗　天機宗　百獸宗

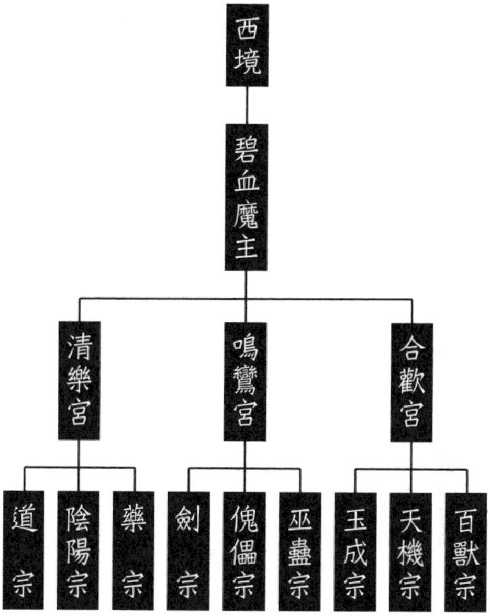

目錄

CONTENTS

第十六章　神女山

「妳對他有些太好了。」

明明是自己母親退婚，還要來合歡宮給她擺臉。

為了自己一己之私，在她婚宴給天劍宗弟子下毒。

樁樁件件，沒有絲毫為她考量之處。

然而哪怕如此，她卻還要護著他。

謝長寂看著她，等一個理由，花向晚不著痕跡看了懷中人一眼，又抬眸看向火堆。

火焰劈里啪啦，花向晚語氣溫和：「他打小就喜歡跟著我。」

謝長寂聽到這話，冷淡地看了溫少清一眼。

花向晚語氣裡帶著回憶：「小時候，合歡宮還是西境最強盛宗門，他和秦雲衣、秦雲裳兩姐妹都送來求學，那時候他還是個小胖子，又懶又饞，來合歡宮受訓艱辛，他總是躲著哭。我看他可憐，有時候就會半夜給他偷點包子加餐。」

「可惜他天賦一般，三宮少主裡，他是最不起眼的，大家總是偷偷說他不行，說久了，他脾氣越來越大，但在我面前卻是一直收斂著。後來長大，等到十八歲我離開西境，走之前他來送我，他突然問我，說他母親已經開始考慮婚事，想讓他問問我，能不能和我成親。我那時沒這個心思，自然是一口回絕。他又和我說，他母親說了，以我的身分位子，西境除了他，沒有合適的人。」

「然後呢？」謝長寂見她停住便問。

花向晚笑了笑，目光中帶著幾分冷：「我當時怎麼可能被這種理由說服？以我的天賦，以合歡宮的位子，我想要誰，還需要看身分？我不需要聯姻，所以我拒絕了他，去了雲萊。可是我沒想到的是，有一天，合歡宮會傾覆，我會一無所有，而這個時候，我倒在血泊裡，唯一來的，只有他。」

聽著這話，謝長寂說不出話。他靜靜地看著她，感覺喉間梗了什麼。

這段過往他聽過許多次，但每聽一次，他都覺得疼。

比他這兩百年受過的每一次傷，曆過的每一次劫，都覺得疼。

「後來等我醒過來，鳴鸞宮要求把合歡宮降為九宗，」花向晚淡淡地說著過去，「西境每個宗門，每降一級，能拿到的資源數量就會大減。合歡宮本就重創，當時若是降為九宗，要再恢復就更難了。魔主不同意，但所有人都想逼他，只有少清，在大殿上力排眾議，說要娶我，清樂宮與合歡宮聯姻，保證合歡宮一百年內，恢復匹配三宮的實力。為此他差點被清樂宮奪了少主的位子，好在他母親最後還是放他回來。」

「這兩百年，他雖然有時有些任性，但大多時候都在關照我。此番退婚，也是他不在，他為我去找修復金丹的靈嬰子，誰知此時魔主出了事，他母親趁機退婚，我本來堅持等他試試，但後來，秦雲衣來找我，她說我拖累了他。」

花向晚說著，懷中溫少清身上一僵，她好似沒有察覺，繼續說著。

「我已經拖累他兩百年了，不想再連累他。所以去天劍宗求親，沒想到會把你帶回來。」花向晚抬眼看向謝長寂，面上帶著幾分歉意，「他回來見我成婚，一時失了理智，這也難免，你別同他一般見識，我們既然成親了，我便會一心一意待你。只是說……」

花向晚看向懷中人，嘴上說著最溫情的話語，眼中卻沒有半點溫度：「他畢竟是我生命裡最特別那個人，還望你允許，讓我心裡放著他。」

「啪」一聲木炭炸開的輕響，謝長寂平靜地看著面前有些陌生的女子。

花向晚似是知道他不會同意，嘆了口，輕輕拉開溫少清的手，將他放在一旁，給他蓋上了被子。

她轉頭看旁邊一直站著的謝長寂：「你先睡吧。」

謝長寂在兩人身上巡視一圈，冷靜道：「妳身體不好，妳睡床，我替他守。」

花向晚見謝長寂堅持，回頭看了溫少清一眼，見溫少清此刻似乎還沒醒，便站起身來，頗為客氣道了句：「麻煩你了。」

說著，她到床上，背對著兩人躺下，藉著被子遮掩，取了一方手帕，面無表情把溫少清握過的手裡裡外外擦了個乾淨。

謝長寂看著地上的溫少清，過了片刻，垂眸坐到溫少清身側。

他摩挲著手邊劍鞘，漠然地看著火堆，火焰在他眼睛裡跳躍，忽高忽低，明明滅滅。

而溫少清背對著謝長寂和花向晚，悄無聲息捏起拳頭。

三人各懷心思睡了一夜，溫少清傷重，等到第二日清醒時，他便看花向晚和謝長寂都已經穿戴好。

謝長寂正在收拾東西，花向晚坐在火邊，將一方手帕放在火堆裡，看著手帕被火舌捲縮。

溫少清疑惑地看了花向晚的動作一眼，坐起身來：「阿晚，妳這是做什麼？」

「哦，」花向晚抬頭笑笑，「手帕髒了，我把它燒了。」

說著，她神色頗為溫和，很是關心：「你傷勢如何？」

「好上許多了。」溫少清點頭。

花向晚遲疑片刻，想了想，只道：「你……是來找血令的？」

其實這話無需多問，都是魔主試煉的參與者，兩人一起出現在這裡，必然是為了同一個目標。

溫少清沉默下來，花向晚想了想，只道：「你是為了秦雲衣吧？」

秦雲衣和他同為魔主試煉之人，兩人定親，必然是他們內部已經做好了決定，他過來，自然是為了秦雲衣。

聽到這話，溫少清急急出聲：「不是，阿晚，我是為了……」

他一說，便立刻意識到謝長寂在旁邊，他聲音僵住，沒有繼續說下去。

謝長寂收拾好東西，轉頭看向花向晚，平靜道：「走吧。」

花向晚點點頭，也沒多說，站起身，有些遺憾：「少清，你我既然立場不同，那就不同行了。」

說著，花向晚便朝著謝長寂走去，溫少清臉色一白，急道：「阿晚，我同妳一起！」

「蹭」一聲長劍出鞘的銳響，只覺冷風而至，謝長寂已到他身前。

長劍指著溫少清脖頸，他冰冷出聲：「滾。」

「謝長寂！」花向晚上前，趕忙拉住謝長寂，她轉頭看了溫少清一眼，急道：「我救你已經是越界，再繼續糾纏……」

她沒有說下去，意思卻很明顯。

「走吧。」花向晚拉下謝長寂的劍，她似是怕他動手，握著他的手，拉著他往外走。

看著兩人並行的背影，溫少清暗暗咬牙。

她不肯回頭。

說著他是她最重要的人，可如今成了婚，她就和他澈底撇清，連同行都算越界了嗎？

想到昨夜，他已失態，他克制住情緒，在他們身後揚聲開口：「我有尋龍盤！」

兩人腳步一頓，花向晚背對著他，忍不住揚起笑容。

她演了一夜，終於等來這句話了。

謝長寂看著她的表情，覺得有些陌生，又終於隱約明白她的打算。

他回過頭，冷眼看向溫少清：「你什麼意思？」

「神女山乃清樂地界最大的山脈，你們沒有方向，繼續找下去沒有結果。帶上我，我帶你們去找魔主血令。」

謝長寂審視著溫少清，溫少清見他不為所動，不由得有些著急，看著花向晚的背影，語氣中帶著幾分懇求，「阿晚，沒有妳我活不下去的！妳要看著我死嗎？」

巫禮叛變，他又受傷，如今神女山不知道還潛伏著多少試煉者，如果離開他們，他無法保證自己的安全。

聽到這話，花向晚思量片刻，她仰頭看著謝長寂：「夫君，你覺得呢？」

謝長寂聽著她的稱呼，動作一僵。

他看著花向晚眼神中的暗示，垂下眼眸，點了點頭。

「少清，」花向晚高興回頭，似乎在克制激動，「你與我們一起走吧。」

溫少清聞言便有了喜色，花向晚看了外面一眼：「那你現下知道要怎麼走嗎？」

溫少清沒說話，算了算時辰，隨後道：「再等一刻鐘，我便可以用尋龍盤確認方向。」

「為何要等一刻鐘？」花向晚好奇。

溫少清笑了笑：「阿晚有所不知，尋龍盤每日只能在辰巳交界時使用一次，每次根據所在的位置，顯示一次方向。」

花向晚明瞭，點了點頭，乾脆坐了回來，思索著追問：「那你們就是靠著尋龍盤來到雲盛鎮？」

「時間緊急，來不及靠尋龍盤每日指路，」溫少清搖了搖頭，「林綠畢竟是清樂宮中人，我們對她的身世極為瞭解，所以直接來雲盛鎮。」

溫少清說起這個，一時有些尷尬，遲疑片刻，開口道歉：「阿晚，對不起……我當初安排她進合歡宮，沒想對妳做什麼。我只是……只是太想知道妳所有消息……」

「你不用多做解釋，」花向晚又看了坐在旁邊的謝長寂一眼，面上有些躲閃，「都過去了。」

這句「都過去了」說得溫少清心頭發緊，謝長寂見兩人你來我往說著舊事，平靜出聲：「來了雲盛鎮後，你去了林家？」

花向晚一聽，立刻轉頭看著溫少清，滿眼詢問。

溫少清見花向晚目光挪回來，心裡稍稍舒服些，他感覺花向晚眼裡都是自己，忍不住想讓她多停留一會兒，點頭道：「是，我領著冥惑和巫禮等人一起去了林家。林家滅門案當時驚動了道宗，道宗立刻過去作法，隨即封府，就等著凶手再回去。但凶手一直沒再出現，我去的時候，林家還保持著二十年前的樣子，府裡我查看過，沒什麼奇怪，只有一件事——」

「何事？」花向晚出聲追問，溫少清猶豫片刻，他看了花向晚清澈信任的眼神一眼，從乾坤袋中取出一幅畫。

「阿晚，」溫少清笑著招手，「妳坐過來看。」

花向晚沒有多想，起身坐到溫少清身旁，看溫少清打開了畫卷。

這幅畫溫少清已經看過許多遍，他對畫不甚感興趣，反而瞟了對面端坐著的謝長寂一眼。

謝長寂神色淡淡，看不出喜怒，察覺溫少清的目光，他抬眼看過去，就見兩人挨得很近，溫少清笑了笑，終於將目光挪到畫上，同花向晚詳細解釋：「這幅畫，是林家當年家主與他夫人成親時的畫像。」

花向晚沒出聲。

這幅畫上是兩個人，男子面容英俊，笑容溫和，他懷裡抱著一個女子，女子穿著嫁衣，攬著他的脖子，一雙腿被衣裙遮著，如同魚尾一般垂落地面，看上去比尋常女子高上許多。

畫面中，兩人透露出超乎普通夫妻的恩愛，但詭異的是，畫中女子，沒有臉。

「不只這一幅畫。」溫少清看著花向晚認真的神情，繼續告知：「他府裡所有畫，都沒有這位夫人的臉，而我詢問了當年查辦此案的官員，他告訴我，當年二十多具屍體中，有一具屍體沒有被剖心，那就是這位夫人。而且，這位夫人被發現時，靜靜躺在床上，官兵衝進去，一開門，她就化作飛灰，消失了。」

「灰？」花向晚扭頭，「道宗的人怎麼說？」

「道宗的人到的太晚，」溫少清搖頭，「沒查出什麼來。但我懷疑，當年他們看到的那一具所謂『夫人的屍體』，並不是這位夫人，而是巫蠱宗的紙片人，或者是傀儡宗的傀儡。」

花向晚也贊成這個意見，她思忖著：「而畫上人的面容都沒有留下，或許是因為，這位夫人還用著這張臉，她不想讓人看見這張臉。」

「她還活著。」謝長寂總結，花向晚點頭，思索著方才溫少清給出的所有資訊。

溫少清算了算時辰，見時間差不多，收起畫，從乾坤袋中取出尋龍盤。

尋龍盤是一個龍形羅盤，花向晚看見羅盤，露出好奇之色，忍不住抬眼看溫少清：「少清，我可以摸摸嗎？」

「當然可以。」溫少清見花向晚對尋龍盤感興趣，主動遞過去，「小心，別傷著自己。」

尋龍盤雕刻得極為精緻，有許多尖銳之處，花向晚頗為癡迷地看著尋龍盤，緩緩拂過尋龍盤每一寸細節。

她撫摸得太過認真，龍身上有一片逆鱗都未曾注意，逆鱗鋒利劃過指腹，血水瞬間流出，滴落在在尋龍盤上。

花向晚動作一頓，溫少清急急握住她的手指，忙道：「怎麼這麼不小心？」

「對不起，」花向晚趕緊道歉，「我沒注意……」

「到時辰了。」

謝長寂提醒，溫少清這才反應過來，現下最重要的就是問路，錯過這個時辰又要等一天。

他放開花向晚的手，也來不及擦羅盤上的血，忙從乾坤袋中取出一滴被靈力包裹的血液，滴入尋龍盤中，隨即口中誦念有詞，閉上眼睛。

謝長寂走到花向晚身邊，握住她的手，靈力灌入她身體之中，花向晚催動靈力癒合傷口，轉頭看向旁邊施法的溫少清。

謝長寂不說話，他低著頭，用手拂過她方才被溫少清握過的地方，認認真真，彷彿是在擦拭什麼髒東西。

等了一會兒，藍光在羅盤上亮起，成了一根光針，指向一個方向。

這是上山的方向，溫少清判斷了一下，確認：「應當是山頂。」

「好，」花向晚點頭，「那我們出發。」

說著，花向晚便率先提步走了出去。

謝長寂和溫少清站在山洞裡，兩人心有所感，轉頭相望。

溫少清笑了笑：「謝道君不遠千里而來，不知打算何時回去？」

「我與她成親了。」謝長寂平靜開口，「她需要謝長寂一日，我便在一日。」

「那謝道君離開西境之日怕是不遠了。」溫少清走到謝長寂身側，壓低了聲：「不要以為乘人之危，你就可以長久。她現下心中最重要那個人，是我。」

謝長寂聞言，漠然抬眼。

花向晚站在山洞門口，見兩人不出來，揚聲開口：「還不走嗎？」

「來了，」溫少清笑起來，「阿晚，等等我。」

說著，溫少清跑著去追花向晚。謝長寂回頭，默不作聲看了火堆中燒焦的方帕一眼。

三人確定了方向，便向山上行去。

還和昨日一樣，謝長寂拉著花向晚，擋在她前面，旁邊溫少清自己抱著琴，他與謝長寂這種常年待在冰雪之地煉體的劍修不同，雖說有靈力支撐沒有瑟瑟發抖，但也不太好受。

他本想叫喚兩聲，但回頭看了謝長寂一眼，看見對方神色平淡，似乎不受任何影響，咬咬牙又直起身子，不想輸他半點。

三人走了大半日，眼看著到了黃昏，花向晚又聽見歌聲隱約傳來。

這次她警戒起來，頓住步子，扭頭看向周遭：「聽。」

「歌聲。」

溫少清也抬頭，這次歌聲不太一樣，溫少清仔細辨別片刻，地面突然顫動起來。

謝長寂握著花向晚的手，轉頭掃了周遭一圈，平靜地從乾坤袋中取了一把劍。

這劍是昨夜花向晚從乾坤袋中翻出來的，他便收了起來，此刻倒派上用場。

「馭獸。」地面震動越來越大，溫少清瞬間回頭，激動道：「今夜它的聲音是用來馭獸的！」

話音剛落，就聽一聲狼嚎，隨即一頭巨狼猛地撲過來，謝長寂抬手一劍斬開旁邊巨狼，花向晚抬手一甩，將小白扔了出來，小白瞬間變大一口咬住旁邊一頭狼的脖子把牠甩開！

「走！」溫少清拔出琴中劍砍開一頭狼，轉身大喚：「太多了，殺不完的，走！」

花向晚應聲，謝長寂和小白一左一右護著她，往山上衝。

溫少清緊跟在她身後，花向晚回頭看了他一眼，他立刻出聲：「別管我，跑！」

三人一虎悶著頭往上衝，周邊野獸如潮，彷彿整個神女山脈的野獸都被召集過來。

花向晚被謝長寂和小白護得嚴嚴實實，連出手的機會都沒有，謝長寂神色平淡，拽著她一路往上，一直殺到深夜，三人面前出現一座高崖，高崖上隱約有一道威壓在上方，與各大宗門測試弟子的登仙梯極為相似，這種地方，通常越往上，威壓越甚。

但三人沒其他出路，謝長寂砍殺著追上來的猛獸，吩咐花向晚：「妳先上。」

花向晚毫不猶豫，收起小白，轉頭同溫少清一起往上爬去。

謝長寂見他們爬出一段距離，這才轉頭往上，跟了上去。

他的動作比兩個法修敏捷得多，很快追上花向晚，但他沒有往前，而是跟在花向晚身後，隨時斬殺著追上來的野獸。

只是三人越往上，越感覺有種無形的壓力壓下來，下方野獸似也察覺，追了一段距離，便停了下來。

爬到中段，花向晚便開始覺得吃力，溫少清臉色發白，謝長寂也有些不適。

這種地方，修為越高，承壓越大，任何人來都沒有例外。

三人好似拖著千鈞，艱難的一點一點往上移動。

謝長寂和溫少清還好，有靈力運轉，至少還不太冷。

而花向晚沒有靈力，身上很快就結了冰。

但她也沒說話，低低喘著粗氣，謝長寂轉頭看她，又抬頭看了看上方距離，等花向晚爬過中段，他便伸出一隻手去，覆在她手背上。

花向晚兩隻手都抓著峭石，謝長寂如果用力，一塊石頭承載兩人重量，便十分危險，所以他只是貼在她手背上，可這樣一來，他就只有一隻手能抓住懸崖。

靈力暖暖流過，瞬間融化了她身上的冰雪，花向晚木木地察覺身體變化，轉頭看去，便發現謝長寂把五根手指都摳入了崖壁。

身體暖和起來，威壓似乎也小了許多，應當是謝長寂幫她分擔了一部分。

可這樣一來，作為懲罰，謝長寂往往需要加倍承擔壓力，或許他爬不到崖頂，就會力竭。

「放手。」花向晚喘息出聲。

謝長寂卻只提醒她：「往上。」

兩人僵持著，過了片刻，謝長寂抬眼，再次重複：「往上爬。」

她拗不過他，過去就是。

花向晚咬咬牙，只能加快速度，盡力更快一些。

三人爬了半夜，等到最後，每一寸都挪得十分艱難。

花向晚還好，謝長寂卻明顯已近力竭，面上帶著些許蒼白。

等爬到最後，花向晚喘息著：「我先上去。」

謝長寂點點頭，知道自己這時只是拖累，他放開手，花向晚提了一口氣，咬牙往上一翻，便躍上崖頂平臺。

然而就是這一刹，一隻巨鷹突然捲起狂風而過，朝著崖壁狠狠一啄！

崖壁瞬間碎裂，謝長寂和溫少清同時失去依仗，墜落而下。

雪山震動，如同龍行地面，滾滾白雪從上方傾覆而來。

兩人同時朝花向晚伸手，溫少清驚呼出聲：「阿晚！」

花向晚毫不遲疑，上前一撲，猛地抓住溫少清的手。

謝長寂瞬間睜大眼睛，一時竟什麼都忘了，直直墜落而下。

他看見雪山崩塌，大雪鋪天蓋地而來，花向晚似乎想往前衝，溫少清一把抓住她。

「他是渡劫期，妳慌什麼！」溫少清激動出聲，拖著花向晚往後方山洞奔去：「雪崩了，快走！」

兩人消失在視線裡。

謝長寂愣愣地看著。

周邊風聲呼嘯，他沒有力氣，一瞬之間，他感覺自己和百年前的晚晚重合。

身下獸群宛如當年的邪魔，他們貪婪地看著神明墜落。

他整個人動彈不得，眼前畫面反覆切換，高臺上那個轉身離開的人，好像當年的自己。

原來這麼疼啊……

他狠狠砸入地面那一瞬，大雪轟然而下，淹沒一切，他被埋葬在黑暗裡，無比清晰地意識到。

原來，無論什麼理由，無論多少藉口。

被放棄的那個人，這麼疼啊。

他的晚晚當年，應當比他，疼好多吧。

「別跑了！」地動山搖間，溫少清拉著花向晚急急忙忙向前方甬道內衝去，大雪在他們身後轟隆而下。

將將站穩，花向晚便一把甩開他，喘息著出聲：「你先走吧，我……」

「阿晚！」溫少清沒等她說完，一把握住她的雙肩，他看著她，神色激動：「妳通過考驗了！妳選了我！妳選了我！」

「對對對，」花向晚趕緊安撫他，「你是最重要的，你先冷靜一點，我去看看他。」

「不，阿晚，妳先聽我說。」溫少清稍稍冷靜，他看著她，神色是按捺不住的激動：「我有個計畫，需要妳幫我，我得趁他不在告訴妳。」

聽到這話，花向晚動作一頓，她抬眼看去，似是疑惑：「計畫？」

「沒錯。」溫少清點頭，他看著花向晚的眼睛，再次確認，「阿晚，我是妳心裡最重要的人，對嗎？」

「那是自然的，」花向晚苦笑起來，「只是我已經嫁人……」

「別說這些，」溫少清抬起手，放在她唇上，眼中滿是溫柔，「阿晚，我不介意這些。我知道，妳是被秦雲衣和我母親逼的，可我們走到這一步，不都是因為我們太弱嗎？」

花向晚沒有打斷他，安靜地等著他繼續：「之前是我不對，我們什麼都沒有，我逼著妳離開他，這是不可能的。所以我想好了，我要成為魔主。」

溫少清看著花向晚，滿臉認真：「等我成為魔主，我就娶妳，妳是王后，從此合歡清樂聯手，共治西境。」

「少清，」花向晚將他的手拉下來，擔憂地開口，「不要這麼逼自己，好好活著比什麼都重要。秦雲衣是渡劫期……」

「謝長寂也是！」

溫少清一開口，花向晚便隱約知道了他的意思，但她有些不敢確定，皺起眉頭：「你的意思是？」

「阿晚，其實巫禮和冥惑是我故意甩開的，」溫少清快速說著，「巫禮是秦雲衣的人，冥惑雖然是陰陽宗宗主，但他當年受過秦雲衣大恩，早就暗中投靠了秦雲衣，只是我母親早與鳴鸞宮一條心，所以才容下他。他們兩都是秦雲衣派來監視我的，就怕我私吞血令。我入山就找到拿到血令的辦法了，可是我不想讓他們知道是我拿到血令。昨日我們便已經到了這山洞之中，這山洞中有一隻鮫人，和我們打了起來，她不是我們的對手，她跑了，我就讓冥惑先去追人，然後故意和巫禮發生衝突，跑了出來。冥惑如今應該還在山洞，我們很快便會遇見他。」

「這山洞什麼情況？」花向晚看了黑沉沉的甬道一眼。

溫少清笑了笑：「妳知道神女山一直是由神女守護嗎？」

「這我知道，」花向晚點頭，「裡面是神女？」

「不錯，」溫少清應聲，「但神女似乎被鮫人關了起來，我猜血令應該就在神女手中。不過這不是關鍵，關鍵在於，這山洞中，有一個上古大陣。」

「什麼大陣？」花向晚皺眉。

溫少清解釋：「這本是上古大能留下用來保護雪山的法陣，但被那鮫人改了。這個大陣被改成煉化法陣，法陣中心會將法陣中所有力量吸取乾淨，所以山下之人，一夜白髮，皆為此陣所故。只要妳能按照我的吩咐，給謝長寂餵下此藥，」溫少清說著，將一顆藥丸遞給花向晚，吩咐，「然後將謝長寂送到我指定的位置，我再在陣眼之處開啟法陣，就能將他的修為吸食乾淨。到時，我拿了魔主血令，又有謝長寂修為傍身，妳我還怕秦雲衣嗎？」

「可是，」花向晚遲疑著，「天劍宗為謝長寂點了魂燈，他死之前的畫面都會如實送到天劍宗那邊，天劍宗不會善罷甘休的。」

「給他們一個凶手就好了。」溫少清立刻給出辦法：「這雪山之下是溺水，我吸食他修為之後會偽裝成冥惑讓他發現，我會給他機會逃跑，但會廢掉他四肢，他醒來必然會去找妳，我們在路上設下陷阱，讓他自己爬進溺水之中。」

溺水乃蝕骨銷肉劇毒之水，落入溺水之中，屍骨無存，到時天劍宗連屍體都沒有，很難判斷他真正的死因。

而他死之前的畫面是溺水中掙扎的畫面，也很難分辨。

他死之前會看見冥惑，如果運氣好，或許他還會傳音給花向晚，這樣一來，加上花向晚的指認，就可以徹底嫁禍給冥惑。

花向晚聽著溫少清的計畫，簡直想給他鼓掌。

這麼坑謝長寂，他可真大膽啊。

但她克制住自己為他發獎勵的衝動，繼續詢問：「可謝長寂沒有殺冥惑的動機。」

「妳指認，」溫少清一笑，「不就有了嗎？阿晚，」他聲音低沉，上前一步，花向晚忍不住後退，聽他驚嘆，「妳不知道妳有多美。」

聽到這話，花向晚微微側臉，似是害羞。

她有些忍不下去了，只能道：「我先去看謝長寂，得先獲得他信任。」

「好。」溫少清點頭。

花向晚往回走去，走了兩步，又回過頭，只道：「你別跟過來，別刺激他了。」

「知道。」溫少清顯得異常乖順，溫柔地看著花向晚：「妳去吧，我等妳。」

花向晚應聲，趕緊往外走去。

一開始還控制著腳步，等轉過彎，溫少清看不到時，她便在甬道中一路狂奔起來。

大雪埋了洞口，她不敢用靈力，只能靠自己的手刨出一條路來。

等從雪裡爬出來時，她的手都刨出了血，凍得發紅，但她顧不上疼痛，轉頭看著茫茫白雪，大呼出聲：「謝長寂？謝長寂？」

按理說，不過是從山崖掉下去，不過是遇到雪崩被埋，對於一個渡劫期的劍修來說，這不該是大事。

可是她清楚記得，當年她從懸崖上一躍而下時，看著謝長寂停在原地那一刻的疼痛。

那不是邪魔撕碎分身所給予的痛楚，而是清楚意識到自己被放棄那一刹的絕望。

其實她也不清楚自己為什麼匆匆出來，但或許是只有經歷過的人才心懷慈悲——哪怕是給予一個早已放下的人的慈悲。

她用神識一路探過去，終於找到了謝長寂的位置，趕緊衝過去，開始刨雪。

謝長寂靜靜躺在雪裡。

起初他感覺雪一層一層堆積，等了許久，才安靜下來。

然後他像是被埋在墓地裡，周邊一切聲音消失，他靜默地看著堆積在眼前的冰雪，等待著靈力修復身體所有不適，努力體會著這一刻所有的情緒。

他一生情緒太過匱乏，愛或恨，驚或喜，都比許多人慢上許多。

他無數次想過，為什麼當年她要假死，為什麼兩百年她都不曾回來。

在雪地深埋著的這一刻，他終於微弱地感受到，她落入異界時，那萬不足一的痛苦。

當年他有理由，無數的理由，他知道她的性子，她應當是理解他的。

就如今日，他也知道，她或許是心有盤算，要讓溫少清對她充分信任，而他修為高深，這點事對他並沒有太大影響，救溫少清比救他合適許多。

可真的被放棄的那一刻，他還是感知到心上銳利的苦痛。

這種痛苦讓他湧現出懷疑和疲憊。

他突然覺得，就這麼埋在雪裡，就這麼安然睡去，或許當初就該在死生之界上，道心破碎，壽命盡交，就沒那麼難過了。

他睫毛微顫，努力克制著這些情緒和想法，準備冷靜之後，便自己從雪中爬出來去找她。

然而沒等多久，他就聽見雪地上傳來腳步聲。

過了一會兒，就有人開始刨雪，叫他的名字：「謝長寂？謝長寂你沒事吧？」

他愣了愣，茫然間，就聽上方傳來刨雪之聲。

然後眼前白雪被人驟然刨開，光亮驟然而下，女子喘著粗氣擔憂的面容出現在他上方。

他呆呆地看著面前的人，方才那種死寂瞬間消失，眼前盡是光芒。

花向晚見他好好的，舒了口氣。

她看著他呆愣的樣子，不由得笑起來：「好好的在這裡躺著做什麼？起來吧，雪崩停了。」

謝長寂不動，他感受著心臟跳動的情緒，他突然很想問。

為什麼回來？

他可以自己出來，可以自己去找她，可以不用她回頭。

可他不敢問，因為他清楚知道，這不會是他要的答案。

但這種隱約的可能，便讓他好似重新活了過來。

花向晚看他的眼神，有些詫異：「你受傷了？」

按理不該啊，他這麼強。

謝長寂沒說話，他的目光落在花向晚眉間落著的冰雪，以及帶著血的手上。

「謝長寂？」花向晚張開手，在他面前晃了晃。

謝長寂不說話，他伸出手，握住她帶著血的手。

花向晚愣住，隨後就感覺這個人將自己一把拉倒在地。

雪在兩人之間快速融化，蒸發，花向晚靠在他胸口，好似聽到他的心跳聲。

感覺到這個人的鮮活和靈動，謝長寂閉上眼睛：「花向晚。」

「啊？」

「如果，當年我告訴妳，我一會兒就來——」

如果在她躍下那刹，他告訴她，會同她赴死。

「妳是不是，就會在黃泉路上等我？」

當年是死局，他不能用眾人的性命去求一份感情，而她也不會為了自己一己之私害所有人。

等待是唯一的歸宿，但她沒有等他。

無論是黃泉還是西境，她都沒有等。

花向晚愣愣地聽著他的話與心跳聲。

有那麼一瞬間，她對他的提議有了一份嚮往，然而很快，她就知道自己沒有這種資格。

她笑起來：「說什麼胡話？如果你當初敢同我說這句話，死生之界你便守不住，那我不是白白獻祭一個分身？你知道我修出一個分身要耗費多少心血嗎？」

說著，她知道他無礙，推著他起身，好似什麼都沒聽明白一般催促：「別賴著了，趕緊起來，別耽擱我的正事兒。」

謝長寂不說話，他心上落了光，便不覺得難受了。

他將靈力流轉到她身上，她手上傷口迅速復原。

她拉著人站起來，回頭尋找來處，領著謝長寂往裡走。

兩人一進屋，就看見溫少清在裡面等他們。

看見兩人拉著的手，溫少清臉色一沉，但似又想到什麼，勉強笑起來：「謝道君可還好？」

謝長寂察覺溫少清情緒變化，沒有多說，只點了點頭。

溫少清看了花向晚一眼，輕咳出聲：「那……我們走吧？」

「好。」花向晚點頭。

謝長寂打量兩人一眼，沒有多話。

溫少清明顯已經來過這裡，走得極快，兩人跟著他，見他不斷掐算著，然後選擇方向。

這裡彷彿地宮，通道四通八達，溫少清領著兩人走了許久，突然聽到一聲驚呼：「少主！」

三人一起回頭，便見一個黑衣青年站在不遠處。

這青年生得極為硬朗，但周身瀰漫著一股邪氣。謝長寂不著痕跡上前，將花向晚擋在身後些許。

「冥惑？」溫少清看見來人，隨後揚起笑容：「冥惑你來了？」

青年從暗處走上前，他身上帶著血氣，冷聲開口：「少主，你去哪裡了？」

「你不在，巫禮反了！」溫少清恨恨出聲，轉頭看了花向晚和謝長寂一眼：「還好遇見花少主和謝道君，不然我現下已經被巫禮殺了！」

冥惑不說話，花向晚隱約覺得他似乎有一瞬間笑了笑。

「那隻鮫人呢？」溫少清看了周遭一眼：「你找到她殺了嗎？」

「沒有。」冥惑平靜開口，「找不到。」

聽得到這話，溫少清嫌棄地看了冥惑一眼，倒也沒有多說，只道：「那我們去找神女吧。」

「花少主怎麼在這兒?」冥惑看向溫少清,明顯不同意帶上花向晚。

花向晚見狀,立刻出聲:「少清……要不我還是……」

「她救了我,」溫少清冷聲,「我帶上她,等一會兒就分道揚鑣,不可嗎?」

「您與秦少主已經訂婚,」冥惑冷著聲,「當避嫌。」

「我與她訂婚又不是她的狗!」溫少清怒斥,「你陰陽宗到底是聽我母親的,還是秦雲衣的?」

「宮主的意思,」冥惑一板一眼,「聽秦少主的。」

「冥惑!」溫少清提高了聲,帶著幾分警告:「我才是少主。」

兩人僵持著,花向晚饒有趣味地看著雙方,等了一會兒後,冥惑看了謝長寂一眼,終於妥協,退了一步:「少主有分寸就好。」

「阿晚,」溫少清回頭看了花向晚一眼,「走。」

說著,溫少清便抱著琴,領頭往前。

剩下三人跟上,走了大半夜,終於又到了尋龍盤的使用時間,溫少清用尋龍盤再做一次占卜,然而尋龍盤的方向,卻是指著牆面。

溫少清皺眉不解,花向晚想了想:「要不,直接劈開吧?」

溫少清一愣:「劈開?」

花向晚見冥惑也不解，知道法修很難理解這種暴力行為，她指了一下牆面：「順著這個方向一路劈過去，或許就找到了呢？」

說著，她轉頭看向旁邊的謝長寂：「你覺得呢？」

「可。」謝長寂點頭，無需溫少清同意，就徑直拔劍，抬手一劈。

牆體出現裂紋，溫少清笑起來：「沒有靈力，這麼一劈……」

話音剛落，十幾道牆一道一道碎裂開來，直接劈出一條新路，路的盡頭，是一扇巨大的石門。

溫少清愣愣地看著石門，就聽謝長寂提醒：「劍修，不一定需要靈力。」

劍意才是他們的根本。

只是修出真正「劍意」的劍修，太少了。

「走吧。」謝長寂收劍，拉著花向晚朝著石門走去。

溫少清和冥惑對視一眼，趕緊跟上。

走到石門前，謝長寂抬手放在石門上，試探片刻後，轉頭看向花向晚：「無妨。」

說著，便抬起手，推開石門。

入眼是一個冰雪締造的密室，中間有一道光柱，光柱中囚禁著一個綠衣女子，女子手上被鐵鐐鎖著，傷痕累累，腳下是一個法陣，似乎專門用來封印她的靈力。

她生得很白，在光芒中彷彿冰雪雕琢，帶著透亮。

聽見聲音，她緩慢抬頭，打量了來人一圈，微微皺眉：「你們是誰？」

「敢問姑娘可是神女山神女姜蓉？」溫少清面上帶笑，神情溫和。

女子聽到名字，遲疑片刻，見四人並無惡意，便點了點頭：「我是，閣下是？」

「我等尋找魔主血令而來，聽聞神女有難，特來看看。」溫少清見對方承認了身分，頗為恭敬，「不知神女可知魔主血令在何處？」

「魔主血令？」聽到這個詞，姜蓉笑起來，語氣中帶著幾分嘲諷：「這麼重要的東西，豈是你說拿就拿？」

「神女需要我們做什麼？」知道姜蓉在討價還價，溫少清頗有風度。

姜蓉聽到這話，冷眼看了自己手上鐵鍊一眼：「我現在是什麼情況你看不見？還問我要做什麼？你瞎了？」

溫少清笑容僵住，花向晚有些想笑，但又不敢讓溫少清發現，扭過頭去，讓自己笑得不要太明顯。

好在溫少清心態調整很快，他故作沒有聽見嘲諷，只道：「看來神女是想讓我們救您出來，那如何解開這個法陣呢？」

姜蓉不說話，她看了花向晚一眼，只道：「這位姑娘，妳過來一下。」

花向晚聽她的話，便知有異。

她笑著上前，謝長寂跟著她一起到了姜蓉面前，姜蓉指了指自己腳下法陣，解釋：「這個陣法是一個子陣，沒辦法單獨停止它。若沒人壓在上面，它會立刻爆炸，整個密室裡誰都跑不了。」

「那母陣呢？」花向晚順著她的話詢問。

姜蓉撐著下巴：「在一個只有我知道的位置，我需要你們找人坐在這裡。但我提前說好，我帶人過去停止母陣，若對方在母陣做錯任何一步，子陣就會立刻爆炸。所以姑娘，妳來選一個人，」姜蓉抬手，在謝長寂和溫少清之間劃了一圈，「選一個人在子陣坐下，我帶另一個人去母陣。」

花向晚聞言，抬手指向冥惑：「我選他可以嗎？」

「他陰氣太重，」姜蓉搖頭，「太輕，陣法不把他當人。」

話說到這份上，實際就是讓花向晚選出一個可以送死的人。

溫少清眉頭微皺，謝長寂轉眸看向花向晚。

花向晚思索著，便明白了姜蓉的意圖。

救她是假，挑撥是真。無論她選誰，都會離間另一方。

從進神女山以來，似乎一直有種無形之力在挑撥著進山之人的關係，如果之前鮫人的聲音、懸崖上突然的雪崩都是巧合，那此刻的姜蓉，便算刻意中的刻意了。

只是魔主血令在姜蓉手中，而現下也探不清她的目的和虛實，不好輕舉妄動，花向晚只能陪著她演戲，「那我選我自己。」

說著，她轉頭看了謝長寂一眼：「去吧。」

謝長寂沒說話，花向晚轉頭，頗為疑惑：「謝長寂？」

謝長寂盯著她，徑直開口：「讓溫少清進子陣。」

「都一樣……」

「妳怕我故意害死他？」謝長寂反問這一句，讓花向晚愣了。

兩人靜默相對，她的遲疑讓謝長寂忍不住捏緊了手中劍。

他心裡莫名有一種殺意翻騰，但知這不該允許。

問心劍修天道，不為私情出劍，他一生恪守此道，未曾逾越。

可他此刻腦海中總是浮現在異界時那些邪魔的血飛濺到手中時給予他的平靜。

殺了就好了。

溫少清死了，他這些煩躁、苦惱、不安，便統統不在了。

他不敢表露這種感覺，只安靜和花向晚僵持。

花向晚想了想，便笑起來：「我只是覺得你必然不會讓我出事，是吧，夫君？」

最後「夫君」二字說得意味深長，謝長寂動作一頓，便明白此事她有她的打算。

他抿緊唇，最後還是點了頭。

「你們這是商量好了？」姜蓉笑起來，轉頭看了手鐐一眼：「幫我把手鐐取了。」

花向晚看了謝長寂一眼，謝長寂便上前將鐵鍊一劍劈開。

姜蓉揉了揉手腕，站起身來，囑咐花向晚：「妳坐在這裡等就是了。」

「好。」花向晚笑咪咪應聲。

姜蓉走出法陣，來到旁邊水池，回頭看謝長寂：「你同我走吧。」

說完，就看姜蓉朝著水中一躍而下，謝長寂看了旁邊溫少清一眼，遲疑片刻，終於還是叮囑：「護好她。」

說著，他便跟著姜蓉跳進水中。

房間內只剩下花向晚、溫少清、冥惑三人。

花向晚撐著下巴打量兩人，想了一圈兩人之間微妙的關係，不由得有些好笑。

冥惑這人當年只是陰陽宗一個庶子，跟著陰陽宗當時的少主來到合歡宮。

那時合歡宮作為西境最強盛的宗門，許多宗門少主都前來求學，合歡宮也來者不拒，溫少清、秦雲衣、秦雲裳等人都是當年來求學時認識的，而這冥惑，也在合歡宮待了許多年。

她記得那時他過得不好，這位庶子和下人沒有太大區別，但她某天深夜，趴在屋頂上喝酒看月亮時，卻看見冥惑和秦雲衣練劍。

秦雲衣一次一次把他挑翻，他一次又一次爬起來，她本來想出聲勸阻，最後卻看秦雲衣突然停手。

「你天賦很好，日後可以為我試劍。」秦雲衣聲音很淡：「只是，學了我的東西，日後，你的命就是我的了。」

後來她不太清楚他們之間的關係，但冥惑之後一路爬到陰陽宗宗主之位，她想與秦雲衣不無關係。

多年來冥惑一直對外宣稱，他曾為秦雲衣所救，僅是恩情，可想到那個深夜所見，花向晚便覺得，這個理由，著實有些單薄了。

當年冥惑看秦雲衣的眼神，是天上明月，高不可攀。

可現下白月光秦雲衣卻成了溫少清的妻子，而溫少清還有個她這樣不清不楚的舊情人……

花向晚想著，轉頭看了溫少清一眼，就在這時，花向晚聽到「喀嚓」一聲，腳下法陣開始動作，應當是謝長寂在施法。

花向晚趕緊抓緊機會，抬眼看向溫少清，眼中露出幾分惶恐：「少清。」

「妳別怕。」溫少清一看花向晚求助，也顧不得冥惑在不在，立刻起身上前，忍不住握住花向晚的手，忙道：「我在這裡，不會出事的。」

冥惑在他們身後觀察著他們，悄無聲息捏緊了拳。

沒等片刻，花向晚腳下陣法彷彿齒輪一般，一扣一扣逆著散開。

就是這剎那，旁邊突然傳來一聲尖銳的叫聲，那聲音形成巨大聲波，震得花向晚瞬間捂住耳朵。

而後一隻巨大的鮫人從水面一躍而出，朝著花向晚一爪撕咬過去。

花向晚不敢離開法陣，對方一爪抓來，她抬手一把握住對方的手腕，這時她才看清對方的模樣。

她應該是一隻女鮫，戴著面具，凶神惡煞地盯著她。

她的鱗片劃過花向晚的手，毒素瞬間浸入花向晚身體，花向晚手上一麻，溫少清抬手一琴砸向鮫人腦袋，對方動作更快，一巴掌掀飛古琴，再次躍入水中。

「冥惑！」溫少清抓著花向晚的手，朝著冥惑急吼：「抓人啊！」

「抓不到。」冥惑冷靜開口：「這兩天我一直在抓，入水很危險。」

溫少清聞言，急急轉頭，就看花向晚手上毒素一路蔓延，她捏著自己的手，眼前有些發昏。

這時子陣已經徹底解開，溫少清趕緊給她餵藥，迷糊間，花向晚聽見「嘩啦」水聲。

她抬眼看去，就見謝長寂從水中出來，看見她的一瞬，謝長寂愣了愣，跟在他身後的姜蓉也呆住。

謝長寂衝上前，一把推開溫少清，將花向晚扶在懷中，花向晚抬眼看他，平靜道：「鮫人的毒，於我無礙，不必太過緊張。你將我懷中一顆綠色珠子取出來給我，含在口中，睡一覺就好了。」

聽到這話，謝長寂冷靜快速地取出綠珠放在花向晚口中。花向晚含住珠子，頓覺一股清涼之意遍及全身。

她知道沒什麼大礙，靠在謝長寂肩頭，沉沉閉上眼睛。

這時溫少清反應過來，急急上前：「她……」

話沒說完，他便看謝長寂冷眼看了過來，他目光如劍，帶著冰冷的殺意，殺意一瞬間覆蓋他周身，讓他動彈不得。

「廢物。」謝長寂冷漠地開口，抱起花向晚，轉頭看向姜蓉：「她要休息。」

姜蓉這時才回神，慌忙點頭：「好，我帶你們去宅子。」

說著，姜蓉扭頭看旁邊的冥惑和溫少清：「你們跟我走？」

冥惑點點頭，跟上姜蓉。

溫少清站在原地。

那聲「廢物」在他腦海中反反覆覆出現，和他年少時無數次聽見的聲音一樣。

——「你這個廢物，花向晚同你一樣的年紀，現在已經築基了，我怎麼生你這麼個廢物？」

——「又胖又懶，天資還差，要不是投胎好，就他，能當少主？」

——「你敢和我比？」秦雲衣冷漠地看他，「廢物。」

——「廢物、廢物、廢物……」

辱罵的聲音縈繞在心頭，他緊緊捏起拳頭，呼吸漸重。

姜蓉領著人走了老遠，沒聽見溫少清的聲音，她停步回頭，讓眾人往前。

美目斜眤，看見溫少清努力克制情緒的模樣，姜蓉悄無聲息揚起笑容。

人心醜惡，互爭廝殺。
真好看啊。

第十七章 溫少清

「這位小公子，」姜蓉見溫少清情緒緩過來，笑著開口，「走了？」

溫少清聞言，收起眼神，轉頭朝著前方走去，只道：「知道了。」

說著，一行人跟著姜蓉往前，姜蓉掌著燈走在甬道裡，同眾人道：「我先帶你們去我居住之處休息。」

「血令呢？」溫少清追問。

姜蓉答得漫不經心：「被鮫人拿走了。」

聽到這話，眾人一愣，冥惑皺起眉頭：「為何不早說？」

「早說你們救我嗎？」姜蓉回頭一笑：「我可不傻。」

冥惑不言，姜蓉領著路：「不過我也不算騙你們，還是告訴你們線索不是？你們叫什麼名字，我還不知道呢。」

說著，姜蓉看了冥惑一眼：「你叫冥惑是不是？那你呢？」

姜蓉看向溫少清，溫少清心中不悅，壓抑著不耐：「溫少清。」

姜蓉看向謝長寂，謝長寂聲音很淡：「謝長寂，內子花向晚。」

「哦，」姜蓉拖長聲音，「你們是夫妻啊，我還以為這位姑娘和溫公子是夫妻呢。」

「那隻鮫人是怎麼回事？」冥惑不想讓姜蓉說太多，冷漠地開口。

姜蓉沒有答話，一行人走出甬道，前方豁然開朗，出現一棟小樓，小樓後方是一片密林，姜蓉看見小樓高興起來，指著小樓道：「看，到了，這就是我家。」

「那隻鮫人是誰？為什麼會出現在這裡？血令為什麼在他手中？山下雲盛鎮百姓一夜白頭、神女山被封，到底是怎麼回事？」冥惑沒有給姜蓉繞話的機會，直直拋出問題。

姜蓉笑咪咪轉頭，只道：「這位道友，你問題這麼多，我該回答哪一個？」

「林夫人。」謝長寂突然開口，姜蓉一愣，就聽他提醒：「內子需要休息，帶路。」

姜蓉得話，驚疑不定地看著謝長寂，遲疑著出聲：「你……」

謝長寂抬眼，只道：「帶路。」

姜蓉聞言，面上笑容消失，抿了抿唇，轉頭往前。

她安靜地領著眾人去了客房，指了房間道：「你們自己分吧，我要去睡了。」

謝長寂二話沒說，上前直接走進最裡一間房，便關上大門。

冥惑和溫少清對視一眼，溫少清出聲：「私下去問。」

得話，冥惑便知道了溫少清的意思。

現在追問姜蓉，不管追問出什麼，都是在和謝長寂共用消息，倒不如私下搞清線索。

冥惑點了點頭，推門進了房間。

謝長寂抱著花向晚，一進屋中，剛將她放到床上，花向晚突然睜開眼睛，抬手按住他的腦袋，讓他維持著彎腰靠在她身前的姿勢，撐著自己，主動湊上前。

她將唇覆在謝長寂耳邊，輕聲道：「你現在去問姜蓉情況，不要驚動任何人。」

謝長寂不說話，抬眼看她。

他知道，她是想支開他。

花向晚當他不放心自己傷勢，趕緊解釋：「我沒什麼事，鮫人的毒對我沒有影響，休息一下就好。冥惑、溫少清等一會兒肯定要單獨去找姜蓉，你得在他們之前。」

謝長寂盯著她的眼睛，他有許多想問，可不是她主動說，他問了，似乎並不能緩解心中那種焦躁。

花向晚見他不動身，想了想，決定自己出去：「算了，你不去我去。」

「我去。」謝長寂抬手拉住她，壓著情緒將她按到床上：「躺在床上，好好養傷，我會用留影珠記下來。」

「你辦事我放心。」花向晚見他應下來，立刻躺回床上，把被子扯到自己身上蓋好，露出乖巧的表情：「我一定好好躺著，等你回來。」

謝長寂點點頭，熄了屋中的燈，轉身走了出去。

謝長寂一走，花向晚立刻掀開被子出門，抬手貼了一張符紙在冥惑門口，隨後來到溫少清房門前，輕輕推開溫少清的房門。

一聽開門聲，溫少清立刻抬眼，但他尚未出聲，就看花向晚急奔上前，一把捂住了溫少清的嘴。

「少清，是我。」花向晚開口，這聲音立刻傳到隔壁冥惑房中，正在打坐的冥惑瞬間睜開眼睛。

溫少清聞言，趕緊拉下花向晚的手，從乾坤袋中取出一個防止窺聽的法器後，才轉頭看向花向晚，帶著些疑惑：「妳怎麼來了？」

「謝長寂去找姜蓉問話了，我趁機溜過來，」花向晚解釋著，詢問，「你打算何時動手？」

聽到這話，溫少清遲疑，花向晚立刻道：「要不就明晚？少清，」花向晚露出幾分不安，「拿著這個藥我好害怕。」

「別怕，」溫少清趕忙安慰她，「妳若擔心，那就明晚。我今夜搞清楚陣眼位置，明晚告訴妳，妳給他下毒之後，將他放到指定位置，就回到我身邊來，我自會處理。」

「可若他醒了……」

「這畢竟是上古大陣。」溫少清給花向晚定心，「別說他一個渡劫期，就算是神界的人下來，也逃不出去。」

「那冥惑……」花向晚遲疑著：「要是被冥惑發現了……」

「那就一併殺了！」溫少清說得果斷。

隔壁冥惑聽著，冷冷地看了過來。

「他本來就是秦雲衣的走狗，若他發現了，我便將他的修為一併取了。阿晚妳別害怕，」溫少清滿眼溫柔，「此事萬無一失，妳聽我的就好。」

花向晚猶豫，片刻後，她點了點頭，只道：「好，不過，少清。」

她抬眼，認真地看著溫少清：「你得答應我，等日後你成為魔主，我成為魔后，你不能放過秦雲衣。」

聽到這話，溫少清一愣，花向晚說著，帶著幾分不安：「如今我只是個廢人，她是鳴鸞宮少主，又是渡劫期，對你一片癡心，我怕你變心……」

「這怎麼可能？」溫少清聞言，明瞭花向晚是吃醋，他笑起來，「秦雲衣算什麼東西，怎麼能和妳比？阿晚，只要能讓妳高興，我把她扒皮抽筋都可以。妳不必擔心，我絕不會對她有任何遐想。她這些年如何折辱於我，」溫少清冷下聲來，「我可都記得。」

聽到這話，花向晚不著痕跡地看了隔壁一眼。

正在靜坐的冥惑克制著情緒，死死捏著拳頭。

「那就好。」花向晚微笑，又逼著溫少清說了秦雲衣許多壞話。

等她看溫少清罵不出什麼新鮮詞兒後，才露出放心的神色，轉頭看了看外面，低聲道：「謝長寂要回來了，我先走。」

「嗯。」溫少清點頭：「小心安全。」

花向晚也沒多說，她推門走出房間，一把扯了冥惑門口的符咒，轉頭朝自己房間走去，然後匆匆忙忙躺到床上，原模原樣蓋上被子，閉眼裝睡。

等了大半夜，謝長寂終於折了回來。

他動作很輕，花向晚根本沒有察覺，只迷迷糊糊感覺有影子落在自己上方，她下意識夾著刀片抬手橫掃而去，被人一把抓住手腕。

對方的手有些冰涼，帶著熟悉的氣息，花向晚這才回神，抬眼看上去，就見謝長寂一身白衣站在床頭，靜靜地看著她。

花向晚舒了口氣，放鬆道：「你回來了？」

謝長寂不言，他垂眸看著她夾著刀片的手指。

她一直自稱是個法修，可她抬手這一擊，哪怕拿的是刀片，卻是許多劍修都沒有的速度。如果不是長年累月的練習，絕不可能有這樣的速度。

他靜默地看著她的手指，聞著她身上其他人的味道。

花向晚被他看得有些尷尬，趕緊道：「問出什麼了？留影珠呢？」

謝長寂沒有立刻回聲，他握著她的手，帶著繭子的手，撫過她的手背，感受著她一寸一寸被縫合的筋脈，低聲開口：「二十多年前，她還不是神女，那時候她遇到一個男人，名叫林洛。」

聽他的話，花向晚便知是他問回來的消息，刻意忽略他手的動作，聽他繼續：「她救了他，與他相愛，成親，然而成親當日，一隻鮫人上門，說林洛辜負了她，於是在林家大開殺戒。她在山下沒有神力，不敵鮫人，只能逃脫離開，回到雪山。可這鮫人卻對她緊追不放，到了雪山之後，她四處隱藏，一直想要殺她，如此，兩方僵持二十年。」

說著，謝長寂抽走她手中刀片，將留影珠拿出來，交到她手中。

「直到十日前，魔主血令突然落入神女山，鮫人搶到血令，利用血令的力量，將她囚禁，然後改變了雪山法陣，開始瘋狂汲取山下人的靈力。」

「問出這麼多？」花向晚聞言，有些好奇：「你怎麼問的？」

「她左手有一顆痣。」謝長寂提醒。

花向晚疑惑：「如何？」

「畫像上被剪掉的林夫人，在同樣的位置也有。我確認了她的身分，逼出來的。」

花向晚一聽，不由得睜大眼，溫少清只給她看了一眼，還故意沒給謝長寂看，謝長寂頂多從旁邊瞟了一下，竟然看得這麼細？

她震驚地看著謝長寂，忍不住出聲：「你是什麼怪物？」

謝長寂不言，他低著頭，好久後，慢慢開口：「我自幼少言，一直到五歲，都不曾出聲。旁人說我是傻子，唯有師叔和師尊，說我是修問心劍的好苗子。」

「你們問心劍喜歡……」啞巴二字差點脫口而出，花向晚又覺冒犯，只能輕咳了一聲，換了個詞，「喜歡內斂的孩子？」

「我不說話，是因不知說什麼。」謝長寂描述著少年，「我不知喜，不知怒，不知哭，不知憐。我不知有什麼好說，而師父似乎很清楚我這種困頓，他便告訴我，去看。」

「觀人世，知愛恨，懂其進退，悟其因果。」

「我明白了，」花向晚點頭，算是懂他繞這麼久是要表達什麼，心中暗暗感嘆，果然語言表達需要訓練，看謝長寂，說半天說不清楚一個事兒，還需她來總結，「你這個觀察能力，是常年鍛煉的結果。」

「故而，」謝長寂沒有認可她的總結結果，抬手緩慢撫過她的眉眼，「我欲知我欲，求我心，悟我道，求我所得。」說著，他的指尖一路滑下，滑過她的鼻梁、薄唇、下巴、咽喉……最終指尖停在她心口之處。

他的聲音停住。

指下心臟跳動如此明顯，花向晚有些緊張，她咽了咽口水，扭頭看向旁邊，輕咳了一聲：「那個，你說這些我聽不懂……」

雲萊的門派和西境算命的那個天機宗一樣，不說人話。

以前謝長寂不說話，她覺得他們不溝通。

現在他說話了，她終於明白，他們大概無法溝通。

她只能安撫他，試探著握住他的手，將他的手從胸口挪過去，小心翼翼詢問：「要不別說了，先睡覺？」

謝長寂聞言，垂眸看著她握著他的手。

她聽不明白。

她或許永遠不會明白，如她所說。

或者他真的是個怪物。

花向晚見他不作答，趕緊放開他的手，轉身背對著他拉上被子，閉上眼睛：「我先睡了。」

謝長寂站立不動，過了許久，他如同以往一般，解衣上床，將花向晚撈進懷中。

這個人在懷裡的瞬間，他才覺得自己彷彿重新活了過來。

花向晚被他抱著，覺得莫名疲憊，竟失去意識一般睡了過去。

他聽著她平穩的呼吸聲，腦海中總是浮現著溫少清和她。

溫少清喜歡她，她想害溫少清，他們曾經訂婚，溫少清救她、陪她、護她……兩百年。

他們的愛恨這麼複雜詭異，讓他看不清，摸不透，而她什麼都不說。

明明她在他懷裡，可他卻更像一個外人。

他只有三年。

相比起這些複雜的愛恨，他那三年簡單得像是一個虛構的夢境，讓他自己都開始懷疑真實性。

更何況花向晚？

在雲萊尚不覺得，到了西境，看了這麼多形形色色的人，他越發不安。

為什麼會有溫少清呢？

他握住她的手，將她整個人包裹在自己懷中，擁抱已經無法讓他安寧，他顫抖著，閉眼親吻上她的髮絲。

她的髮絲上帶著溫少清的龍涎香，這讓他忍不住捏緊了她的手腕。

他抬手抱住她的肩頭，讓她全身都在他懷中，親吻青絲一路往下。

他要讓他的味道從每一寸浸染過去，讓她不要有任何其他人的痕跡。

這種渴望侵占了他所有內心。

這是他的人欲——遺憾、歡喜、獨占、淫邪、愛恨、痛憫……

人世間萬般諸欲，皆化於她一身。

花向晚。

他之諸欲。

他之神佛。

花向晚在謝長寂懷中沉睡一夜，等第二天醒來時，發現謝長寂已經起身，正坐在屋中，認認真真給小白梳毛。

花向晚打著哈欠坐起來，發現自己身上衣衫鬆鬆垮垮，周身都是謝長寂獨有的寒松冷香，應當是自己睡相不佳，說不定在謝長寂懷裡蹭了一整夜。

她有些心虛地抬頭看了謝長寂一眼，對方一身白衣，頭戴玉冠，小白在他膝頭曬著太陽，被他用梳子順著毛，看上去異常閒適。他生得很白，在陽光下宛若冰玉雕琢，不染半分凡俗。

聽到她起身，他緩緩抬眼，只道：「溫少清和冥惑一早就出去了，沒通知我們。」

「沒事，」花向晚從床榻上走下來，到謝長寂身邊，蹲下身來，戳了戳小白的腦袋，小白不滿地睜眼，花向晚伸手揉著牠的臉，「他應該是用尋龍盤去找血令了。」

「冥惑不想讓妳拿到血令。」謝長寂提醒。

花向晚一笑：「當然，冥惑恨不得溫少清和我立刻分道揚鑣。」

「妳對溫少清很有信心。」謝長寂肯定地開口，花向晚動作一頓，謝長寂垂眸看著她：「為何？」

「我們給小白洗個澡吧？」花向晚仰頭看他，笑著提議，小白一聽頓時毛髮豎起，下意識往旁邊一撲，花向晚手快，一把撈住牠，站起身來：「走走走，滾了這麼久，我給你洗澡。」

說著，花向晚便走了出去。

謝長寂靜默看著她，好久，才站起來，跟著她走出去。

兩人走出房中，就看姜蓉在院子裡餵雞，看見兩人走出來，姜蓉笑咪咪道：「要去找血令得趕早，和你們一起來那兩個，看上去勢在必得。」

「不妨事。」花向晚抱著小白坐在長廊上，觀察著姜蓉餵雞。

她個頭很高，腿部尤為修長，花向晚看了周邊一眼，院子裡有一個小潭，潭水在風中帶著些許腥氣，水面浮著藍色蓮花。

花向晚撐頭看著，笑了笑：「這池子用的是海水？」

「是啊，」姜蓉隨意答話，「上一任神女從定離海引來的。」

「還種了海上花？」聽到這話，姜蓉回頭，眼中帶著幾分意外：「妳竟然認得海上花？」

「鮫人一族的族花，常年生於海底，在海底時是艷麗的紅色，若養在海面，就會變成藍色。據說鮫人死後，會將記憶存放於海上花。」

姜蓉靜靜聽著，片刻後，她低頭笑了笑：「如此瞭解鮫人之人，世上可不多。」

畢竟鮫人居於深海，很少和地面上的人打交道。

花向晚正要再說點什麼，突然有人塞了一碗麵條過來，花向晚一愣，回頭看著謝長寂，就見對方神色嚴肅，提醒她：「妳需得吃東西。」

她不比他們，若不進食，雖然不會死，但身體既沒有靈氣又沒有食物，便會和凡人一樣失去養分，出現諸多不適。

只是沒想到謝長寂會端出一碗麵條，花向晚有些呆，旁邊的姜蓉笑出聲來，只道：「被關了許久，我這裡就剩點靈麥做的麵條，道君手藝不錯，給我做一碗？」

謝長寂不說話，靜靜地看著花向晚，花向晚反應過來，接過麵條，說了聲謝謝，便開始吃著麵條和姜蓉聊天。

謝長寂從花向晚膝頭抱走小白，坐在一邊，安靜觀察兩人。

三人一虎在院子裡休息了半日，等到下午，天氣轉冷，謝長寂看了看天，提醒花向晚：「先回屋吧。」

「我在這裡等一會兒，」花向晚答得漫不經心，「溫少清還沒回來呢。」

謝長寂動作一頓，片刻後，他也沒多說，只是坐下來，握住花向晚的手，將靈力送了過去。

等到黃昏，溫少清和冥惑終於風塵僕僕趕回來，一見溫少清，花向晚趕緊起身，激動上前：「少清，你終於回來了，你沒事吧？」

她急急伸手抓住溫少清的袖子，滿眼關懷：「可有受傷？」

「不用擔心。」溫少清克制住笑意，看了謝長寂一眼，拉開花向晚的手，只道：「我先回屋休息，明日再說。」

在他拉開她的一瞬間，花向晚感覺他在她手心快速寫下「後院」二字，她也立刻塞了一張傳音符，交到溫少清手中。

兩人在片刻間交換訊息，隨後分開。

溫少清和冥惑一起進屋，路過謝長寂時，龍涎香從謝長寂鼻尖飄過，謝長寂默不作聲地看了溫少清一眼，走到花向晚面前。

他抬手握住花向晚的手，將她的手拉起來，用白絹輕輕擦拭，只道：「先回房嗎？」

「我有些餓了。」花向晚轉頭看他：「要不你去抓隻山雞？」

謝長寂慢條斯理擦乾淨她的手，他面上看不出情緒，只應聲：「嗯。」

他收起白絹，從乾坤袋中拿出一件狐裘，披在花向晚身上，輕聲道：「夜裡冷，莫要著涼。」

他說完，便轉身往密林走去，花向晚確認謝長寂走遠，轉頭又看向二樓客房。

冥惑和溫少清都已經進了自己房間，她想了想，也回到房中，她拿出一張符紙，寫下「後院詳敘」四個字，四個字很快隱匿在符紙中，花向晚將這看上去乾乾淨淨的符紙剪成一張小人，抬手一抹，便朝外扔了出去。

小紙人立刻站了起來，順著窗戶爬到屋簷上，朝著溫少清房間悄無聲息奔去。

然而紙人才爬到一半，便有人突然開窗，一把夾住紙人。

冥惑將小紙人放到手心，抬手一抹，就看見「後院詳敘」四個字。

他沉吟片刻，轉頭看了隔壁一眼，想了想，又將紙人放回屋簷。

小紙人連滾帶爬，衝向溫少清房間，然後鑽入窗戶縫中。

但冥惑並不知道的是，紙人鑽入窗戶之時，便瞬間消失成灰。

感受到紙人消失，花向晚看了隔壁一眼，揚起一抹輕笑。

過了一會兒後，她披著狐裘起身，轉身去了後院。

她在後院等了一會兒，天寒地凍，正想著溫少清什麼時候過來，還沒反應，就有人一把捂住了她的嘴。

「阿晚！」溫少清克制著激動，啞聲開口，「我找到陣眼了！」

「在哪裡？」花向晚立刻追問，溫少清不疑有她，只道：「西南往前十里為乾位，西北十里為坤位。乾位為陣眼，陣法內所有靈力皆進入乾位，而坤位則為此陣最艱險之處，陣法開啟，坤位哪怕是大羅金仙，修為也要盡歸乾位所有。」

溫少清說著，趕緊吩咐：「今夜亥時，我會在陣眼開啟大陣，在此之前，妳將謝長寂放到坤位等我。」

「好。」花向晚立刻點頭，沒留半點情面，「等你拿了謝長寂的靈力，我立刻通報天劍宗，到時你直接把冥惑綁了送到合歡宮來，我來給天劍宗交代。」

花向晚說著，笑起來：「屆時，謝長寂死，冥惑抵罪是死，秦雲衣也得死，到時，你就是魔主，我……」花向晚看著他，滿眼深情，「也就沒什麼欠你的了。」

話音剛落，外面傳來腳步聲，花向晚急道：「謝長寂回來了，我先走。」

說完，花向晚悄無聲息看了轉角一眼，隨後轉身疾步離開，溫少清也趕緊換了個方向，消失在原地。

轉角處，冥惑從角落中走出來，看著兩人方才談話的地方，好久後，冷笑出聲。

花向晚跑出後院，剛出門，就看見謝長寂抓著山雞回來。

謝長寂掃了她身上的狐裘一眼，龍涎香的味道若有似無，他忍不住指尖微動。

花向晚不覺有異，目光落在他手中的山雞上，指定：「我要吃燉雞。」

謝長寂點頭，看著花向晚急著回房，他背對著花向晚，平靜提醒：「淨室裡我放了溫泉珠，妳可以泡個澡。」

那個味道，太難受了。

花向晚一愣，下意識摸了摸臉，隨後茫然點頭：「好。」

謝長寂回頭看了一眼，見花向晚跑回房間，自己去了廚房，利索地處理起雞肉。

雪山的天要黑得早些，他剛將雞放入鍋中，夜幕便已來臨。

門外出現腳步聲，謝長寂面色不動，又開始處理山中順手帶回來的其他食材。

冥惑站在門口，冷淡開口：「妻子與人私通，謝道君還在這裡做飯，真是好興致。」

謝長寂不說話，抬手將一條魚鋪在砧板上，刀鋒逆著魚鱗刮過，與魚鱗撞擊發出清脆的聲響。

「今夜花少主打算給你下毒，將你放入法陣之中，讓溫少清吸食你的修為，然後嫁禍給我。」

謝長寂似乎沒有聽見，刀片切入魚肉，魚片被他處理得晶瑩剔透，但這條魚似乎還活著，牠激動掙扎起來，謝長寂穩穩按著牠，聽著冥惑的話。

「你不信？你可知花向晚對溫少清是什麼感情？當年花向晚年僅七歲，便認識溫少清，那時我還只是陰陽宗一個奴僕，跟著我們少主去合歡宮求學，老遠便見過她為了溫少清，和秦少主大打出手。」

冥惑說著，語氣裡帶著幾分嘲諷。

「溫少清這個廢物只會哭，但他運氣好，合歡宮後來落難，花向晚從天之驕子一朝跌落塵埃，這才給了他機會。」

「什麼機會？」謝長寂聲音平淡。

冥惑見他回應，趕緊加油添醋：「合歡宮出事之後，她癱瘓不能行走，我聽說，她連話都不會說了。溫少清趁著這個機會，細心呵護，一個字一個字教她說話，給她餵飯，扶著她站起來。所以後來，她對溫少清一心一意，情根深種。」

謝長寂刀更快了些，魚掙扎得越發激烈，他按著魚頭，將魚的一面剔得只剩骨頭。

「據聞溫少清身體有恙，她不吃不喝侍奉床前，怕有人給溫少清下毒，所以每一碗藥親自嘗毒，因此壞了身子，常年胃疼。」

「溫少清欲得一株雪蓮，她千里跋涉，九死一生，才取得那株雪蓮。」

「溫宮主不喜花向晚，多次當眾羞辱，花向晚都為了保住溫少清未婚妻這個位子忍了下來。」

「謝道君，我不知你為何會隨花向晚一起來西境，但你要知道，為了溫少清，」冥惑冷笑，「她可什麼都做得出來。」

「你想讓我殺溫少清？」

一條魚剔得乾淨，謝長寂將魚片擺盤放好，把調味用的靈草鋪在魚上，放入鍋中，蓋上鍋蓋。

冥惑見他終於有反應，只道：「我只是提醒您，注意安全。」

「知道了。」謝長寂淡道：「去吧。」

聽這話，冥惑舒了口氣，知道謝長寂聽了進去。今夜哪怕他不殺了溫少清，也不會讓溫少清好過。

他行了個禮，轉身離開廚房。

謝長寂站在房間中，看著那條被剃光的魚骨，默不作聲。

冥惑每一個字都扎在他心上。

他看著那剔得光亮的魚骨，手輕輕撫過。

他已經不修問心劍。

他的道，是花向晚。

他閉上眼睛，讓心中那些惡念無限敞開，過了片刻後，他睜開眼睛，揭開了一旁蒸魚的蓋子。

謝長寂做菜，用的是靈力控火，半個時辰不到，他便端著菜上樓。

花向晚已經洗過澡，取了酒，穿了件單衫，坐在桌邊小酌。

謝長寂端著菜進來，花向晚看了一眼，見三個菜放到桌上，不由得笑起來：「你日後若是沒地方可去，倒可以當個廚子。」

謝長寂跪坐到她對面，將菜鋪開，平靜道：「冥惑來找了我。」

花向晚動作一頓，倒也在意料之內，只點頭：「你別搭理他。」

「他說妳打算給我下藥，將我的修為送給溫少清。」

聽到這話，花向晚憋著笑，端著酒杯：「你信？」

「他說妳當年一開始沒有辦法動彈，是他陪妳，妳連話都不會說，是他一個字一個教妳說話。」

花向晚喝了口酒，面上帶笑：「哪裡有這麼誇張？也就是難過幾日，怎麼連話都不會說了？」

「我記得妳以前每次真的受傷都會躲起來，不讓我看見。」謝長寂低頭給花向晚勺湯：「所以每次見妳和我說妳傷得很重，我就知道沒什麼大事。可若妳不說話、或者找不到人，我就知道一定出事了。」

說著，謝長寂將湯推到花向晚面前：「冥惑或許會殺了溫少清。」

「你又知道？」花向晚端起湯碗。

謝長寂垂眸：「他帶著殺意。」

花向晚不說話，她慢條斯理喝著湯，提醒：「謝長寂，你來西境，是為了找魊靈，其餘之事，與你沒有關係，你無需探究。」

「事外之人，」她抬眼，平靜地看著他，「就永遠留在事外最好。」

謝長寂看著她倒映著自己身影的眼，只問：「我是事外之人？」

花向晚沒回他話，低頭喝完最後一口湯，又嘗了嘗魚片和野菜，隨後給他倒了酒，抬手舉杯在他面前，面帶笑容：「喝一杯吧？」

謝長寂看著她手中酒杯，花向晚見他不動，只提醒：「這杯酒，我勸你喝。」

謝長寂沉默，片刻後，他接過酒，用袖子遮住飲酒的動作，緩慢飲下。

花向晚似是知道他會答應，撐著下巴吃著魚片。

謝長寂放下酒杯，抬眼看她，花向晚笑了笑，只道：「找了魊靈，報了恩，解開你心中的結，就自己回雲萊吧。」

謝長寂不說話，眼神有些恍惚。

花向晚舉起給自己倒的酒，輕抿了一口，看著面前的人「哐」一下倒在桌上，面上笑容淡下來。

「不好好的在死生之界待著，來這烏糟糟的人間做什麼？」

說著，她把酒一飲而下，放下杯子，站起身來。

外面有些冷，似乎下了雪，她披上狐裘，從房門旁取了一把傘，轉身推門走了出去。

她剛出門，趴在桌上的人就睜開了眼睛，他轉頭看了外面飄雪一眼，直起身來。

花向晚和謝長寂閒聊時，溫少清已經提前出發。

他抱著琴，急急往陣眼方向趕過去，路到一半，他突然聽到身後一聲呼喚：「少主，你去哪兒？」

溫少清緊張回頭，看見冥惑，他舒了口氣。

「是你？」他看了看周邊，微微皺眉：「你怎麼在這裡？」

「我見少主出來，」冥惑走上前，解釋，「怕少主出事。」

「我能出什麼事？」溫少清板下臉：「我就是想一個人走走，你先回去吧，我……」

話音未落，一把利刃猛地捅入他的腹間！

這利刃上帶著限制靈力的符咒，溫少清睜大眼，隨後立刻反應過來，一把推開冥惑，踉蹌著退開，不可思議地看著對方：「你……你……」

他用不了靈力，冥惑也沒用。

他看著捂著傷口倒退的溫少清，面上帶笑：「我如何？」

「你竟然……」溫少清喘息著：「你竟然背叛我！」

「我背叛你？」冥惑似是覺得好笑，「我忠誠過你嗎？而且，論背叛，應當是你在先吧？你是秦少主的未婚夫！」

冥惑提醒溫少清，他往前走，溫少清便往後退。

冥惑面上帶著幾分不解：「秦少主何等人物？你得到了她，為何不珍惜她？花向晚算什麼？你居然為了一個賤人，想這麼羞辱她？你還想嫁禍我？」

冥惑說著，搖著頭笑出聲來：「蠢貨。」

溫少清不說話，他喘息著，感覺傷口上有什麼在往身體中蔓延。陰陽宗擅長一些陰邪法術，他感覺自己身體一點一點變涼，轉頭看了周遭一眼，悄無聲息捏碎花向晚給他的傳音符，冷聲提醒冥惑：「我母親點了命燈，你若殺了我，我母親一定殺了你。」

「我殺你？」冥惑笑起來：「神女山中，你覬覦渡劫期大能的妻子，你說是誰殺你？我為何殺你？溺水之中，當是你的歸宿。」

說完，冥惑猛地往前，抬刀就刺！

溫少清瞬間將一張瞬移法陣開啟，驚呼出聲：「阿晚，救我！冥惑要殺我！」

瞬移法陣光亮衝天而起，溫少清瞬間消失在冥惑面前。

沒想到溫少清還有這種法寶，冥惑臉色微冷，但他馬上開啟神識，朝著林中搜去。

僅憑靈石就可以開啟的瞬移法陣都傳送不遠，溫少清剛落地，便捂著傷口，踉踉蹌蹌往陣眼方向跑去。

他不知道花向晚有沒有聽到他的求救，也不知道花向晚現下是否出事，如今他唯一的期望，就在於趕緊到達陣眼，只要他開啟法陣，就有一條生路。

冥惑……是他小看了冥惑，他居然敢為了個女人殺他！

溫少清忍著疼，咬牙往前，鮮血灑在地面，他踉踉蹌蹌，跑著跑著，便覺得有些不對。

風雪越來越大，密林也消失去，成了無邊無際的冰原。

察覺到不對勁，他驟然停下，張望四周。

這是哪兒？

他捂著傷口，喘息著，抽出他的琴中劍。

周邊只有風雪簌簌之聲，這種寧靜讓人越發心慌，過了好久，他才聽到有人踩在雪上，緩慢而來的聲音。

溫少清驟然回頭，就看見謝長寂身著白衣，頭戴玉冠，提著一把長劍而來。

那是一把白玉鑄成的長劍，上面刻著「問心」二字。

對方腳踏風雪，看上去神色十分平靜，但從他出現那一刻，溫少清就繃緊了身體。

他死死盯著謝長寂，看著對方走到自己面前。

他知道這是哪裡了。

溫少清忍住牙關打顫的衝動，讓自己儘量冷靜下來。

這是謝長寂的領域。

傳聞渡劫期大能，能單獨創造一個獨屬於自己的空間，在這個空間內，進入者便如魚肉，任人宰割。

他竟然悄無聲息，被謝長寂拉入了自己的領域。

他這一次，是鐵了心要殺了他。

意識到這一點，惶恐湧上心頭。

兩人靜默對視，溫少清勉強笑起來：「你把我拉進你的領域，是不想讓人知道是你殺了我吧？」

謝長寂不言，溫少清試圖說服他：「你殺了我，我母親不會放過你。」

「嗯。」謝長寂應聲。

溫少清知道這話對於謝長寂來說沒什麼威懾，他牙關打顫，提醒：「我若這麼不明不白死了，阿晚會掛念我一輩子！」

聽到這話，謝長寂終於抬眼。

他看著面前的人，聲音平穩：「我不喜歡你這麼叫她。」

「你就是為這個？」溫少清強作冷靜，「那這樣，你讓我出去，日後我絕對不會和她有任何牽扯。」

「來不及了。」謝長寂開口。

溫少清感覺一股巨力瞬間壓下，將他整個人猛地按進雪地。

他拼命掙扎，然而越掙扎，身上血流得越多。

謝長寂緩緩抽劍，問心劍落在他脊骨之上。

他握劍的手有些抖，這是他人生少有握劍顫抖的時刻。

他知道，劍落下去，就回不了頭了。

可想到死生之界，想到那兩百年一次次破碎在眼前的幻夢，想到花向晚握住溫少清的手任由他墜落而下。

他的劍慢慢穩了下來。

他不想回頭。

「我修問心劍一道，一生從未因私心殺人，我道求天道，力求抛私情小愛，以天道之眼，窺人世之法則。」

劍一寸一寸破開衣衫，皮膚，入肉。

「放開我！」溫少清感覺疼痛，掙扎起來，然而他被威壓死死壓著，如同一條砧上活魚，被人死死按住。

他的聲音因為惶恐顫抖，激動嘶吼：「你放開我，你殺了我，阿晚不會放過你！」

「可如今，我劍心已碎，晚晚為我之道，縱我欲，求我道，體未嘗之人情，」謝長寂劍尖順著脊骨一路剖開，他神色平靜，「為我證道之路。」

言閉，劍尖一挑，血液飛濺而出，劍下之人哀嚎尖叫。

劃過脊骨，挑斷筋脈，一片一片快速切開。

血色瀰漫，溫少清嚎啕求救。

「放開我！我錯了，謝長寂！放開我！」

「我錯了，我都是騙她的，她不愛我！她其實不愛我！你放過我，放過我……」

聽著他的痛呼，他感覺到久違的平靜。

是了，其實殺了就好了。

不管是一百年、兩百年，溫少清、薛子丹……

她過去有多少人，有多少過往，又有什麼關係？

反正未來，只有謝長寂啊。

荒謬的念頭在無人之處肆意延展。

風雪越來越大，雪花飄灑而下，落在掙扎著的人身上。

他平靜地看著劍下紛飛的血肉，像是看今夜砧板上那條掙扎的魚。

直到最後，溫少清趴在地面，只剩一具骨架，昔日惹得無數女子傾慕的面容也成了血紅的骨頭。

謝長寂俯視著這個喘息著的人，終於收劍。

溫少清疼得麻木了，他笑起來：「謝長寂……你瘋了……」

「你這樣……是要遭天譴的……你以為你這樣，她就會愛上你？咳咳……」溫少清說著，似哭似笑，他撐著自己，抬起頭來：「你知道她為什麼要當魔主嗎？你知道合歡宮，有一條冰河，冰河下面埋著的那個人，是誰嗎？」

說著，溫少清笑起來：「你知道，她這麼拼命，為了誰嗎？哈哈哈哈哈，她不愛你！也不愛我！你永遠得不到她！你為她死都得不到她！」

謝長寂沒說話，他低下頭，用方絹擦乾淨劍上鮮血：「我不在乎死人。」

說著，他將問心劍收回劍鞘，平靜離開。

溫少清聽到這話，瞬間被激怒，他撐著自己，拍打著地面，大聲嘶吼：「你永遠比不上死人！你就一輩子守著她，當她的狗！終有一天，他會回來，他才是她最愛的人，到時候……我等著你！謝長寂，我等著你！」

謝長寂沒有回頭，他如來時一樣，平靜地走過冰原。

隨著他遠去，那獨屬於死生之界凌厲的風雪，也悄然消失。

溫少清看不見他，瞬間失了力氣。

他趴在地面，意識已經模糊了。

他周身都在疼，他什麼都想不到，只能用盡全力，去找他現下唯一的希望。

阿晚……

他想著年少時，在合歡宮第一次見她。

他餓極了，身上又疼，偷偷拿了一個饅頭，被人發現。

他哭著想逃，但他長得太胖，跑得太慢，眼看著要被人抓住，他猛地一跤摔在地面，就在這時，女孩的叱喝聲響起：「你們做什麼！」

溫少清愣愣抬頭，看見一個紅衣短靴，腰上佩劍的女孩。

她看上去就七八歲的模樣，是他從未見過的漂亮。他愣愣地看著她，就見她轉頭看了過來。

他趴在地上，握著饅頭，臉上還掛著眼淚鼻涕，呆呆地看著花向晚。

「喲，」花向晚笑起來，「哪兒來的小胖子？」

她說著，蹲下身來，朝他伸出手：「還怪可愛的。」

阿晚……

他心中呼喚著她的名字。

來救我一次。

無論我做過什麼，無論我多麼卑劣，我都只是想擁有妳。

來救救我……

他往前爬著，血在地面成了蜿蜒的血蛇，他努力往前一伸，突然感覺身下泥土異常的軟。

他來不及反應，就感覺下方驟然一空，他猛地睜大眼，墜落而下。

蝕骨之水湧上來，他驚慌失措掙扎起來。

然而溺水沒有給他任何機會，很快淹沒了他的頭頂。

掙扎不過片刻，天地便徒留落雪之聲。

白雪掩蓋了血跡，好似什麼都沒發生過。

花向晚拿著記錄下溫少清求救的傳音玉牌，一遍一遍聽著溫少清重複：「阿晚，救我！冥惑要殺我！」

「救我！」

「救我！」

她撐著傘，反覆聆聽，走向法陣陣眼之處。

在這一聲一聲求救聲中，她看見當年師兄師姐廝殺在前方，狐眠抓著她，追問：「求援的消息傳出去了嗎？」

她慌忙點頭：「傳了，師姐，傳了好多遍。」

「人呢？」狐眠急喝：「那人呢？」

「不知道……」花向晚搖著頭，「我不知道，師姐，我再傳一遍。」

她抬頭，認真地開口：「我給清樂宮傳消息，少清一定會來帶人來的！」

溫少清……

她含笑默念著對方的名字，抬眼看向前方。

前方陣眼之中，女子一身藍衣，笑咪咪地看著花向晚。

「喲，」姜蓉笑著開口，「來啦？」

第十八章　鮫人

「姜蓉？」花向晚開口，意味深長地念出這個名字。

姜蓉站在陣眼中央，她閉上眼睛，深吸了一口氣：「好濃郁的靈氣，半步化神的修士，修為果然香。」

「妳把溫少清的修為取了？」花向晚明白她此刻狀態。

姜蓉轉眸，眼神帶著些嫵媚：「當然。等一會兒，我消化了他，就輪到妳和冥惑。」

花向晚聞言低笑，她垂眸看向地面，只道：「妳覺得我會等妳？」

「那要看妳，能不能不等了。」

話音剛落，花向晚手中紙傘一轉，急速飛轉著朝著陣法中的姜蓉直飛而去。

姜蓉抬手一甩，一道法光擊向紙傘，就是這刻，長劍從傘後破空而來，直取門面。

姜蓉縱身一躍，素白的手上指甲瞬間增長，變成一隻利爪，朝著花向晚迎面一抓，花向晚劍面擋住利爪，抬腳凌空直襲對方頭頂，姜蓉另一隻手被逼著去抓她的腳，丹田暴露，花向晚一把捏破靈氣珠，靈氣珠在手心爆裂，她抬手一掌，朝著姜蓉丹田處直轟而去！

一聲鮫人尖叫破空響起，姜蓉將花向晚狠狠一擲，花向晚如同一片輕飄飄的雪花，輕盈落地，回頭便見陣法中的女子露著尖牙利爪，冷眼看著她。

這是鮫人化形後進入戰鬥狀態的模樣，鮫人性情溫和，除了魚尾，平日與常人無異，可若進入戰鬥狀態，利爪和尖牙以及上面含的劇毒，都是他們特有的武器。

「我還挺喜歡妳的，」她抬起手，舔了舔手背，「可惜，妳來了神女山。」

音落，一個藍色法陣在她腳下亮起，所有靈氣迅速朝著法陣聚集，藍色法光密集如雨，朝著花向晚劈頭蓋臉直飛而來！

花向晚站在原地不動，隱約感覺有什麼力量在抽扯她身體中的靈力，可惜她沒有使用靈氣珠，周身靈力俱空，沒有什麼讓這股力量抽走。

她靜默地看著那些法光，連手都不抬，格外閒適。

身後一個熟悉的氣息由遠而近，在法光落到她面前剎那，一道劍意轟然而至，瞬間將這些法光擊碎。

花向晚看著謝長寂從她身邊擦肩而過，越過這些藍色法光碎片直掠上前，她平靜地看著前方，只吩咐：「要活的。」

聽見花向晚的話，姜蓉睜大眼，尖叫起來：「妳休想！」

說罷，謝長寂靈力全開，冰雪隨著他的劍朝著姜蓉鋪天蓋地而去。

周邊地動山搖，神女山根本無法支撐謝長寂全部靈力開啟的狀態，姜蓉瘋狂吸食著陣法內所有靈力，謝長寂的靈力也進入她的身體，回饋成一個個法陣，朝著謝長寂轟了過去。

這等於是用謝長寂的靈力，對上謝長寂的劍意，一時間，兩方竟是僵持下來，謝長寂始終不能上前一步，可姜蓉也沒占到什麼便宜。

瘋狂吸入一個渡劫期修士的靈力，消耗，這讓她周身筋脈到了極限，皮膚浸出血來。

可她咬著牙不肯退卻一步，花向晚站在一旁，觀察著姜蓉。

隨著靈力進入她的身體，她的肚子大了起來。

她在做什麼？魔主血令為什麼要給她？她一隻鮫人，為什麼會以人的模樣生活在雪山？她的肚子又是怎麼回事？她真的是姜蓉嗎？

一個個問題浮現，花向晚看了旁邊始終無法上前的謝長寂一眼，思忖著，終於開口：「姜蓉，停下吧。」

「去死！你們都去死！」姜蓉已近暴走，根本沒有任何思考空間。

謝長寂密密麻麻從四面八法進攻的劍讓她瀕臨崩潰，她只要有一瞬間失誤，就會立刻死於劍下。她奮力反抗，可這樣高壓之下，前方白衣青年卻始終保持著冷靜到可怕的狀態。

這讓她很清晰地意識到雙方差距，死亡的恐懼浮現，她想到自己的肚子，忍不住激動起來，猛地爆發出聲：「去死！」

那一瞬間，周邊草木凋零，所有力量朝著她紛湧而去，花向晚嘆了口氣，反手祭出一顆綠色珠子，將靈力灌入珠子，再次重複：「姜蓉，停下吧。」

她的聲音從珠子傳出去，姜蓉整個人一僵，彷彿有種無形的力量將她控制住，就是那一瞬間，謝長寂的長劍擊碎她的結界，劍意猛地擊打在她身上，她被劍意狠狠撞飛出去，摔在地上，嘔出一口血來。

遠離了法陣，她遠不是謝長寂對手。

她趴在地上，輕輕喘息，花向晚手持綠珠，朝著她走了過去。

姜蓉抬起頭，驚疑不定地看著花向晚手中的綠珠，咬牙出聲：「妳為什麼會有碧海珠？」

花向晚笑了笑：「若沒有些依仗，妳以為我一個金丹半碎的廢人，敢同妳動手？」

「妳知道我是鮫人。」姜蓉冰冷出聲，花向晚點頭。

「第一次看見林夫人的畫像，我便知道，林夫人，是隻鮫人。」

「妳怎麼看出來的？」姜蓉皺眉。

花向晚回憶起溫少清給她看的那幅畫，聲音平穩：「鮫人上岸，唯一的辦法，就是剖開魚尾化作人腿，所以他們的腿比常人修長，而且，坐著的時候，他們很難改變把腿當成魚尾的習慣。」

花向晚說著，提醒姜蓉：「妳坐在林洛腿上時，明明腳可以落地，卻還是像魚尾一樣懸在空中，這不是普通人的動作。」

「既然知道，」姜蓉不解，「為何不直接抓了我？」

「鮫人歌聲會惑人心智，無形中放大人心醜惡之處，妳是沒有能力同時對付所有人的，所以妳借助妳的優勢，不斷挑撥所有人。妳讓巫禮不滿溫少清，刺殺他；讓溫少清對魔主之位產生貪欲，心生妄念，企圖利用我得到謝長寂的修為，背叛秦雲衣；讓冥惑放縱自己的妒忌，殺害溫少清……這一切，」花向晚抬手，輕輕放在自己胸口，「正合我意，我為何要抓妳呢？」

「那妳呢？」姜蓉看著花向晚，彷彿在看一個怪物：「妳為什麼不受影響？」

「我？」花向晚笑起來：「我當然受影響，所以——溫少清死了，不是嗎？」

姜蓉一愣，她突然明白：「所以，妳想要的是……」

「噓。」花向晚抬手，放在唇上，搖了搖頭。

謝長寂看過去，女子豔麗的面容上是他陌生的精明算計，漂亮的眼中沒有半點情緒，盡是冰冷的笑意，彷彿在嘲諷人間。

她美麗得近乎完美，他不知道為什麼，遠遠觀望著這個和記憶中截然不同的人，他身體中像是有兩個人。

一面是心疼，一面是愛欲。

姜蓉驚疑不定地看著花向晚，花向晚轉動著手中綠色的珠子，繼續道：「所以我配合妳，借妳之手，讓溫少清那邊的人自相殘殺。我知道妳必定會在此時開啟大陣，吸取所有人的修為，那我便過來，趕這一趟熱鬧。碧海珠對鮫人有血脈壓制，哪怕妳開啟大陣，也無法拒絕這種影響。不過，普通的鮫人此刻應當已經動彈不得，妳卻還能反抗，」花向晚說著，有些好奇，湊過去觀察著姜蓉，「妳在鮫人中，血統算高貴？」

姜蓉惡狠狠地看著花向晚，沒有多說，花向晚看著她的面容，她仔細看了許久，正想伸手去摸一摸，就被身後的謝長寂拉住。

「是真的。」他平靜提醒，並不想讓她多觸碰另一個人半點。

謝長寂確認這是一張真臉，花向晚也沒懷疑，點了點頭，直起身子，繼續分析：「妳是一隻鮫人，所以妳一開始說的故事，是假的。沒有所謂鮫人追殺林家，就更不會有鮫人追殺姜蓉，那麼，當年林家的凶案，」花向晚思索著，「是妳做的？」

姜蓉不說話，她眉目低垂，似是認命。

花向晚見狀，抬手一揮，兩道法光毫不猶豫貫穿她的琵琶骨，姜蓉痛呼出聲，震驚地抬頭：「妳做什麼？」

「乖一些，免得受苦。」花向晚提醒她，緩慢思索著：「當年妳殺了林家一家人，然後來到神女山，成為這裡的神女，二十年後，妳得到了魔主血令，並布下大陣。妳用這個法陣，到底想做什麼？魔主血令又在哪裡？」

姜蓉跪坐在地面，低著頭不說話，花向晚輕笑了一聲，她走上前，抬手抵在姜蓉大起來的肚子上，溫和道：「若妳不說，我就剖開看看。」

「妳敢！」姜蓉猛地抬頭，滿眼威脅。

花向晚面色不動，含笑注視著面前的女子。

兩人僵持著，她的手指在姜蓉肚子上按下去。

察覺她的動作，姜蓉一把抓住她，花向晚微笑：「還不說？」

「我……妳給我一夜時間，」姜蓉咬牙，「我就把魔主血令給妳。」

「做什麼？」

「我……」姜蓉慘白著臉，艱難地開口，「我要把這個孩子生下來。」

「孩子？」花向晚皺眉，有些奇怪。

林洛死了這麼多年，這是誰的孩子？

姜蓉豁出去了，她抬頭看向花向晚，激動道：「花少主，我吸食的力量已經把這個孩子養大了，它今夜就可以生出來，妳讓我把它生下來，血令只要再用一夜，一夜時間……」

「妳這不是活物。」花向晚聽見「養大」，斷定出聲，她垂眸看著她的肚子，冷聲道：「它到底是什麼？」

「它是……」姜蓉說著，聲音微顫，「我和姜蓉的孩子。」

花向晚聞言，平靜抬頭，「姜蓉」此刻彷彿認命一般，愣愣地看著地面：「我不是姜蓉。」

「我知道。」花向晚點頭：「神女山神女世代單傳，血統非常，不可能是鮫人。」

「我叫玉生，原本是定離海中，鮫人中的貴族。」面前的女子聲音很低，說起以往：「她年少時，去了一次定離海，我在那裡認識她，結為好友。後來為了我，她從定離海引水到神女山，我可以每日到神女山見她，鮫人五百歲成年，那時候我才三百歲，什麼都不懂，我只知道自己每天見到她很開心，我從水底摘了好多海上花，每天送來給她，她經常坐在水潭邊，用花編花環給我，和我說，有一天，她會成為神女山的神女，庇佑山下百姓。能讓百姓好好生活，是她一生最大的責任。」

玉生說起來，面上帶著淺笑：「鮫人成年前都沒有五官，也不辨男女，等成年後，我們可以任意變化成自己想要的模樣和性別，我無數次看著她，我都想，日後我會成為這世上最英俊的男人，到時候，她或許就會愛上我，我們就能一直在一起。可是兩百年前，她突然和我說，她遇到了一個人。」

「是林洛？」花向晚猜出來。

玉生垂眸，聲音微冷：「對，他被人追殺，逃到神女山，是姜蓉救了他。他的仇家來頭很大，姜蓉不敢暴露自己的身分，怕給神女山招來禍患，就遮住臉，一直照顧他。她隱瞞了自己的身分，照顧他好幾年，幫他偽造身分，幫他在雲盛鎮立足，重振家業。這個林洛，他在被人追殺的過程裡廢了金丹，成了凡人，他沒有依靠，就只能一直依仗姜蓉。於是他花言巧語，一直哄騙她，姜蓉以為他愛她，為他付出一切。為了陪著他，她很少回神女山，我每天就在那個水潭裡等她，每天帶一朵海上花。我等啊，等啊，等了好多年……」

玉生說著，忍不住笑起來：「其實我沒有想過一定要和她在一起，就是想她過得好。她能和自己喜歡的人在一起，能一家團圓，能幸福快樂，我可以一直等在這裡。可後來……有一天，我突然在水裡聞到了她氣息，那是她的血的味道。」

玉生說著，似乎想起當年的畫面，她忍不住顫抖起來，死死抓住地面上的雪粒：「我趕過去，找到了她，她老了……頭髮都白了，全身都是血，肚子被人剖開……她的金丹，」玉生顫抖著，「被人生剖了。」

「林洛不愛她，」玉生看著花向晚，似乎完全不理解，「她這麼好的人，林洛居然不愛她！」

「他只是想利用她，他利用她擁有了新的身分，利用她在雲盛鎮站穩腳跟，然後他愛上了另一個女人。他恨她，恨她強勢，恨她看過他最落魄的時光，他忍她很久了，忍不下去，於是，他給了她一杯毒酒，然後生剖了她的金丹。」

「他以為她死了，把她扔進水裡，她還有一點氣息，我把她救了回來，送回神女山，可她身中劇毒，又沒有金丹，我從海裡拿了無數靈丹妙藥，卻無法救回她。我就一日復一日，看著她的生命一點一點消失。我努力了，可我抓不住。」

玉生愣愣地說著：「她最後一晚，突然好了起來，她走到水潭邊，坐在旁邊，和以前一樣，低頭看著水裡的我。那時候她已經是個老太太了，可我覺得，她特別好看，我一眼都挪不開。」

「我們說了好多，她讓我坐上來，靠著我的肩，等到最後，她問我，玉生，妳見過人心嗎？」

「她說，她好想看看林洛的心，她不明白，人心怎麼能醜惡成這樣。」

「我也想啊……」玉生笑起來，「我也想看看，人心到底是什麼樣。」

「所以，」花向晚明白，「妳剜了林家人的心。」

「是啊，」玉生聲音疲憊，「那天晚上，其實她好像還說了什麼，但我聽不清。我就坐在水潭邊，她靠著我，我感覺她一點一點變涼，我坐在那裡，坐了好幾天，我終於明白，她不會再說話了。」

「她沒等到我成年，也沒等到見到我的樣子，在她心裡，我甚至連男女都分不清。」

「後來呢？」花向晚垂眸聽著，不由自主看著手裡的碧海珠。

玉生低著頭，說起後來的事，便沒有了情緒：「後來，我把她帶回海裡，葬在海上花中。然後我勤加修煉，在我成年那一日，我變成了她的樣子。我聽說，兩百年前，曾有一位鮫人，劈開魚尾，走上了岸，成為了人。於是我也學他，劈開了魚尾，走上了岸。但不同的是——」

玉生眼中帶著幾分譏諷，「那位鮫人是為了愛，而我是為恨。」

「我用著姜蓉的樣子，來到林洛身邊，勾引他，」玉生看了花向晚一眼，「他一開始很震驚，但他確認姜蓉死了，而且我們的脾氣相差很大，他很快接受了我。」

「最瞭解男人的，莫過於男人。姜蓉不懂，男人就是賤，我對他若即若離，他很快就愛上了我。他為了我拋妻棄子，散盡家財，當時在雲盛鎮傳得沸沸揚揚，他名聲掃地，還是執意娶我，在娶我那天，他向我發誓，對我一心一意，願意把心給我。他這麼說了，我當然，要把他的心帶回來，給蓉蓉看看。」

「他的心好髒啊，」玉生笑起來，「他們林家人的心，都好髒啊。」

「然後妳成為了她。」謝長寂肯定。

玉生露出一絲茫然：「報完仇，我不知道該去哪裡，我既然成為了她，就該是她。她是神女山的神女，她的夢想是庇佑山下百姓，那我就成為她。我當她當了二十年，但我很茫然。我不知道我到底為什麼活著，為什麼堅持，我每天在夢中見她，每晚我都坐在水潭邊，我感覺她還靠著我的肩，同我說話。這種痛苦，我知道你們不懂。」

玉生轉頭，看著謝長寂和花向晚：「但它和凌遲一樣，一日復一日，我不知道什麼時候是盡頭。直到前些時日，有一隻鷹，叼著魔主血令交到我手裡，牠告訴我，血令有巨大的力量，可以實現我一個願望。」

「妳許了什麼心願？」花向晚好奇。

玉生輕笑：「我希望她活過來。」

「可人死，」花向晚垂眸，「尋常辦法，不能復生。」

「那隻鷹也這麼說，但牠告訴我，人死不能復生，可我可以擁有新生。」說著，玉生看向自己的肚子，眼中帶著幾分溫柔：「我可以擁有我和蓉蓉的孩子。我保留她當年完整的身體，我取走了她的心，放在肚子裡。只要有足夠的力量……」

玉生抬頭，眼中滿是狂熱：「它就會變成一個孩子，這就是我和蓉蓉的孩子。我可以把它生下來，把它養大。那就是我活著的意義，那就是我和蓉蓉的新生！花少主，」玉生一把抓住花向晚，「一夜，妳給我一夜時間，我就可以把它生下來，我求求妳，」她眼中全是眼淚，「妳讓我把它生下來，好不好？」

花向晚沒說話，她靜靜地看著面前的女子，一時竟有些不忍。

旁邊謝長寂見兩人僵持，許久，緩慢開口：「牠騙妳。」

玉生茫然轉頭，謝長寂冷靜出聲：「就算是她的心孕育的活物，妳以如此邪術生下來的孩子，也註定是個邪物。它不是人，更不可能是妳和姜蓉的孩子。」

「就算是邪物，那也是我和她的孩子！」玉生激動道：「你們就是不想讓我生下他，你們就是……」

「那姜蓉想嗎？」花向晚突然開口。玉生一愣，她呆呆回頭，看向花向晚，花向晚眼神清明：「如果她當年的願望，是希望成為神女山的守護者，守護一方百姓。她願意用雲盛鎮一鎮百姓的性命，去締造一個邪物嗎？」

玉生說不出話。

花向晚繼續：「妳是欺負她死了。如果她活著，她不會允許妳這麼做。」

「可她已經死了。」玉生的眼淚落下來：「我能怎麼辦？」

花向晚垂眸，她想了想，將碧海珠遞到玉生面前。

「鮫人皇族之心，自願剖出，為碧海珠，」花向晚解釋，「不僅號令鮫人一族，還可探究鮫人一族魂魄前塵後世，妳將姜蓉的血滴上去試一試。」

「她不是鮫人。」玉生茫然，花向晚笑起來：「前世不是，今生未必。」

這話讓玉生一愣。

花向晚將碧海珠探了探：「妳試試。」

玉生垂眸，好久後，她從脖頸中取出一枚琥珀，琥珀中是一滴血滴，她將琥珀捏碎，血落到碧海珠上。

碧海珠紋絲未動，玉生眼中神色黯淡下去，她低笑：「我就說……」

話沒說完，光芒從碧海珠中升騰而起，竟出現了當年姜蓉死去那一夜，兩人坐在水潭邊的畫面。

姜蓉靠著他，疲憊開口：「玉生，你見過人心嗎？」

「我好想看看楊塑的心，人心怎麼能醜惡成這樣？」

少年戴著面具，他不敢答話，魚尾浸在水中，他的眼淚在面具之後，撲簌而下。

姜蓉緩緩閉上眼睛：「玉生，如果有來世，我想在海裡遇見你。」

「那樣，我就不用再想，你我人鮫相別，姻緣無果。」說著，她聲音很低，「玉生，我想明白了，楊塑，只是像你而已，他終究不是你。」

聽到這話的瞬間，玉生猛地睜大了眼。

人鮫相別，姻緣無果。

若是鮫人與人類相愛，要麼他劈腿上岸，要麼永隔於海。

可若喜歡一個人，又怎麼忍心讓他受分尾離親之苦，倒不如從一開始，喜歡的就是一個人。

玉生愣愣地看著幻影，畫面上，姜蓉魂魄離體，卻始終漂浮在他周邊，他坐在水潭多久，她就守了多久。

然後他帶著她去碧海深處，她也跟著他進入碧海深處，她在他不知道時，悄無聲息握住他的手。

他看著她的身體葬入海上花中，海上花伸出花蕊，溫柔地將她吞噬，他靜默地看了許久，轉身游入海中。

沒過多久，畫面變成一個新生兒出現，許多鮫人圍著那個孩子。

「叫什麼名字呢？」有人開口。

玉生從旁邊游過，有人叫住他：「玉生，有新的夥伴了，你取個名吧？」

玉生漠然地看了那個剛出生的鮫人一眼，明明還沒有五官，他卻莫名覺得有些熟悉。

他靜靜看了片刻，輕聲開口：「念蓉。」

畫面戛然而止，花向晚抬眼看著對方。

玉生滿臉驚愕，花向晚笑起來：「運氣不錯嘛，真投胎成鮫人了，還是你取的名。這鮫人還沒成年吧？妳現在是女鮫，要是她成年又喜歡哪隻男鮫變成了女鮫……」

話沒說完，玉生瞬間起身，慌張的就要離開。

花向晚一把拽住她，忙道：「等一下，我幫了妳這麼大忙，妳走之前把魔主血令給我啊！反正這邪物妳也不生了。」

「活人還在，」花向晚笑著看向她的肚子，「寄託於一個邪物做什麼？」

玉生聞言，這才反應過來，她儘量讓情緒鎮定下來，點頭道：「是我疏忽。」

說著，她盤腿坐下來，深吸了一口氣，閉眼運氣於丹田，過了一會兒後，她肚子亮起來，大肚開始收回，靈氣從她周身往旁邊散去。

原本枯萎的草木叢生，山下還在叩首的百姓也緩緩回到原本的年紀，光亮從她的肚子開始往上，經過胸口、脖頸，最後從口中嘔出來。

綠光掉在地上，慢慢變成一塊碎鐵，上面還有符文和「血令」二字殘缺部分，帶著魔主的氣息。

玉生坐在原地，面色有些蒼白，謝長寂抬手用了引水咒，將碎鐵清洗過後，用白絹包裹起來，遞給花向晚。

「這就是魔主血令。」玉生緩了緩，抬眼看向花向晚：「謝謝妳告訴我姜蓉的消息，她活著，我沒什麼遺憾，這東西我也保不住，妳拿去吧。」

花向晚從謝長寂手中接過碎鐵，看了一眼後，收入乾坤袋中，點頭道：「回去吧，定離海才是你們鮫人該待的地方。」

玉生點了點頭，她正準備起身，突然聽謝長寂開口：「姜蓉喜歡的那個男人那人叫什麼？」

玉生一愣，謝長寂抬眼看她，提醒：「楊塑。」

「不錯，」玉生眼神微冷，「他叫楊塑。」

「可妳嫁的人叫林洛。」

謝長寂指出兩個名字不同，花向晚動作一頓，玉生不覺有異，解釋道：「那是他來到雲盛鎮後蓉蓉幫他改的名字，也是蓉蓉替他偽造了身分文書，在雲盛鎮生活。說起來，」玉生似乎想起什麼，看向花向晚，「他好似還與妳有些關係。」

「哦？」花向晚故作驚訝：「還與我有關係？」

「對，」玉生點頭，聲音沉下去，「當年追殺他的人，來自各宗各門，什麼人都有。我聽蓉蓉說，此人家族世代駐守於清河關，清河關位於西境西方邊境，本來是合歡宮管轄範圍，清河關外，便是那些空有武力毫無神智的魔獸。」

「然後呢？」謝長寂追問，他很少有這樣刨根究底的時候。

「聽說清河關其實很早就察覺了魔獸異動，此人負責傳信，可他沒有將此消息及時傳遞回合歡宮，反而傳給了鳴鸞宮。之後，鳴鸞宮對他下令，打開邊境防禦法陣。」

邊境防禦法陣大開，十萬魔獸毫無阻攔，一馬平川，直抵合歡宮。

前線修士全部陣亡，合歡宮連收到消息都來不及，就直接迎戰。

彼時她母親正在渡劫，三位長老被魔主請去參加悟道大會，合歡宮只剩年輕一代在宮中，拼死抵抗。

聽到這話，謝長寂轉頭看向旁邊的花向晚。

花向晚面上帶著笑，只問：「然後呢？」

「他做完這件事，收了鳴鸞宮大量法寶靈石，帶著全家趁亂跑了。然而鳴鸞宮對他緊追不放，他本來以為自己到清樂宮地界就算安全，可沒想到，清樂宮也想殺他。最後他逃到神女山，想越山到定離海，渡海去雲萊，然後在這裡，遇見了蓉蓉。」

「原來如此。」花向晚好似毫不詫異，不用謝長寂追問，便道：「那除此之外，與我有關的，還有其他事嗎？」

玉生想了想，只道：「在你們入山之前，我聽見巫禮和溫少清爭執，說他要把當年的真相告訴妳，當年溫少清好像一開始就接到了合歡宮的求援，可是……」

他沒來。

無需玉生多言，在場眾人已經知道結果。

三人沉默片刻，玉生遲疑著：「我知道的都說了，若無他事，少主，我先走吧？」

「因果盡銷，」花向晚笑著抬手，「請。」

玉生點點頭，她站起身，轉身朝著定離海方向走去。

走了幾步，她忍不住又回頭看了花向晚手中的碧海珠一眼，想了想，還是開口：「那個……冒昧多問一句。」

「嗯？」花向晚抬眼。

「若非心甘情願，碧海珠不可能認主，」玉生皺起眉頭，「不知是我族哪位皇族，願意剖心作碧海珠，贈給花少主？」

花向晚不說話，她面上的笑容終於淡了幾分。

風雪夾雜而過，花向晚笑了笑：「鮫人一族這幾百年，還有誰，曾經來過此世呢？」

玉生一愣，片刻後，她抿了抿唇，雙手放在額間，朝著花向晚行了個鮫人一族獨有的叩拜大禮，隨後起身離開。

看著玉生轉身離去，花向晚站起身來，還沒回頭，就聽謝長寂的聲音響起來：「所以，妳早就知道當年溫少清故意延遲救援。」

聽到這話，花向晚動作一頓，謝長寂平靜出聲：「合歡宮出事，不是外敵，是內禍。」

「妳明知他是仇人，卻還是在他身邊假意奉承兩百年。」

「走吧。」花向晚似乎不想談這些，轉身往山下走去。

然而謝長寂一把抓住她，沒有讓她離開。

「當年，」他低啞開口，「妳該來找我。」

花向晚不說話，她低著頭，想起自己倒在血泊裡的時候。

不是沒想過。

走到絕路，什麼自尊都可以放下，只要能救人就好。

她可以明知溫少清害合歡宮還同他虛偽做戲兩百年，她不是不能和謝長寂低頭。

只是——

「那時候，我若真的求救，你又真的能幫嗎？」花向晚說著，轉眸看向謝長寂，神色平靜：「死生之界剛破不過一月，天劍宗自己還自顧不暇，差點滅宗，雲萊百宗對天劍宗如狼似虎，如果不是你後來參悟問心劍最後一式——如果不是你最後能在百宗圍攻天劍宗時，一劍滅宗震懾百宗，你以為，天劍宗又會比合歡宮好多少？你又比我花向晚，會好多少？」

「我沒有你強，所以我守不住合歡宮，我認。」花向晚盯著謝長寂，「我不怪你，可你若問我為何不求救，那你告訴我——」

她靠近他：「我若向你求救，你真的能來嗎？你來了，又有什麼用呢？」

謝長寂說不出話，花向晚笑起來：「我只是不想讓你我再作一次選擇而已。」

「當年我錯了，我不知道你是問心劍下一任劍主，讓你在道與我之間抉擇。修士之道何等重要，若我知道，我不會這麼做。當年逼著你喜歡我，已是我的錯，而我，」花向晚說得認真，「不會一錯再錯。」

所以走到絕路也未曾求救。

兩百年獨身一人。

她從未怨恨過他，從未覺得他做錯什麼。

錯在於她自己。

她不夠強，所以守不住合歡宮，守不住自己要的一切。

她不知天高地厚，以為自己天資卓絕就肆意妄為，不懂委曲求全，不懂韜光養晦，所以引得眾人記恨，豺狼牽掛。

而如今也一樣。

她希望他永坐高山之巔，永遠在回憶裡，無需走下神壇。

獨身而行，她已經走了兩百年，餘下的路，也想自己走下去。

謝長寂不說話，他靜靜看著她。

她握著碧海珠，像是用無形的牢籠將自己緊鎖其中。

在這一瞬，他終於從她身上看見兩百年前的影子。

他覺得心一寸一寸軟下來。

他記得年少時她盲眼走丟過一次，那時候她身上有傷，西境的人趁著她落難來追殺她，她不想給他添麻煩，便在大街上自己跑了。

他回頭看見她不見，瘋了一樣到處找人，最後在一片血地裡找到她時，她就是這副模樣。

那時候她笑，只道：「你別擔心，我能處理，我把他們都殺了，就回來找你。」

他不說話，過了一會兒，她低下頭：「當然，若你能來找我，我心裡其實再高興不過。」

他看著面前的人，輕聲開口。

「妳歡喜過我，這不是錯，只是那時候，我不夠強，我沒有資格去得到妳的喜歡。」

謝長寂說著，他將碧海珠從她手中取走，將自己的劍放到她手中，同她一起握住自己的劍。

「可現在不一樣了，晚晚。」謝長寂緩慢抬眼：「我來了。」

妳要做什麼，殺人亦復仇——妳心所向，我劍所指。

花向晚聽著這話，垂眸看向手中長劍，這不是問心劍，是她隨手給他的劍。

她說不出是什麼感受。

不知道為什麼，只感覺玉生那些話在她心中翻騰起的波瀾，一瞬間似乎都平靜下去。

那些話所激起的回憶，招惹來的痛楚，也像是被人用一雙手溫柔撫過，輕柔舒展，流向他方。

她低頭看著他的劍，好半天，才平復了心情。

她笑著抬頭：「你不是來找我的，你是來找魆靈的，謝道君，」花向晚將劍推回他手裡，「你連我是什麼樣的人都不清楚，說這些沒什麼意義。」

「我……」

「兩百年了，」花向晚打斷他的話，「你心中的花向晚，只是過去的執念，感謝您的安慰，」花向晚笑起來，「我心領了。走吧，趕緊下山，溫容很快就來找我們了。」

說曹操曹操到，她剛說完這句，一股大能氣息從上方壓來。

謝長寂一把拽過她的手，抓著她一躍而起。

他們站著的地面轟然坍塌，花向晚抬頭一看，就天空出現一張巨大的臉，這人臉彷彿被雲層罩著，在上方瘋狂嘶吼：「花向晚，我兒呢？」

聽到這個聲音，花向晚反應極快。

溫少清魂燈一滅，溫容肯定立刻知道，會過來找人。

只是她沒想到她來得這麼快。

「溫宮主？」花向晚調整了情緒，抬起頭來，露出震驚的表情。

片刻後，她似乎意識到了來人，急道：「溫宮主妳來了？妳快救救少清，方才他給我傳音，說冥惑要殺他，然後就消失了！」

「胡說八道！」高處溫容叫罵。

花向晚忙掏出傳音玉符，她猶豫著看了旁邊謝長寂一眼，隨後向前遞去，咬牙道：「這是方才少清留給我的，內容不宜為他人所知，還請溫宮主私下獨自聽一遍傳音內容。」

「拿來！」

溫容得話，天空中頓時傳來一陣巨力，玉牌朝著高處飛去，穿過雲層，便消失了。

雲層之後，便是清樂宮內殿，溫容拿到玉牌，抬手一抹，便聽到了溫少清和冥惑的對話。

「我母親給我點了命燈，你若殺了我，我母親一定殺了你。」

「我殺你？」冥惑的笑聲從傳音符中傳來，「神女山中，你覬覦渡劫期大能的妻子，你說是誰殺你？我為何殺你？溺水之中，當是你的歸宿。」

「阿晚，救我！冥惑要殺我！」

溫少清的聲音戛然而止，溫容死死捏著傳音玉牌，她紅著眼，咬著牙關不說話。

冥惑……

冥惑這個賤種，陰陽宗一直受清樂宮管轄，可他偏生是秦雲衣一手扶上去的。她早知冥惑心不在清樂，但想到溫少清和秦雲衣成婚終成一家，便沒有多加限制。

沒想到，他居然有這種膽子。

花向晚知道這傳音玉符對溫容衝擊很大，她偽裝著滿臉焦急，等待著溫容，好久，溫容才重新出聲：「他為何會傳音於妳？」

「我給了他一張傳音符，」花向晚遲疑著，看了旁邊謝長寂一眼，像是顧忌著謝長寂，小心翼翼道：「他捏碎了傳音符，我便知道他出事了。溫宮主，他現下如何了？」

她抬起頭，語氣中滿是克制著的急切：「我找了許久都沒找到他，現在冥惑也不見了，他……」

「他死了！」溫容激動出聲：「魂燈已滅，他死於溺水之中！」

聽到這話，花向晚瞬間睜大眼，腿上一軟就要癱倒，謝長寂眼疾手快，一把扶住她，忍不住多看了她一眼。

眼淚迅速湧滿花向晚眼睛，她顫抖出聲：「他……他怎麼會……」

「妳說清楚，」溫容從雲層中伸出手，一爪朝著花向晚抓來，咄咄逼人，「他到底怎麼死的？妳……」

「滾！」

溫容還沒靠近，謝長寂厲喝出聲，劍意從他身上散開，瞬間列成劍陣在前，擋在那隻巨大的手和花向晚中間。

他冷眼抬頭，盯著天空上巨大的臉：「別碰她。」

「不……」花向晚似乎這才察覺謝長寂在做什麼，她一把抱住謝長寂，死死攔住他，激動道：「謝長寂，不要這樣對溫宮主！有什麼都衝我來！那是少清的母親，不要！不要傷害她！」

謝長寂被花向晚一攔，動作僵住，花向晚抬頭看向溫容：「溫宮主！妳快走啊！不要管我！」

哪怕經歷著喪子之痛，看著根本搞不清狀況的花向晚，溫容整個人還是一哽。

謝長寂冷冷地看著她，花向晚似乎在拼死攔著謝長寂，不停搖頭大喊：「溫宮主，快走！」

溫容忍了片刻，知道謝長寂在她不可能單獨詢問花向晚，便只道：「妳最好說清楚！」

說完，她便撤了法術，消失在半空。

等周邊安靜下來，謝長寂平靜地回頭，看著死死抱著他還閉著眼在演的花向晚，抿了抿唇。

「溫宮主！」

「她走了。」謝長寂忍不住提醒。

花向晚動作一頓，她抬起浸滿眼淚的眼睛，看了看旁邊，確認溫容走後，她舒了口氣，直起身來，擦著臉：「來得猝不及防，真是嚇死我了。」

謝長寂不說話，他平靜地看著她。

花向晚察覺他的目光，抬起頭：「你看什麼？」

謝長寂遲疑片刻，伸出手去，小心翼翼摸了下她的眼睛。

指腹下是真實的水汽，他微微皺眉：「是真的。」

「那當然，」花向晚嫌他沒見識，將血令和碧海珠藏好，轉身向外走去，「你以為我兩百年靠打打殺殺生活？」

謝長寂悄無聲息走上前，握住她的手，靈力灌入她身體之中，花向晚看他一眼，笑了笑：「手中沒了劍，就得用點其他辦法，你不會覺得我下作吧？」

謝長寂搖頭，隨後想了想，只問：「尋情呢？」

尋情是她當年的本命劍。

花向晚一頓，有些奇怪：「你問這個做什麼？」

「問心不方便。」

謝長寂解釋，問心劍畢竟是死生之界鎮界之劍，鮮少隨意出鞘，花向晚一聽就明白了，他當年與她結下血契，如今她雖然用不了尋情，他卻還是受尋情認可的。

尋情相當於他另一把本命劍，這讓她有些不滿地嘟囔：「便宜都被你占盡了。」

謝長寂沒有說話，花向晚嘆了口氣：「好罷，我將它放在一個地方了，等改日順路，我去拿給你。」

「嗯。」

兩人說著話，一路往山下走去。

方才那點莫名的情緒在沉默中消弭，不知去往何方。

花向晚刻意不提，謝長寂也默不作聲。

兩人走了一會兒，到山下時，就見百姓跪在地上嚎哭。

他們已經恢復了原來的模樣，跪在地上向神女山叩拜。

花向晚回頭看了一眼，神女山幾乎完全坍塌，她忍不住搖搖頭：「神女沒了，可憐。」

「還有道宗。」謝長寂提醒，雲盛鎮本就是道宗管轄，有沒有神女山庇護，道宗都不會不管他們。

花向晚想了想，點頭道：「也是。」

兩人說著，從山上下來，隨意找了一家客棧。

謝長寂去鋪床的間隙，花向晚藉著翠鳥和玉姑將情況簡單說了一下。

玉姑沉吟下來，過了片刻，她輕聲道：「如今冥惑下落不明，我會先放出血令在冥惑那邊的消息。冥惑乃陰陽宗宗主，如今溫容必定會去陰陽宗問罪，清樂宮一時半會兒怕是消停不下來。」

「嗯。」花向晚敲著桌面：「我先繼續找血令，有事兒妳叫我。」

「好，那妳和長寂小心。」

玉姑叮囑了幾句，便從翠鳥身上抽回神識。翠鳥振翅飛走，花向晚想了想，低頭開始給溫容寫信，將神女山的事簡單描述了一下。

大意不過是巫禮叛變後，她救下溫少清，溫少清約她謀害謝長寂，許諾自己當魔后，結果謝長寂沒有喝她的酒，緊接著就傳來溫少清求救的消息。

最後她再寫了一些諸如自己絕不相信溫少清已死、一定要找到他的鬼話表達自己的癡情，送過去給溫容。

等做完這些，她回過頭，就看謝長寂已經鋪好床，坐在桌邊煮茶。

花向晚看著他的舉動，才意識到他似乎很久沒有打坐了，不由得有些好奇：「你怎麼沒打坐？」

「下樓時看見有人煮茶，」謝長寂聲音平淡，「就借了一套上來。」

「我的意思是，」花向晚站起來，坐到他對面，「你以前不是時時刻刻打坐修行，怎麼最近越來越懶？」

「我在修行。」謝長寂解釋。

花向晚挑眉：「修什麼？修煮茶？」

「嗯。」

謝長寂答得一本正經，倒讓花向晚好奇起來：「你們問心劍修行方式怎麼奇奇怪怪的？」

「因為，萬物法則，本就建立於萬物生靈。」謝長寂緩慢出聲，屋中是潺潺水聲，「入世體會人情，方能理解這世上萬事萬物運行之規律。過往我太過自持，未入世，便談出世，何來真正超脫？」

「那你如今就是入世？」花向晚撐著下巴，敲著桌面，「然後再出世？」

說著，她有些奇怪：「那當年，你還不算入世嗎？」

這話一出，謝長寂動作頓住。

過於殘忍的結局反覆出現在腦海，他握著茶柄，好久，才低聲：「我，困於世。」

「所以你未來，總會回死生之界吧？」花向晚漫不經心。

小爐上熱水沸騰，謝長寂微垂眼眸。

花向晚以為他不會回答，然而過了一會兒，就聽他出聲：「我回不去了。」

花向晚一愣，滾水撞開壺蓋，謝長寂從容提水，沏茶，將茶推給花向晚：「嚐嚐。」

花向晚這才回神，思索著點了點頭。

謝長寂自己嚐了一口茶，提醒她：「妳沒有拿尋龍盤。」

「嗯，」花向晚想著其他事，漫不經心，「他死了，尋龍盤在誰手裡，誰就是凶手。」

「所以，妳設計殺溫少清，只是想報仇？」

聽到這話，花向晚抬眼看謝長寂。片刻後，她笑起來：「你管起閒事來了。」

「妳的事，不是閒事。」

花向晚聽他這話，想了想，反問：「你覺得我是為了什麼？」

「清樂宮。」謝長寂開口。

花向晚挑眉：「哦？」

「妳說過，西境一宮下管轄三宗，清樂宮管轄著陰陽宗、藥宗、道宗，道宗一直只是名義上受清樂宮管轄，但沒有太大關係，如今冥惑殺了溫少清，一旦清樂宮問罪陰陽宗，那就是自斷一臂，它現下手中唯一能真正管轄的，只剩下陰陽宗。」

花向晚聽著謝長寂的話，低頭喝茶：「不錯，而且，溫少清死在冥惑手裡，冥惑是秦雲衣的人，你說溫容會泛著噁心，支持一個可能殺了她兒子的人做魔主嗎？」

「放棄冥惑，或者放棄溫容，」花向晚笑起來，「秦雲衣，一定得選一個。」

「她會怎麼選？」謝長寂抬眼。

花向晚笑了笑：「這我就不知道了，等著吧。反正現下就是他們的事，我們只要悶著頭找魔主血令就好。」

「沒有尋龍盤，怎麼找？」謝長寂詢問。

花向晚聞言笑起來，有些得意地掏出魔主血令，晃了晃血令：「只要拿到一塊魔主血令，那就好找了。」

「哦？」

「血令畢竟是一體，被分成碎片，互相之間會有感應。順著咱們手裡這塊感應過去，應該就能找到。」

聽到這話，謝長寂點點頭。

花向晚想了想，趕緊給他許諾好處：「等咱們把魔主血令湊齊，拿著魊靈的人肯定會來找我們，你放心。」

「嗯。」

謝長寂應聲，兩人坐在屋中，靜靜喝茶。

透過窗戶，遠處雪山在月光下格外明亮，花向晚這才發現，屋子裡一直很暖，屋外的雪山就像一幅畫，並不會影響房間內分毫。

她好多年沒有這樣閒適的時光，坐著看著窗外，漫不經心盤著手中的碧海珠。

謝長寂看了她一直拿著的碧海珠一眼，終於輕問；「我都不知道，妳認識一位鮫人。」

聽得這話，花向晚笑了笑：「畢竟咱們也就一起待過三年，你不知道也正常。」

「妳和他認識很久？」謝長寂似是隨意詢問。

花向晚目光看著遠處雪山：「比你長一些。」

「似乎記了很久。」

花向晚沒說話，她喝著茶，聲音很輕，「一輩子都忘不了。」

謝長寂動作停住，他緩緩抬頭。

花向晚覺得有些累，伸了個懶腰，站起身來，走向屋中：「好了，我先睡了。」

說著，她進了房間，躺在床上，抬手看著手中的碧海珠。

碧海珠倒映著她的影子，她看了好久，才將碧海珠掛到頸間，放進衣內，合上眼睛。

逸塵，我把溫少清殺了。

我終於還是把他殺了。

她閉著眼，隱約看到年少時，沈逸塵跟在她身後，看著坐在地上抽噎的溫少清。

她半蹲下身，遞給他一個糖人：「行了，別哭了，給你吃糖人。」

「不，不行，」溫少清抬起頭，哭得上氣不接下氣，「我娘說，我再吃糖人，她就把我這個少主廢了。」

「廢了來合歡宮，」花向晚將糖人塞在他手裡，「而且我不說誰知道，逸塵，」她扭頭看向身後少年，「你會說嗎？」

「我怎麼會說呢？」

聽到這話，溫少清遲疑著伸出手，握住糖人，他小心翼翼抬頭：「阿晚，妳會一直給我糖人嗎？」

「會會會，」花向晚不耐煩，「趕緊吃，吃完還得練習法術呢。」

她迷迷糊糊，在記憶中睡去。

謝長寂獨身坐在屋外，低頭將自己煮出來的茶喝完，然後去淨室清洗過自己，熄了燈，這才回到床邊。

他沒有立刻上床，只是靜默地坐到她邊上。

她一隻手握著什麼，眉頭緊皺。

謝長寂看著她緊握著的碧海珠，抬手輕輕撫過她的長髮。

——「若妳誠心實意喜歡一個人，妳答應過喜歡他一輩子，妳能忘嗎？」

——「當然能忘。」

當他還是謝無霜時，她那麼輕而易舉，就說她已經把謝長寂忘了。

可今日，她卻告訴他，這個給她碧海珠的人，她一輩子不會忘。

怎麼可以一輩子不忘呢？她都能忘記謝長寂，怎麼可以忘不了別人呢？

他怎麼樣才能讓她一輩子記得他？一輩子都不要忘了，心裡一輩子放著他，只放著他。

她的心裡到底裝了多少人？溫少清、這個鮫人，還有……好似還有個薛子丹？

或許，沈修文、謝無霜、雲清許，對於她來說，也有一席之地？

他在夜裡，感覺心中黑暗之處無限滋長開去。

他克制著自己，閉上眼睛，過了許久後，終於有些無法忍耐。

他低下頭，覆在她耳邊，輕聲詢問：「晚晚，妳想用尋情對不對？」

花向晚在睡夢之中，沒有回應，他只當她默認，溫柔地注視著她，抬手撫上她的面頰：

「妳用我的血，就可以用尋情了。」

我才是和妳結了血契的丈夫。

我才是可以永生永世陪伴著妳的那個人。

這個念頭升騰上來，他終於覺得自己的情緒稍作平復。

他抬手，一道藍光飛入她的眉心。

花向晚整個人放鬆下來，他見她睡死，將她的手拉到面前，在手腕處抬手一劃。

鮮血從花向晚手腕流出，他觀察著血量，過了片刻，他抬手按住花向晚的傷口，快速寫了個法咒，而後抬手劃在自己手腕上，將兩個傷口貼合。

他的血透過法咒快速進入花向晚身體，他看著，感受著血液流失，一種快感升騰上來。

他恨不得將所有的血都給她，然而也知道此事不能操之過急。

他若今夜將血全給了她，自己的命怕是也就葬送了。

他可以死，但不能這樣死。

他等了一會兒，察覺應當差不多，便將手拿開，在各自手腕抬手用法光一抹，傷口便瞬間消失，彷彿什麼都沒發生過。

而後他快速清理了染血的所有東西，讓一切恢復原樣，這才回到床上。

失血讓他有些疲憊，可他卻有種極大的滿足。

他照常抱住花向晚，將靈力灌入她身體，抬手握住她的手時，他突然意識到，她還握著那顆碧海珠。

他動作一頓，遲疑片刻後，撐起身子，想將碧海珠從她手心拿開。

可當他撐起身子，看著她平靜的神色時，他的動作又停了下來。

碧海珠有安心寧神之效，他猶豫許久，想了想，終於還是停手，只是低頭吻了吻她的額頭。

「好夢。」

他說完，抬手握住她的手，陪她一起抓住著碧海珠，躺在她身後，將她撈入懷中，閉上眼睛。

他抱著這個人，感受著她靈力的運轉，血液的流動，心臟的跳動。

他清楚知道，這一切，都是他所給予。

每日渡血，日復一日，終有一日，她的金丹是他為她重塑，她的筋脈是他為她再接，就連她的血管裡，流動的都是他的血液。

屆時她可以重新拿起她所有失去的東西，她的尋情，她的鎖魂燈，她的一切。

哪怕他死了，她這一身骨血，都與他有割捨不下的關係。

這個念頭充盈了他心房，讓他得到偌大的滿足。

他彷若糾纏的藤蔓，包裹著她握著碧海珠的手背，悄無聲息，纏繞她整個人。

花向晚迷迷糊糊睡了一夜。

夢裡她好像回到年少時，遇到謝長寂的第二個七夕節，沈逸塵來找她，過往七夕節總是他們一起過，原本她約了謝長寂，但清晨她看見瑤光找他，便有些不高興。

想著他若不主動開口，她今年就不隨他過這個七夕。

可她等了一個早上，都沒等到謝長寂出聲，他好似完全沒有意識到這個節日，還要出去給百姓驅邪。

她心中氣悶，剛好沈逸塵來約，便同以往一樣，和沈逸塵一起出了門。

雲萊熱鬧繁華，沈逸塵領著她，一路給她買著花燈，她玩樂著，竟也忘記那些不高興的事情。

等和沈逸塵鬧了許久，旁邊突然有少女驚叫起來：「啊，煙花。」

她聞言，笑著回頭，煙花驟然炸開，在盛大的煙花和闌珊燈火之間，她看見少年手中提著一盞和她一樣的燈，靜靜站在不遠處。

他與這凡塵俗世格格不入，一個人靜寂如雪，在她回頭與他四目相對那一剎，她隱約從他眼中見到一絲驚慌。

然而他很快調整了情緒，彷彿只是路過一般，朝她點了點頭，便轉身離開。

他提著那盞和她一樣的美人燈逆著人群走去，她忍了忍，還是沒忍住，大喊出聲：「喂，謝長寂。」

少年頓住步子，她試探著：「一起逛街嗎？」

他背對著她，好久，才艱澀開口：「不必了，我得回去打坐。」

說著，他提步離開。

花向晚看著他的背影，不知怎麼的，就有幾分不忍，她回頭看了旁邊的沈逸塵一眼，忙道：「逸塵，今天逛到這裡，我先走了。買的東西你幫我帶回去，謝了。」

「好，」沈逸塵點頭，囑咐，「早些回來。」

花向晚擺擺手，追上前面孤身提燈的少年，抬手一拍：「謝長寂。」

謝長寂驚訝回頭，花向晚笑起來：「打坐哪天不行啊？今天七夕，和我逛逛唄。」

「不必……」

「走，」花向晚一把拽過他，在人群中穿梭起來，「我剛才去吃了一家湯圓，可好吃了，我帶你去。」

謝長寂緊抿著唇，跟著她穿梭在人群裡。

等來到湯圓鋪，她拉著他坐下，揚聲喚了老闆：「老闆，一碗芝麻餡的。」

「喲，」老闆看見謝長寂，頓時笑起來，「公子，我方才就說了，你該來一碗，看這麼久不吃一碗，多可惜。」

聽到這話，謝長寂不知為何面上微紅，他起身便想走，花向晚一把拉住他，趕忙道：「走什麼呀，吃一顆再走。」

謝長寂被她拉著，進退不得，遲疑許久，終於還是坐了下來。

老闆端著湯圓上來，花向晚給他拿了勺子，彷彿教孩子一般：「來，你吃過嗎？」

謝長寂點頭，他垂眸靜靜吃著湯圓，花向晚撐著下巴看他。

他生得好看，平日總有種高高在上的仙氣，此刻吃著湯圓，終於像個人一些。

她靜靜瞧著，謝長寂沒有抬頭，安靜地把湯圓吃了乾淨，她笑起來：「好不好吃？」

謝長寂點頭，提醒她：「太晚了，回去吧。」

「還有好多呢。」花向晚給了錢，拉著他起身，他僵著身子，被她拖拽進人群中。

「謝長寂，我呀，什麼都不缺，」她挽著他的手，漫不經心，「我唯一缺的，就是有人陪著。」

「妳有許多人陪。」謝長寂聲音很淡。

「可不是每個人，都能在我回頭的時候被我看到，」花向晚笑起來，「我什麼都有，可我還是希望，我能一回頭，就看見有人站在我身後。」

謝長寂轉頭看她，花向晚眼中帶著幾分嚮往。

「這樣，我心裡就知道，我不是一個人行走在這世間。」

謝長寂不說話，他平靜地看著她的眼睛。

煙花再次炸開的瞬間，他的聲音被遮在煙花裡。

他說，「嗯。」

這個夢很平淡，花向晚醒來時，還有些恍惚。

時間過去太久，她都不知道這個夢是真是假，最後那一聲「嗯」，到底是真的，還是她做夢加的。

但她也沒有深究，轉頭看了看周遭，謝長寂不知道去了哪裡，小白趴在窗前懶洋洋曬著太陽。

她從床上走下來，戳了戳小白：「謝長寂去做什麼了？」

小白啃著爪子，沒搭理她。

花向晚將牠抱起來：「不說話我就帶你去洗澡。」

一聽這話，小白頓時僵住，隨後嗷嗚嗷嗚幾聲，花向晚品了品，明白過來：「做飯去了？」

她感覺謝長寂越活越像個廚子。

謝長寂不在，她放下小白，洗漱過後，便坐在桌邊，將魔主血令掏出來，抬手在魔主血令下方畫了一個尋物法陣在，魔主血令開始迅速打轉，等謝長寂推門進屋時，魔主血令剛好停下。

看著上面顯示的情況，花向晚有些詫異：「不會吧……」

謝長寂掃了一眼，就看上面密密麻麻顯示三百多個點。

花向晚頗為震驚。

三百多個點，魔主血令變成了三百塊碎鐵讓他們收集？

但她看手裡這塊碎鐵的大小，除非魔主血令是塊碑，不然不可能啊。

「吃東西吧。」謝長寂一看就知道她那尋物的法子出了問題，跪坐在桌前，將碗放在桌上，叫花向晚。

花向晚沒理他，她抓了抓頭，仔細看了一下這些點，發現有一個點距離他們的位置很近，還一路飛快移動。

花向晚心頭一跳，隨即意識到，這個點……好像和之前那個小道士雲清許的移動位置一模一樣。

「雲清許身上有魔主血令？」花向晚思考著。

謝長寂聽見「雲清許」，抬頭看她：「妳說雲盛城那個小道士？」

「沒錯，」花向晚點頭，提醒他，「他給咱們解圍，我走的時候不是送了他一張符嗎？那張符能感應他的位置。」

「我知道。」謝長寂說的很淡，將勺子放進湯圓碗中，說著花向晚聽不懂的話：「雲清許、薛子丹，西境還有需要我認識的人嗎？」

「這和薛子丹什麼關係？」花向晚莫名其妙，隨後趕緊繼續：「他現在的位置，和這塊魔主血令，」花向晚指了距離他們最近的一個光點，「完全重合。」

「先把湯圓吃了。」謝長寂沒有理會她的話。

花向晚正要說什麼，胸口突然一震，這是她留給雲清許的防禦符觸發時的提醒。

「糟，」她慌忙起身，「雲清許出事了！湯圓我不吃了，先走。」

說著，她從窗戶直接跳了出去，叫了小白一聲，便風風火火離開。

謝長寂看著面前的湯圓，片刻後，端著湯圓，馭劍跟上花向晚。

花向晚一回頭，就看見謝長寂手裡還端了個碗，她立刻知道這人倔脾氣上來了，也不多說，騎在小白身上朝他伸手：「把碗給我！」

謝長寂搖頭：「會噎著。」

「我不會！」花向晚堅持，覺得謝長寂端著早飯去救人有點不太體面，然而對方不動，不過片刻，兩人便衝到了城郊密林。

只聽「轟」的一聲巨響，剛好看見雲清許被一個符咒轟開。

花向晚急急拉停白虎，還沒說話，就看一碗湯圓送到面前。

花向晚一噎，謝長寂平靜地看著她：「妳先吃飯，我去救人。」

就這麼一瞬間，雲清許又被轟得就地打了個滾。

花向晚著急，趕緊拿了湯圓，吩咐謝長寂：「去！」

謝長寂點頭，慢條斯理向前，在第三個法陣朝著雲清許劈頭蓋臉砸下時，他回頭朝著法陣來的方向看了一眼。

光劍朝著來處疾馳而去，花向晚就聽遠處傳來秦雲裳的驚呼：「是謝長寂，趕緊跑！」

說完，花向晚就感覺遠處的人呼啦啦用盡全身家當，瞬間消失。

她一口湯圓沒咽下去，差點噎死在當場。

秦雲裳這狗賊，跑得也太快了。

第十九章　薛子丹

秦雲裳這人和秦雲衣不同。

秦雲衣向來是菩薩模樣蛇蠍心腸，而秦雲裳則是個直脾氣，壞得清清楚楚，慫得明明白白。

謝長寂還沒動手，就帶人跑得乾乾淨淨，看來是上次在雲萊被謝無霜打出了陰影。

謝無霜都這個樣子，更何況他師父謝長寂？

花向晚把湯圓咽下去，一面吃一面從小白身上下來，走到雲清許旁邊。

這個在雲盛鎮遇到的小道士，之前見到的時候還生龍活虎，他幫著他們從雲盛鎮被一群老年人圍攻的困境中跑出來，她便送了他一道防禦符。

沒想到這防禦符這麼快起效，現下再見，小道士已經沒了之前的樣子，背著個包袱，看上去滿身是傷。

花向晚把他上下一打量，確認他傷得很重，轉頭看謝長寂，商量道：「要不先穩住情況，抬到客棧吧？」

說著，她把最後一個湯圓塞進嘴裡。

謝長寂轉頭看她，只道：「素昧平生，為何要救？」

這話把花向晚問愣了。

她記憶中，謝長寂一直是個多管閒事的主，只要是他見到的不平之事，一般都會管一管。

雲清許乃道宗弟子，怎麼都算個名門正派，現在遇難，謝長寂居然問她「為何要救」？

她呆愣片刻，謝長寂也明白失言，轉頭看向雲清許，淡道：「不知底細，怕招惹麻煩。」

「別擔心，」花向晚笑起來，「秦雲裳不會無緣無故追一個道宗弟子，他身上肯定有什麼東西，人都救了，不在乎多照顧一會兒。」

說著，花向晚把小白叫過來，伸手想去扶雲清許。

謝長寂很懂事，抬手攔住她的動作，自己將雲清許扛了起來，扔在小白身上。

兩人領著雲清許去到旁邊小鎮，找了家醫館給他看診過後，等到第二日，他終於咳嗽著醒來。

花向晚聽到他醒了，趕緊和謝長寂起身湊過去。

見到花向晚，雲清許便是一愣，有些驚訝：「前輩？」

「醒了？」花向晚笑得很是燦爛，她伸手去拿茶壺倒水，旁邊謝長寂直接取過茶壺，低頭沏茶。

花向晚手上一空，便搬了個凳子，轉頭專心致志和雲清許說話，「你還好吧？」

雲清許聞言，感覺一下身上的情況，點頭道：「現下已經好了許多，多謝前輩相救。」

「你這是怎麼回事，」花向晚比劃了一下，「會招惹到鳴鸞宮的人？」

聽到這話，雲清許嘆了口氣，旁邊謝長寂把水遞給他，他有些無奈：「這事兒，全是誤會。」

「怎麼說？」花向晚好奇。

雲清許喝了口水，和謝長寂道謝，隨後遲疑片刻，才緩聲開口：「他們追我，是因為，他們以為我身上有魔主血令。」

聽到這話，花向晚和謝長寂對視了一眼，倒也不太奇怪。

雲清許苦笑起來，從懷中取出一塊碎鐵：「就是這個。」

花向晚伸手接過，拿在手中仔細觀察。

這的確是魔主血令，上面甚至還帶了魔主的氣息，她抬眼看向雲清許，好奇道：「這不就是魔主血令嗎？你怎麼說，是他們以為？」

「花少主有所不知，」雲清許搖頭，「這不是魔主血令，這是個贗品。」

「贗品？」花向晚詫異，竟然能有如此以假亂真的贗品？

「不錯，」雲清許解釋著，「其實來雲盛鎮之前，我本來是去處理另一件事，此事源於半個月前，道宗寶物溯光鏡被盜。」

「溯光鏡？」花向晚思索著，「就是那個傳說中，照到什麼，就能看到那個東西過去的溯光鏡？」

「正是，」雲清許點頭，「這賊人極為巧妙，她偷走溯光鏡後，弄了一個贗品放在屋中。可贗品是沒辦法做到追溯過去的，所以很快被我宗發現，派弟子追查此賊，我們追了半個月，才摸清楚她的情況。她本名孤醒，是玉成宗一名煉器師，不知道什麼時候，她得了一個法寶，此物可以作畫成真，也就是她畫什麼，畫中之物便會變成實物。她修為不高，但總有奇思妙想，有了這個法寶就變得異常麻煩。」

「如何個麻煩法？」花向晚聽得起了興趣。

雲清許抬手扶額，似是苦惱：「她會畫些怪物，比如全身鎧甲的老虎，又或是刀槍不入的鐵甲人；有時候會畫個蛋殼，把我們都關在裡面；有時候會畫一扇門，打開就是糞池；有時候會畫一場刀子雨，滿天下刀子……」

「這……有點意思啊。」

「她畫這些也就罷了，」雲清許無奈，「她還能自由出入畫中，異常難抓。每次差點就抓到了，她就進了畫裡，想把這畫給燒了，可燒了畫，溯光鏡還在她身上，也就一併燒了。只能看她在畫裡吃吃喝喝，她甚至還在畫裡作畫，感覺她能在裡面過一輩子，然後稍加不注意，她就畫個傳送陣，跑了。」

看得出來，雲清許明顯是被這位畫師逼得快崩潰了。

「那後來呢？」

「後來剛好雲盛鎮出了事，我便自告奮勇過來了。誰曾想昨天又遇見了她，我本想抓她，結果她突然甩了這東西給我，然後沒多久，鳴鸞宮的人就追了上來，我怎麼解釋都不聽。」

「那你把東西給他們啊。」花向晚好奇，「反正是個贗品。」

「雖然是個贗品，但這是我們目前從這畫師手裡唯一拿到的東西，」雲清許思緒很清晰，「還得靠它去追人。現下她肯定是把我同門都甩開了，若我也沒追上，溯光鏡就回不來了。」

花向晚聽到這話，點了點頭，覺得雲清許說得很有道理。

看著雲清許愁眉苦臉的模樣，她想了想，回想起清晨用自己手中那塊魔主血令查看的結果，心裡突然有了解釋。

今天清晨，她用魔主血令碎片尋找其他碎片的方向，結果這魔主血令指向了合歡宮管轄的方向。

這本也沒什麼，問題是，它亮起來至少三百多個點。

也就是說，合歡宮方向，至少有三百多塊血令，這可能嗎？

魔主這是把血令碾成顆粒發下去讓大家找才可能吧？一塊血令也就比手掌大些，能分成三百多塊？

然而現下聽了雲清許的話，她心中算是有了解釋。如果這個畫師手中拿著魔主血令，且她的力量就是血令所賦予的，那她畫了三百多塊贗品，這些贗品都有魔主血令的氣息，被她手裡這塊感應到，那也正常。

她點點頭，將目光落在手中血令上，思索片刻後，她開口道：「雲道友，我有一個不情之請。」

「前輩請言。」

「我想與雲道友，一起去追這位畫師。」

這話出來，謝長寂轉頭看了過來，雲清許愣了愣，花向晚笑起來：「我也不瞞道友，我們是為魔主血令而來，道宗對此物想必並不感興趣，那不如我們合作，我拿血令，雲道友拿溯光鏡，如何？」

聽得這話，雲清許有些遲疑，謝長寂垂眸看著花向晚手中的血令，似想說些什麼，最終還是按耐下去。

他不能直說可以搶。

乾坤袋中她贈的那朵小花還綻放如初，他垂下眼眸。

旁邊雲清許想了許久，終於道：「前輩救我，便是有恩於晚輩，既然前輩需要，如不嫌棄，那便一起抓捕孤醒。」

說著，雲清許抬頭，笑了起來：「還不知兩位前輩尊姓大名？」

「我叫花向晚，他是我……」花向晚遲疑片刻，謝長寂接過話：「我是她丈夫，道號清衡。」

一聽這話，雲清許頓時睜大了眼，震驚地看著兩人，緩了片刻後，他才點頭道：「原來是花少主……」雲清許掙扎了一會兒，才決定了稱呼，「清衡上君。」

「有兩位在，」雲清許情緒緩和下來，恭敬道：「晚輩這就放心了。」

花向晚點點頭，上下打量他片刻，便道：「你先休息，我去準備一下，中午用過飯，我們便上路。這個贗品放在我這裡，」花向晚和雲清許商量，「你不介意吧？」

「當然不介意。」雲清許苦笑。

但在場眾人心裡也清楚，花向晚想拿，他也沒什麼辦法。

「好，」花向晚站起身，「你先休息。」

說著，花向晚便帶著謝長寂走出去，她拿著這個贗品，去了醫館客房，謝長寂走進屋來，看她朝他伸出手，熟稔道：「給我點靈力。」

謝長寂上前，半蹲下身，握住她的手，她渾然不覺他已經習慣握手去輸送靈力，低頭拿了一個茶盤，在上面畫著法陣，念叨著：「等會兒出去買輛車，讓小白拉著，他身體不好，馭劍騎獸都不適合。」

「我這裡有。」謝長寂開口。

花向晚忍不住回頭看他一眼，頗為詫異：「你口袋裡怎麼什麼都有？」

「出門在外，」謝長寂解釋，「總得周全些。」

那不是周全，那是有錢。

花向晚將腹誹藏在心中，低頭畫著法陣，之前她是用血令找血令，這次她就用贗品找人。

贗品在茶盤法陣中打著轉，沒了片刻，就指了一個方向。

花向晚笑起來：「成了。」

謝長寂仰頭看著她，見她露出笑容，嘴角也忍不住微彎。

他想了想，又想起方才雲清許欲言又止的話：「方才雲清許在猶豫什麼？」

「嗯？」花向晚扭頭：「什麼時候猶豫？」

「他稱呼我的時候。」

花向晚被他提醒，這才想起來：「哦，這個啊，因為，按著西境的規矩，你入了合歡宮，就不該再叫你原來的道號了。」

聞言，謝長寂微微皺眉：「可他們一直這麼叫我。」

「因為你身分高，修為高，說是入主合歡宮，但誰也不敢真的將你當成合歡宮的人。」花向晚說得漫不經心，端起被做成了尋物儀的茶盤，往外走去。

謝長寂起身，跟在她身後，繼續追問：「若我是沈修文，他們當叫我什麼？」

「跟著我的稱呼，」花向晚扭頭，臉上帶了幾分偷掖，「少君。」

謝長寂面色不動，他看向花向晚嬉笑的眼神，溫柔了幾分，輕輕點了點頭：「嗯。」

花向晚被他這一聲應話嚇了一跳，但沒等她細品，謝長寂便伸出手，取了她手中這個「尋人儀」，用靈力罩上，一手端著尋物儀，一手握著她走出門外。

他從乾坤袋中取了一個玉製車身出來，將小白套了上去，靈獸玉車便算成了，謝長寂又領著她去街上置辦了一些東西。

他似乎很清楚怎麼過這凡塵生活，買東西精挑細選，提了一大堆回來，都放上馬車後，才帶著花向晚去接雲清許。

雲清許已經準備好，三人一起安靜地吃了個午飯，便上了馬車，跟著尋物儀往下一個城鎮走去。

三人上了馬車，花向晚主動將床榻留給雲清許這個傷患，雲清許搖頭：「這怎麼好意思？」

說著，他指了指外面車架：「我駕車就好，兩位前輩好好休息。」

「可你是傷患……」

「少主，」雲清許低頭，恭敬卻不容拒絕，「我應當在外面。」

聽到這話，花向晚便明白了雲清許的意思，她看著對方，不由得失笑，點頭道：「行吧，隨你。」

說著，她由謝長寂攙扶著上了馬車，兩人進了車廂，謝長寂設了個結界，能聽見外面，外面卻聽不到他們。

花向晚坐在位子上，面上一直帶笑，謝長寂低頭煮茶，聲音平和：「他說了什麼，讓妳高興成這樣？」

「倒也不是高興，就覺得有意思，」花向晚轉頭，湊到謝長寂面前，「你覺不覺得，他有點像你？」

謝長寂動作一頓，花向晚想了想，退了回去，又仔細琢磨起來：「不過也不是很像，他脾氣比你好。不過這一會兒一會兒犯倔的樣子，倒是很像你以前。」

謝長寂沒說話，他低頭看著瓷杯中的茶。

好久，他輕聲開口：「不像的。」

不該有任何人，與他相像的。

三人按著那個贗品的指引走了三天，贗品指引的方向終於穩定下來。

三人看著寫著「無邊城」的城匾，花向晚舒了口氣：「就是這裡了。」

雲清許點了點頭，同兩人囑咐：「孤醒十分狡猾，若無十足把握，二位還是不要輕舉妄動，若是跑了再抓，就更難了。」

「若我動手……」謝長寂抬眼看向雲清許。

雲清許搖頭：「我師父乃渡劫期，早已試過，她十分狡猾，並不容易得手。」

謝長寂沉默下來，讓他殺人或許容易，但若要活捉，這中間逃跑的方法就多了。

花向晚明白雲清許的顧慮，點頭道：「無妨，我們先過去看看情況。」

三人稍作變裝，便進了城，順著贗品血令指引的方向，來到一間當鋪，剛好看見一個紅衣女子手裡拿著錢袋，高高興興從當鋪裡走出來。

「就是她。」雲清許一看見孤醒立刻認了出來，壓低聲道：「她應當是畫贗品來賣錢了。」

說不定之前三百多個魔主血令就是用來賣錢的。

花向晚心領神會，點了點頭：「先跟著。」

三個人悄悄跟在孤醒身後，跟了許久之後，三人看見孤醒大大方方上了一個男人花枝招展的地方，一個男人抬手挽住孤醒的手，孤醒扔了一顆靈石給對方，男人拉著她進了樓。

三人站在街邊巷子中看著孤醒的身影消失，雲清許皺起眉頭：「花少主，現下怎麼辦？」

「捨不得男人，套不著狼。」花向晚思索著，「有一個最妥當的辦法。」

「什麼辦法？」雲清許好奇。

花向晚輕咳了一聲，似是有些不好意思，看了旁邊的謝長寂一眼。

謝長寂沒有反應，靜靜眺望著不遠處的小倌館，似是在觀察什麼。

「我們可以派一個好看的男人故意接近她，給她下藥，」見謝長寂不搭理自己，花向晚又回頭看雲清許，說出自己的計畫，「等她昏迷之後，就直接抓獲，免得她半路又跑了。」

聽到這個計畫，雲清許微微皺眉：「這……是不是有點……不夠光明磊落？」

「你可以不參與這次計畫。」花向晚見雲清許為難，立刻道：「等我把她綁了，就把溯光鏡弄回來給你。」

「不行，」雲清許得話，他想了想，「既然大家一起做事，斷沒有把所有壞事都讓少主做的道理。現下的確沒有更好的辦法，只是……」

雲清許遲疑著：「之前她見過我……」

「所以我們要派出的美人不是你。」

花向晚立刻解決了雲清許的憂慮，轉頭看向一旁一直站著沒有反應的謝長寂，咳嗽了幾聲。

謝長寂聽見連續咳嗽聲，終於轉頭看了過來。

兩人四目相對，花向晚眨眨眼，謝長寂眉頭微皺。

花向晚見他還是不明白，走到他面前，抬手為他撫平胸口的褶皺，仰頭看他，像看一個英雄，滿是信任：「謝長寂，會陪酒嗎？」

謝長寂沒說話。

他看著她毫無芥蒂的眼神，一瞬想起當年他第一次見她師姐狐眠的模樣。

那天她一直很緊張，狐眠一出現，她就擋在他面前，警告著對方：「我告訴妳別亂來啊，再好看也不能摸。」

狐眠聽到這話，眨了眨豔麗的眼，似是有些委屈：「那……那我和他喝一杯行不行？」

「不行，」花向晚一口拒絕，「妳只能和他說說話。」

「那……」

「隔著我說話！」

聽到這話，狐眠哽了一下，片刻後，她似是不高興，擺了擺手道：「好吧好吧，去吃飯，我才不招惹他，不就是長得好看點兒嗎？有什麼了不起。」

說著，狐眠扭著腰離開，謝長寂和花向晚走在狐眠身後，謝長寂遲疑片刻，才提醒：「妳同妳師姐這樣說話，她或許會不高興。」

「她要是高興了，那我就不高興了。」花向晚立刻回答。

謝長寂不理解：「為何？」

「我把你放在心上，誰都別想染指。」花向晚瞥他一眼，「師姐也不行。」

放在心上，所以誰都不能染指。

他知道那是過去，是兩百年前。

可是他又總隱約有些茫然，好似這兩百年始終關聯著。

他靜默地看著對方期待清亮的眼，一句話都說不出來。

花向晚見謝長寂沉默，莫名有些心虛，想想他的脾氣，轉頭看向雲清許道：「要不我們先混進去，看看有沒有其他機會？」

「我去吧。」謝長寂突然出聲。

花向晚和雲清許一起回頭，花向晚驚訝地看他：「你願意？」

「妳陪我一起去。」謝長寂抬眸：「回來後，告訴我一件事。」

「好啊。」花向晚高興應答，她知道他一貫有分寸，不會問什麼太難答的問題，問了她也可以撒謊，趕緊道：「那我們先進去，你能給她下藥那是最好，」說著，花向晚遞了一包迷藥給謝長寂，「要是她太警惕沒有機會，那……」

「那前輩只需要拖住她，分散她的注意力，」雲清許拿出一根紙管，「我這裡還有一些特殊迷藥，但是需要她沒有提前注意才能成功。」

「嗯。」謝長寂點頭，將劍藏入乾坤袋中，伸手拉過花向晚，轉身朝外走去：「走吧。」

三人直接用了隱身符，正大光明進了小倌館。

進門時，剛好看見總管正領著孤醒往樓上走，花向晚用神識粗粗一探，便看見後院正準備了一群人往這邊過來，嚷嚷著要接待貴客不得怠慢。

「去後院。」花向晚扯了扯謝長寂，領著他和雲清許往後院走。

到了後院，三人各自抓了一個人，扒上衣服換上，然後悄無聲息跟上隊伍，一起走向孤醒房間。

謝長寂換成了小倌的衣服，面上戴了面紗；花向晚化作樂師，跟在謝長寂身後；雲清許雖然有了變化，但怕孤醒發現，只當一個送人過去的小廝，等兩人進去就等在門口，隨時聽情況。

三人各自分工，到了孤醒房間門口，總管推了門，花向晚和雲清許點點頭，便跟著人走進屋中。

孤醒斜臥在屋中，正在和旁邊人說話，所有人跪了一地，孤醒扭過頭來，抬了抬手：「起吧。」

「孤醒大人，這是咱們樓今夜的好貨，您看看。」總管說著走上前去，跪在孤醒旁邊，回頭同所有人道，「把面紗摘了，抬起頭來。」

聽著這話，謝長寂同所有人一起摘了面紗，抬起頭來。

他的眼神清清冷冷，抬頭那一剎那，所有人瞬間被壓了下去。

所有人目光直愣愣看過去，總管也是一懵，正想說點什麼，就看孤醒坐直身子，盯著謝長寂，許久，嫣然一笑，抬手一點：「就他。」

總管愣了愣，孤醒一個上品靈石扔出來，笑著朝謝長寂招手：「美人，過來。」

花向晚看著孤醒頗為玩味的眼神，微微皺眉。

她總覺得面前的人有幾分熟悉，卻又不能確認。

總管見到靈石，一時也顧不得其他，趕緊抓了靈石感謝，孤醒擺了擺手，吩咐下去：「留幾個唱曲跳舞的助興，其餘人下去就是了。」

「是，」總管忙道，「大人今夜玩得開心。」

說著，總管便帶人撤了下去。花向晚掃了周邊一眼，跟著旁邊的樂師撥琴，看著伶人唱唱跳跳起來。

高處謝長寂和孤醒所在的位置設了結界，她只能看到他們動作，卻聽不清說話聲，她不敢看得太明顯，只暗暗瞟上一眼，便開始觀察屋中結構。

謝長寂坐到孤醒旁邊，孤醒斜靠在一旁，紅衣大大方方敞開半個酥胸，笑咪咪道：「公子好俊的模樣，卻好生無趣，是剛掛牌嗎？」

謝長寂不說話，孤醒歪了歪頭：「為何不說話？」

說著，孤醒直起身，靠近謝長寂：「都來了這裡，沒有人教過你要怎麼討女人歡心嗎？」

謝長寂動作一頓，他緩緩抬眼。

孤醒看著她，嘆了口氣，「嘖嘖」兩聲後，忍不住感慨：「空有皮囊，真是可惜。」

說著，她抬手撫上謝長寂的面容，壓低了聲：「沒有人想褻瀆神佛，大家只想要被拉下紅塵的神佛。這位公子，」孤醒將手指向旁邊跳舞的伶人，「你要人動欲，先得自己有欲，讓人看到這種欲望存在，她才會為之心動沸騰。」

謝長寂順著孤醒指的方向看過去，就見伶人正擊掌踏歌而舞，伶人的眼神裡是赤裸裸的欲望，但笑容將這欲望化為討好，沒有半點攻擊性，反而變得格外勾人。

謝長寂認認真真看著對方，孤醒抬手將靈石一擲，喚了一聲：「脫。」

伶人笑容頓盛，每一個動作都儘量展示著自己身軀的線條、力度，然後一件又一件，將衣衫褪下。

謝長寂瞟了旁邊的花向晚一眼，見對方也在看這位伶人，他不著痕跡收回目光，看向中間一件一件褪卻衣衫的人。

直到最後一件，孤醒扔了個靈石，才叫伶人停住：「行了，最後一件回房裡再脫。」

伶人趕緊跪拜道謝，孤醒轉頭看向謝長寂：「看明白了嗎？」

謝長寂收回目光，並不應答。

孤醒端起酒杯，忍不住笑起來：「這還學不會？」

「以色侍人，空有色欲，不是歡心。」謝長寂聲音平淡。

「可你除了這張皮囊，」孤醒眼中帶著幾分譏諷，「又有什麼能討人歡心的呢？」

謝長寂轉眼看過去，孤醒晃著酒杯，說得漫不經心：「給不了溫情，給不了偏愛，給不了心中最重要的位置，無聊木訥，毫無情趣，說你是白開水都嫌淡，若連色欲都給不了，你又有什麼值得女人喜歡？」

「喜不喜歡，」謝長寂端起桌上酒杯，抿了一口，「不是妳評判。」

「哦？」孤醒輕笑：「你既然出現在這兒，還敢和我談她的喜歡？」

謝長寂動作一頓。

對方突然出手，謝長寂抬手一把抓住對方手腕，孤醒卻彷彿是被他順勢一拉，軟軟地向他倒來，謝長寂下意識後退，孤醒卻一把勾住他的腰帶，湊到他面前，輕聲道：「她在意嗎？」

謝長寂動作僵住，孤醒和他保持一指的距離，但這個距離僅有二人知曉，在旁人看來，兩人近乎貼在一起，孤醒仰頭看著他：「她的脾氣你不知道嗎？你敢回頭看她一眼嗎？」

謝長寂不動，好久，他乾澀出聲：「我不在意。」

「哦？」孤醒笑起來，重複了一遍：「不在意？」

「她當年說，她只是想陪我，她只要在我身邊，只要我屬於她，只要她是我心裡獨一無二。」謝長寂重複著當年她說過的話，垂下眼眸，「我也可以。」

孤醒一愣。

「她走的路我都可以走。」

「她能接受的我都能接受。」

「她不在意，也沒關係，」謝長寂聲音很輕，「我可以一直等。」

「謝長寂，」孤醒皺起眉頭，「你是在強求。」

「那當年，」謝長寂抬眼看著孤醒，「她不也在強求嗎？」

「師姐，」謝長寂神色從容，彷彿尋道之人走在一條殉道之路上，「我只是把她的路走一遍而已。」

體會她當年體會的痛苦。

一步一步循著過去的腳印，去明白她的兩百年。

他冷心冷情，看不明白這世間愛恨。

他體會不了她為什麼從死生之界一躍而下，也無法明白為何兩百年苦苦掙扎，那他就把她的路都走一遍。

她是他的道，他追尋她，跟隨她。

又何錯之有呢？

為什麼無論是昆虛子、花向晚，還是眼前這位兩百年前的故人，都要讓他回雲萊，回死生之界？若能回去，他又怎麼會從死生之界風雪之中出來？

「謝長寂，」孤醒皺眉，「她不喜歡你，無法對你獨一無二。你如今強求在她身邊，僅僅只是因為合適，可這世上不是只有你一人合適。」

「那就讓世上僅我一人合適。」謝長寂說得平靜，孤醒一愣。

片刻後，她似覺好笑：「這話，你敢同阿晚說嗎？」

「說與不說，」謝長寂似是不解，「有何不同呢？」

孤醒搖頭，似乎還想說什麼，然而那一剎，她猛地察覺不對，當機立斷，幾乎是本能地扔出一幅畫卷，一躍而入！

謝長寂早有準備，動作更快，一把拽住孤醒，將她往外一拉，以免她入畫。

孤醒甩手一張畫砸出去，前方出現一隻巨獸，她一把抓住巨獸尾巴，大喝一聲：「跑！」

巨獸朝著畫卷內瘋狂衝去，謝長寂被猝不及防一拉，便被拽入畫中。

看著謝長寂進畫，花向晚急喝：「謝長寂！」

說著，同衙進來的雲清許一起撲了過去，雲清許抓著花向晚，花向晚抓住謝長寂，三人拉成一串，一起被拖入畫中！

四人手拉手被巨獸拽著衝進這幅百鬼夜行圖，孤醒回頭一看三人，頓時暗罵了一聲，她喚了一聲前方巨獸：「去！」

巨獸得令，回頭朝著花向晚一口咬了過來，謝長寂瞬間放手，回頭就是一劍，孤醒立刻化作一道流光，朝著正在夜行的百鬼中鑽了進去。

花向晚見她逃走，放開謝長寂直追而去，謝長寂皺起眉頭，急道：「花向晚！」

花向晚哪裡聽得到他說話，追著孤醒衝進百鬼隊伍之中。

謝長寂和雲清許緊跟其後，孤醒朝著他們瘋狂扔著手中畫卷，一時之間，無數鬼魅魍魎朝著他們三人衝來，謝長寂長劍如虹，見鬼劈鬼，見妖斬妖。

花向晚順著他劈開的路一路往前，孤醒逃跑不到片刻，便被她一把拽在袖子上，花向晚猛地一拉，喝道：「我看妳……」

話沒說完，孤醒肩頭被她扯下，露出肩上繪著的合歡花。

花向晚一愣，就是那刻，孤醒一腳踹在花向晚身上，花向晚當即反應，抬手一掌轟了過去！

孤醒見她出招根本不敢硬接，只能側身躲過，一把壓住她的手，急道：「妳別逼我了！」

花向晚沒理她，冷著神色抬手將她的手一個反絞，鎖仙繩順勢而上。

孤醒察覺身體越來越軟，她咬咬牙，反手掏出一塊碎鐵，朝著花向晚胸口一掌擊去！

碎鐵帶著一股熟悉的氣息衝擊而來，花向晚猛地睜大眼睛，只覺周身血液翻滾而起，心口處瞬間劇痛。

她手上一鬆，孤醒趁機掏出一張畫卷，朝著裡面一躍而去，花向晚嘶吼：「謝長寂！」

一襲白衣瞬間上前，跟著孤醒躍入畫卷當中。

花向晚倒退一步，身後有人一把扶住她，花向晚整個人都在抖，她身體中血液瘋狂流竄著，劇痛運轉在她周身，她慘白著臉，咬著牙，一點力氣都沒有。

雲清許扶著她，急道：「妳怎麼了？」

花向晚說不出話，雲清許立刻搭上她的脈搏，片刻後，他臉色驟變：「是毒發了。」

花向晚聞言，顫抖著抬眼，雲清許低下頭，只道：「我先帶妳出去。」

「薛……」花向晚慘白著臉，「薛子丹？」

「雲清許」動作一頓，他似是有些難堪，低聲道：「是我，我先給妳療傷。」

說著，他迅速封住花向晚筋脈，將花向晚打橫抱起，前方出現一個光門，他抱著她提步走出去。

出去便是原來那個小倌館，雲清許……或者說薛子丹抱著花向晚快速出門，扔出靈石要了個廂房，便急急趕了進去。

花向晚被他抱著，身上開始結冰，整個人都在打顫：「你……你怎麼……」

「妳大婚消息一到，我就知道妳要動手了。」薛子丹快速解釋著，將她放到床上，結下結界後，熟練拉開她的衣衫，「魔主血令一旦被人啟用，會加快妳毒發，我不放心所以趕了過來。我身分不合適，雲清許的身分好用，而且，」薛子丹看了花向晚一眼，帶著幾分嘲諷，「聽說謝長寂就是這樣的人，就想看看一個坑妳是不是要栽兩次。」

花向晚趴在他懷中，疼得有些茫然，她抬頭看他的臉，迷迷糊糊。

其實薛子丹不該在這兒的。

她想。

畢竟，無論外人如何覺得她利用他，他心裡卻始終清楚。

橫在他們之間的，從來不是利用，而是虧欠。

他為她偷偷治了兩百年的傷，從當年她去藥宗求醫，他們相愛，乃至後來她與溫少清訂婚分開，他都一直以醫者的身分堅持。

如今聽說她參加了魔主試煉，他從藥宗出來，並不奇怪。

她想得漫無邊際，薛子丹一腳踹開房門，將她放在床上，設下結界。

他熟練地拉開她的衣衫，在她肩頭胸口落針，她胸口一個刀口已經成了黑色，但相比過去，淡了許多。

薛子丹聲音平靜：「誰給妳換了血？」

「什……什麼？」

薛子丹施著針，花向晚神智迷糊，根本聽不清他說什麼。

薛子丹看她一眼，知道問不出什麼，垂頭認真將毒素從胸口逼出來，給她快速上藥，等上好藥後，他看著打著哆嗦的花向晚，遲疑片刻，終於還是躺上床來。

他握著她的手，將靈力渡入她身體之中，靈力運轉兩個小周天後，花向晚身上寒冰消散。花向晚緩緩睜開眼睛，薛子丹察覺周邊靈力波動，他立刻從床上翻身而下，隨後又恢復之前「雲清許」端正清雅的模樣，似是有些疲憊地打開大門。

他一開門，就看見謝長寂站在門口。

他手中提劍，靜靜地看著他。

寒風吹來，謝長寂聲音很冷：「你在做什麼？」

薛子丹露出詫異的表情，隨後似是才反應過來，忙道：「前輩，你終於回來了，方才花少主中了毒，周身被寒冰所覆，還好我與她心法相合，替她療傷拔毒，現下才得了安穩。」

聽到這話，謝長寂面色不動，只重複一遍：「心法相合？」

「雲清許」低頭，似是有些尷尬：「不瞞謝前輩，道宗心法與天劍宗亦有相似之處，晚輩亦曾鑽研過天劍宗心法，在兩宗心法中稍作改進，因而……若少主需要，我亦可幫少主一二。」

說著，「雲清許」回頭看了房間一眼，只道：「此毒需分三次拔除，後續三日，晚輩可能都得來幫花少主，還望前輩……」

「雲清許」恭敬行了個禮：「見諒。」

第二十章　冰原

謝長寂不說話，他看著面前的少年人。

其實花向晚說得沒錯，他和他年少時，的確有幾分相似。

同樣出生以修道為主的名門正派，同樣是劍修，同樣被師門教導以鋤強扶弱為己任，甚至於相比當年的謝長寂，這個少年更溫和，更健談，更讓人喜歡。

而如今，他竟然能說，他與花向晚，功法相合？

他莫名有些想笑，卻不知自己是想笑什麼。

少年似乎什麼都沒察覺，恭敬行了個禮，正要說什麼，只覺冷風忽至，他被眼前人猛地撞到門上，劍橫在他脖頸旁邊，寒意刺著他的脖頸，逼著他緊緊貼在門上。

「你若再出現一次，」謝長寂聲音平穩，說得很淡，「我就殺了你。」

「雲清許」似是驚愕，他露出幾分茫然：「前輩？可是現下餘毒是用我的靈力封印，後續三次必須由我來拔毒……」

說著，「雲清許」似是忐忑：「素聞前輩乃雲萊正道修士楷模，德高望重翩翩君子，應當不會因嫉生亂，主次不分，置少主生死於不顧吧？」

謝長寂沒有說話，他盯著「雲清許」，打量著他的表情。

「雲清許」輕笑：「我對天劍宗心法略有涉獵，聽聞問心劍公正秉直，不因私情所擾，想必前輩對少主應無私情，只是擔憂我對少主不利。這一點前輩大可放心，少主救我，」說著，少年人面上帶著幾分鄭重，「我必生死相護，絕無二心。」

說完，「雲清許」疑惑著：「前輩，我可以走了嗎？」

謝長寂沒有出聲，他看著少年人的脖頸，腦海中劃過溫少清那一夜的慘叫。

他感覺到一種莫名的衝動和快意，盯著他脖子上的青筋，幾乎忍耐不住想要用力切下去。

就在這一刻，屋內花向晚的聲音響起：「謝長寂？」

這聲音像一道清心咒驟然響起，謝長寂猛地反應過來，意識到自己方才在想什麼，他微微愣神。

薛子丹看清謝長寂的神色變化，他抬手捏住劍身，將謝長寂的長劍挪開，隨後笑著行禮：「這間廂房晚輩已經租下，花少主還需靜養一夜，等明日我們再挪地方，晚輩先行告辭。」

說著，他也沒等謝長寂說話，從容走開。

謝長寂站在門口，他呆呆地看著地板上的青石。隔了好久，他才抬眼，看向前方大門，收起長劍，提步走了進去。

他走到床邊，花向晚正沉沉睡著。

她周身都是「雲清許」的氣息，筋脈中也是雲清許靈力留下的痕跡，謝長寂忍不住一寸一寸看過她周身，她的衣衫明顯是拉開又穿上，隱約漏出的胸口還有施針留下的印記。

她情況已經明顯穩定，都是托「雲清許」的幫助。

花向晚察覺身邊坐了人，她艱難地睜開眼睛，隱約聞到一股寒松清香，沙啞出聲：「謝長寂？」

「是我。」謝長寂抬起手，輕輕放在她額頭上。

她神智有些不清，輕聲追問：「孤醒呢？」

「抓到了，」謝長寂聲音平和，「妳先好好休養，不要管這些。」

聽到這話，花向晚放心下來，又沉沉睡了過去。

謝長寂看她神色安穩，抬手幫花向晚簡單檢查過身體，她身體中的確還有三處毒素淤積，是雲清許的靈力將這三處毒素封鎖。

封鎖這些毒素，也就意味著他的靈力曾經走遍她的筋脈。

她體質陰寒，毒發時渾身覆冰，他或許和他一樣在她寒冷時擁抱過她，和他一樣用靈力遊走過她的筋脈、金丹。

他想著這個畫面，遊走在她身上的手忍不住顫抖起來。

他腦海中忍不住想起她送過雲清許那張防禦符，那是他曾經有過的；她說過他們相像，或許花向晚喜歡過他的點，雲清許也擁有；他還功法相合，還曾經為她所救……

更重要的是，他還年少，像一張白紙，和她沒有那些紛亂的過往。

他不曾讓花向晚難過，不曾讓花向晚傷心，不曾和花向晚有過開始又結束。

雲清許可以肆無忌憚說喜歡，謝長寂不能，因為一旦自己開口，她拒絕，那就連留在身邊的餘地都沒有。

孤醒說得對，謝長寂不是這世上唯一適合的人。

他連待在她身邊，都已經是拼了命追求。

謝長寂微微顫抖，忍不住將床上的人抱起來，雙手交錯在她背上，死死將她箍在他懷裡。

她身上的溫度成為他唯一的慰藉，可他還是覺得她離他好遠。

他好像還活在那兩百年自己構建給自己的幻境裡，她會輕而易舉消失，猝不及防碎裂。

她變成灰飛時，他再怎麼努力都無法挽留。

「晚晚……」他額頭抵在她額間，喘息著閉上眼睛。

他細細感受著所有情緒，這些惶恐、不安、痛苦、掙扎、嫉妒、憎怨，這一切都是她所給予。

他像處於業獄之中的神佛，清明觀察人世，又需忍受這業獄之火痛苦的灼燒。

他無處排解，無可奈何，只能從她額間一路親吻而下。

吻過她的眉心，願她神識只為他敞。

吻過她雙眼，願她眼中只有他身。

吻過她的秀鼻，願她只聞過他的寒松香。

吻過她的柔唇，願她只曾輕喃謝長寂。

他在親吻中沉淪平靜，彷彿終於找到一條安心之途。他呼吸聲加重，忍不住抓住她的頭髮，逼著她在他懷中仰頭。

「晚晚……」他呼吸急促，喃喃叫著她的名字。

他用利刃劃過他們的手腕，刀刃掉落一旁，他與她十指交錯，傷口相貼，血液流轉進入她的身體，他近乎瘋狂掠奪著這人唇間一切。

她是他的。

在那一刻，他終於找到一種久違的安心。

色魂相授，血氣相融。

她的一切都是他給予，他的一切，都獨屬於她。

花向晚。

他反覆呢喃她的名字。

花向晚啊。

花向晚迷迷糊糊睡了一夜，等到第二天醒來，發現謝長寂正端著藥碗給她餵藥。

見她睜眼，謝長寂平靜開口：「醒了？」

花向晚茫然地看著謝長寂，謝長寂吹著湯藥，同她解釋：「妳昨夜中毒，雲清許幫妳暫時穩定了情況，我等妳澈底安穩之後，便找了個客棧住了下來。」

「雲清許呢？」花向晚聞言立刻追問。

謝長寂動作一頓，垂眸看著湯碗，平靜道：「去買東西了，很快就來。」

聽到這話，花向晚點點頭，她想起最主要的事兒：「孤醒在哪兒？」

「我把她封在畫裡，還沒醒，她中了迷藥後一直掙扎，迷藥在她全身擴散，一時半會兒醒不了。」

那迷藥是薛子丹的，薛子丹用藥向來霸道，孤醒又一定要硬抗，吃點苦頭也是正常。

花向晚低頭思索著，謝長寂帶著藥的湯勺就抵在她唇邊，勸道：「我買了糖，喝完給妳吃。」

花向晚一愣，隨後笑起來：「哪兒這麼嬌氣？」

說著，她將湯碗拿過來，一口乾完，隨後招手：「給我點……」

話沒說完，謝長寂就塞了顆糖給她。

甜味在嘴裡蔓延，花向晚鼓著臉，謝長寂這才端了水來。

水混雜著甜充斥在口腔，這時候花向晚才意識到，自己的舌頭好像隱約有種說不出的痠痛。

她皺了皺眉，忍不住道：「我昨夜還幹了些什麼？」

「嗯？」謝長寂抬眼，聽不明白。

花向晚抬手扶住臉，思索著：「覺得舌頭疼。」

謝長寂動作微僵，片刻後，他扭過頭，平淡道：「可能是毒素餘留吧。」

這話花向晚是不信的，那毒有什麼效果她比謝長寂清楚多了。

可想著謝長寂估計也不明白，便沒多問，想了想只道：「等會兒把雲清許叫進來。」

謝長寂點點頭，他端起藥碗，準備出門時，遲疑片刻，只提醒花向晚：「孤醒是狐眠。」

花向晚垂眸，好半天，低聲開口：「我知道。」

昨夜當她拉下她的衣服，看見肩頭那朵合歡花時，她就知道她的身分。

孤醒，狐眠。

孤形死狐，醒對應眠，一開始聽到這個名字，她就該意識到的。

她最親密的師姐，將她一手帶大，手把手教她修行，同她聊天，當年知道她在雲萊喜歡上謝長寂便二話不說遠渡定離海來看她的「意中人」，教她入夢，教她勾引，屢戰屢敗，卻死不悔改，最終合歡宮一戰，便徹底消失，再也不見的師姐——狐眠。

想到這裡，她才意識到，算起來，狐眠也是謝長寂的故人，他主動提起，等著不走，應當是想問她的消息。

於是她想了想，避重就輕，輕描淡寫：「合歡宮出事之後，她不知所蹤，合歡宮上下都在找她。我找了兩百年，如今見到，所以才有些激動。」

「為何不知所蹤？」

「這得問她，」花向晚聳聳肩，「我醒來之後人就跑了，我也不知道。」

謝長寂看著花向晚的眼，他們雙方都清楚，她沒說實話。

若只是單純的跑了，當年那麼親密的師姐，知道她有了喜歡的人就千里迢迢來雲萊看人、教她入夢倒追，如師如友如親的一個人，怎麼可能如今提起來，是這種語氣？

但她不說，謝長寂也沒有追問，只道：「想吃什麼？」

「都行，」花向晚沒有關注早餐，揮了揮手，隨意道：「你把雲清許叫過來，我有話問他。」

謝長寂垂眸，好久，他輕輕應了一聲好。

花向晚坐在屋中，回想起昨夜的事情。

雲清許居然是薛子丹……居然會在這裡見到……狐眠。

她閉著眼睛，等了一會兒後，就聽門被打開，隨後便見「雲清許」恭敬朝她行了個禮道：

「花少主。」

花向晚一抬手，門就關上，她臥在床上，笑咪咪道：「還裝？」

「這不是覺得有意思嗎？」薛子丹聽她說話，直起身來，慢條斯理走到桌邊，給自己倒了茶：「謝長寂昨晚都把劍架到我脖子上了，看他想殺我又不能殺的樣子，真是快活。」

「你對他說什麼了？」花向晚神色冷淡。

薛子丹漫不經心：「我就是和他說，妳身上的毒得分三天拔出來，我天天來給妳驅毒。」

「你少招惹他，」花向晚語氣中帶著幾分警告，「那些毒素你昨晚一道就能逼出來，騙他三次做什麼？」

「想和妳多親近親近，」薛子丹坐到椅子上，斜斜靠在桌邊，頂著一張端方清正的臉，每一個動作卻都格外風流，他笑著道：「再順道看看他的表情。」

「今晚一次逼出來，別折騰。他如今修煉出了問題，你少激他。」花向晚快速出聲。

薛子丹捧著茶杯，笑咪咪道：「怎麼，心疼了？」

「他和我們不一樣，」花向晚看他一眼，「他只是來西境尋道，等參悟之後便會回去。」

「回去？」薛子丹垂眸，看著手裡的茶杯，「我怎麼覺得，這位謝道君和妳說的有些不大一樣？」說著，薛子丹抬頭，眼睛中帶著幾分審視，「他當真修的是問心劍？」

「別說他了，」花向晚打斷薛子丹，直入正題，「不是告訴過你，好好待在藥宗，其他事別管嗎？」

「我若待在藥宗，狐眠能到妳手裡？」薛子丹輕笑：「秦雲衣早盯上她了，魔主血令一到她手裡，秦雲衣就派人追殺，我本來只是查她情況，想著妳忙妳的，我幫妳做點其他事。聽說道宗溯光鏡被竊，就知道肯定是她，我趕到道宗，易容成這個小弟子，追她追了一路，妳可別說，妳這師姐，」薛子丹臉色不大好看，「太難抓了。」

「她要溯光鏡做什麼？」花向晚不明白，薛子丹神色微凝，「我不清楚，但這些年，她一直在追秦憫生。」

聽到這個名字，花向晚面色不大好看。

凌霄劍，秦憫生。

就是當年狐眠唯一帶回合歡宮，向眾人親口承認過，也說好要成親的情郎。

他是一位散修，出身荒野，一把凌霄劍名震西境。

聽聞他長相周正，又不近女色，狐眠以雙修之術名盛西境，便同合歡宮人打了賭，能不能拿下這位冷面郎君。

結果這一去糾纏就是一年，等花向晚回合歡宮時，狐眠已經將人帶了回來。

她記得那兩個人站在一起，這是狐眠第一次對她露出幾分羞澀的表情，同她支支吾吾打著招呼：「這個……就是妳姐夫了。」

彼時花向晚剛剛經歷謝長寂，狐眠似是怕刺激她，只道：「不過我們暫時不成婚，等妳休養好了，師姐帶妳再找個好男人，妳姐夫認識許多好的，比那謝長寂好多了！」

說著，狐眠回頭，看向站在她身後青年，揚起笑容：「是吧，憫生？」

想起狐眠當年的笑容，花向晚聲音有些淡：「他還活著啊……」

「不清楚，說是活著，可誰也沒見過。」薛子丹喝了口茶：「我想著他死了，可狐眠怕是不信的，這麼多年一直找，我猜拿溯光鏡也是為了此事。她偷了溯光鏡，道宗追著她，沒想到她一路往合歡宮的轄區跑去了，路上路過神女山，我把人跟丟了，剛好聽說你們在，就過來看看妳。」

薛子丹抬頭，似笑非笑：「沒想到妳見面就給我發符，當年可沒見妳對我這麼好。」

「我當年可是直接把你救了，」花向晚笑起來，「比對小道士待遇好多了。」

「不敢比，」薛子丹撐著腦袋，「那張符，可是給過謝長寂的呢。」

「你好好的，怎麼總是提他？」花向晚無奈。

薛子丹淡淡地看了她一眼：「妳說呢？」

兩人沉默下來，花向晚知道他指的是什麼。

當年她去藥宗求藥，他們還沒在一起時，她同他說過許多謝長寂的事。

等後來在一起，這就是薛子丹心中一根刺，哪怕現下已經各自安好多年，他對謝長寂終究還是介意的。

氣氛莫名有些尷尬起來。

薛子丹看著她的神色，故作沒有察覺，站起身來，淡道：「算了，我先走，晚上再來找妳。」

花向晚低著頭不說話，薛子丹走到門口，他想了想，還是忍不住出聲：「阿晚，如果當年沒有那件事……」

「不要假設沒有發生過的事。」花向晚打斷薛子丹。

薛子丹似是有些難過，他收斂情緒，低聲道：「我就問問，妳放心，我只是想把該贖的罪贖了。我沒有奢求過什麼。至於謝長寂——」

薛子丹輕笑一聲：「我找他麻煩是我的事，妳別管了。」

說完，薛子丹果斷打開大門，走出門外。

謝長寂端著粥點等在長廊，房間裡設了結界，他沒有刻意窺聽。

薛子丹看見謝長寂，又擺出「雲清許」應有的恭敬，笑著行禮：「前輩。」

謝長寂點點頭，端著食盤從他身邊走過。

「哦，」薛子丹轉頭，看著謝長寂，似是天真地提醒，「前輩，等到天黑，花少主身體就可以準備下一次清毒了，到時候我過來，還望前輩行個方便。」

「什麼方便？」謝長寂抬眼，似是不明白。

薛子丹低下頭，面上帶著些羞澀：「運轉功法時，若有外人在，終究不便，還望前輩避嫌。」

謝長寂聽著這話，靜靜地看著他。

那一瞬間，他腦海中閃過雪山之上，溫少清淒厲的嚎叫聲。

他不是沒有猶豫過，可他控制不住自己。

他心中養的那頭巨獸被鮮血滋潤浸染，被俗世愛恨供奉，日益龐大起來。

他盯著面前的少年，好久，逼著自己挪開目光，應了一聲：「嗯。」

這才平靜地走了進去。

進門時，花向晚正在發呆。

她其實有許多年沒見過薛子丹了，打從那年分開，他就不再出席任何公開場合，兩人也沒再見過面。

如果不是他書信告訴她，會與她合作，彌補當年，他們怕是再也不會有任何往來。

結果如今謝長寂來了，他也來了。

她愣愣地想著如今情況，謝長寂走到她身邊，淡道：「雲清許說，夜裡來為妳療毒，讓我避嫌。」

「哦。」聽到這話，花向晚便明白薛子丹的意思。

她身上這毒是不該讓謝長寂知道的，若是謝長寂在，他將毒逼出來，謝長寂或許會察覺。

謝長寂始終是雲萊之人，正道魁首，若讓他知道她在做些什麼……

花向晚心中暗笑，面上不顯，只點頭道：「那你就在隔壁等著吧，我同他商量過了，今夜一次將毒素盡數逼完。」

「我想試試。」謝長寂說著，垂眸思考著：「他用靈力封鎖毒素，所以必須由他來引導被他靈力包裹的毒素從妳的筋脈中排出，但我可以試著在他靈力外再鎖一層，之後敲碎他的靈力結界，由我的靈力操控，將毒素……」

「何必這麼麻煩？」花向晚笑著打消他的念頭：「反正就今晚最後一次，也不是什麼大事，不用事事都勞煩你。」

謝長寂沒說話，他靜靜地看著花向晚。

花向晚被他看得渾身發毛，他雖然說話很少，但卻是極其難騙的人。

只是說，大多數時候他並不在意。

可現下他既然提出了，那自然是在意的，但她不可能讓他來驅毒。

這不是普通的毒，如薛子丹這樣的頂尖用毒高手尚且還要小心翼翼顧忌幾分，她不敢讓謝長寂貿然觸碰。

也不想讓他知道。

兩人靜默著，許久，謝長寂只問：「非他不可？」

「不用麻煩。」

「這不是麻煩。」謝長寂強調，說著，往前湊了湊，他的呼吸離花向晚很近，目光平靜中帶著幾分不容反駁：「我與妳成婚，我是妳丈夫，現下我已經在這裡了，花向晚。」

他從死生之界下來，隨她萬里迢迢來到西境。

他爭得了這個身分，他是這世上最銳利的劍，他遠比任何人都合適，為什麼還要別人呢？

他從未在她面前展現過如此強烈的壓迫感，像一隻初有人智的獸，死死盯著她。

花向晚忍不住坐直身子，與他目光交接。

她不喜歡任何試圖讓她低頭的感受，想無聲迫使他退回去。

可他不退，這彷彿是他的底線，兩人氣息交纏，目光廝殺。

對視之間，謝長寂覺得有種無聲的欲望升騰起來。

他克制著這種情緒，卻越在壓抑中熱血沸騰。

花向晚看著面前看上去明明沒有半分喜怒，只是像一把封刃許久後驟然出鞘的長劍一般銳利的男人，不知道為什麼，竟久違的升騰起某種隱祕的渴望。

她看著眼前人的輪廓，無比清晰地意識到。

他已經不是少年人。

他們成婚的時候，他初初及冠，無論身形氣質，都剛好在少年與青年之間。

他的輪廓不像如今稜角分明，肩膀也不像如今這樣寬闊有力，他擁抱她的時候不會像如今這樣感覺整個人都被他侵占淹沒，也不可能有如今這樣的氣勢和侵略感。

當年他是陽春下一捧白雪，冰冷中帶著幾分柔軟，讓人喜歡又捨不得。

如今他是立於山巔、世人敬仰的高山冰晶。

只想讓人拽下來，狠狠砸進這紅塵，看著他在光芒下折射出除了白以外其他斑斕的顏色。

她不敢讓這種念頭洩露半分，悄無聲息捏緊了床被。

謝長寂看著她逼著他退後的眼神，目光微黯，他忍不住抬手摸上她的眼角、鼻尖、柔唇，指尖像是帶著某種奇特的術法，所有觸碰過的地方都漾起一片酥麻。

「花向晚，」他一貫清雅的聲音略有些低沉，像是寶石磨礪著絲綢劃過，蠱惑人心，「我什麼都可以給妳的。」

他們能給的，不能給的。

只要妳要，謝長寂都能給。

只要妳要。

他的話帶著某種引誘，這讓花向晚瞬間驚醒。

她有些震驚於自己方才產生的欲念，也有些驚訝於謝長寂居然會說這種話。

她探過身子去拿旁邊的水杯，不著痕跡躲開他的觸碰，笑道：「你的心意我領了，不過我想要的我已經同你說過，幫我坐上魔主之位，我已很是感激。」

說著，她端著水杯喝了一口，扭頭看向坐在旁邊的人：「我有些累了，想睡一會兒，你要不先打坐？」

謝長寂聽著她的話，緩慢抬眼。

花向晚的眼神很清明，沒有半點對他的情緒和欲望，她隱約感覺他想說什麼，在他開口之前，她提前打斷他，像是隔岸觀火的路人，輕描淡寫：「方才那句話，你不該說。」

謝長寂不出聲，他靜默地看著她。

對視片刻後，他輕聲詢問：「其他人就可以？」

花向晚錯開他眼神，只道：「那就與你沒什麼關係了。」

謝長寂說不出話。

他其實還想爭一爭，可在開口前，便想起他們離開前夜，昆虛子的話。

——「我和你師父的紅包她沒收，她說了，情債她不欠，我只能說你是因她身死在你面前心有執念，不然她怕是寧願什麼都不要就回西境，都成不了這門婚事。」

其實這話，不需要昆虛子說，他也知道。

她不是拖泥帶水的人，如果她不喜歡，她不會讓任何人糾纏。

就像溫少清，一味強行逼著她，結果只能是徒生厭惡。

而如果她喜歡，當初去天劍宗，她就會指名道姓，要他謝長寂。

可她沒有。

這場婚事，這個從頭再來的機會，從一開始，就是他強求。

而這是他唯一的機會。

他垂下眼眸，慢慢冷靜，站起身來，只道：「妳休息吧。」

安靜盤腿坐到地面，背對著她打坐。

見他去打坐，花向晚才澈底舒了口氣，她躺在床上，感受著方才身體的變化，忍不住覺得有些荒唐。

她方才居然對謝長寂起了心思？

兩百年了，真是死性不改。

一定是這人長得太好，換誰來怕都一樣。

口。

她定了定心，決定不再多想，躺回床上，悶頭休養。

謝長寂看著香案上的香爐，一直等到夜裡，門外傳來敲門聲。

「謝前輩，花少主，」雲清許的聲音響起來，恭敬道，「到時辰了，我方便進來了嗎？」

聽見這個聲音，謝長寂緩慢抬頭，看向門口。

花向晚被敲門聲吵醒，含糊著出聲：「等一下。」

說著，她揉著額角，撐著自己起身。

她轉頭看了一眼，謝長寂坐在月色中，沒有半點要走的跡象。

她遲疑片刻，忍不住出聲趕他：「你去隔壁吧。」

謝長寂不動，花向晚疑惑：「謝長寂？」

聽著她的問聲，謝長寂垂眸看著地面上自己的影子。

影子模糊，只能隱約看見一個人形。

這是人影，所有人的影子，都是如此黑暗扭曲的模樣。

他凝視著黑影，艱難地閉上眼睛。

過了許久，他抱著小白站起身來，緩步走到門外，打開大門，便見「雲清許」已經等在門口。

見他開門，雲清許抬頭笑笑，恭敬道：「謝前輩。」

謝長寂盯著他，好久，只提醒：「我來西境，你當叫我少君。」

沒想到他會說這話，薛子丹聞言一愣，謝長寂從他身側擦肩離開，走進隔壁房。

看著空蕩蕩的長廊，薛子丹想了想，這才反應過來謝長寂說了什麼，嗤笑出聲。

他轉頭進了屋，關上房門，結上結界，走到床邊。

花向晚還坐在床上揉著太陽穴，薛子丹看她一眼，詢問：「頭疼？」

「睡多了。」花向晚解釋，她放下手，從床上走下來，坐到地面蒲團上，平靜道：「來吧。」

「妳可知他方才同我說什麼？」薛子丹說著話坐下來，將銀針在花向晚面前一排排開。

花向晚沒仔細聽他們剛才的對話，但想謝長寂也說不出什麼驚世駭俗的，只道：「什麼？」

「他和我說，」薛子丹抬頭輕笑，「要我叫他少君。」

花向晚聽這話，有些無奈，但想了想，只道：「他如今的確是我的少君。」

薛子丹聞言，神色微黯，搖了搖頭：「妳當真狠心。」

「好好看病，」花向晚提醒他，「不然就滾。」

「嘖。」薛子丹被她警告，不敢多說，從乾坤袋中翻出一瓶藥，遞給花向晚：「老規矩，我可以將妳的毒從血液排出來，讓妳暫時安寧。但毒始終在妳所有臟器骨髓之中，一個月內毒素又會在妳血中浸滿。但這些新的毒沒有被魔主血令激發過，不會讓妳產生痛苦。今晚驅毒時，妳會全身劇痛，把這藥喝下去，會削弱妳的五感，這樣好受些。」

「喝下去也疼。」花向晚老實接過藥瓶，嘴裡卻還是埋怨。

薛子丹笑了笑：「妳又不是沒醒著試過，今天想試試有多疼？」

「算了。」花向晚將藥一口飲下，平靜道：「我又不是傻子。」

薛子丹看她神色淡淡，他垂眸，目光落在她胸口刀疤上，眼中浮現出幾分難過。

「阿晚……」他沙啞開口，「走到這一步，真的值得嗎？」

他的話在藥效作用下有些聽不清。

花向晚只看他嘴巴張合，隱約聽到他似乎是在叫她。

她開始看不清周邊，聽不清人說話，聞不到味道……

所有感覺、觸覺都變得麻木，她閉上眼睛，緩慢進入半醒半睡的狀態。

她熟練地進入自己編織的夢境，這夢境是一片冰原，這是她這兩百年的習慣。

一直到合歡宮覆滅後，她才明白，為什麼死生之界常年冰雪。

因為只有在這種寒意之中，人才能最大程度保持著克己、守欲，不縱半點軟弱。

她盤腿坐下，感覺無數鎖鏈纏繞在她周身，將她死死捆住。

疼痛一陣一陣湧上來，她在這夢境風雪之中，咬緊牙關。

再忍忍。

她熟練地告訴自己，再忍忍，就過去了。

在極致的忍耐中，謝長寂面朝著花向晚房間的方向，抱著小白，靜靜凝望著白牆。

他前方是一張飛蛾撲火圖，高掛在牆面，牆後是「雲清許」的結界，將他和他們隔開。

房間裡異常安靜，小白趴在他膝頭，由他一下一下梳著毛髮，瑟瑟發抖。

沒一會兒，旁邊突然吵鬧起來「嗚嗚嗚！嗚嗚嗚嗚嗚！」

聽見這不停的「嗚嗚」聲，謝長寂沒有回頭，抬手指向桌上的畫卷，畫卷便張開來，一個被鎖仙繩捆得嚴嚴實實、嘴裡塞著絹布的女人瞬間從畫中滾了下來。

她在地上拼命扭動，謝長寂又一抬手，她嘴裡的絹布就自己飄出，落到地面。

終於能出聲，狐眠瞬間大罵起來：「謝長寂你腦子有問題？抓人就抓人，你綁我做什麼？」

「妳會跑。」謝長寂解釋。

「那你也不能堵我嘴啊！」

「妳太吵。」

狐眠：「……」

兩句對話下來，狐眠痛苦扭頭：「我說得沒錯，你這個男人，空有皮囊，毫無靈魂，師妹真的是瞎了眼，當年怎麼能看上你？」

謝長寂知道她嘴碎，閉眼不談。

狐眠嫌棄地看他一眼，扭過臉去，趴在地上頹靡了一陣，又轉過頭來，帶著幾分擔心：

「師妹怎麼樣了？」

「妳既然當她是師妹，為何下此狠手？」謝長寂沒睜眼。

狐眠抿了抿唇，只道：「她……不會出事的。」

「為何？」

「薛……」狐眠幾乎是要脫口而出，又急急改了名字，「那個道宗小道士不跟著她嗎？他醫術不錯。」

「所以妳給她下毒。」

謝長寂這話出口，狐眠就是一愣。她茫然地看他，反問了一聲：「下毒？」

察覺不對，謝長寂皺眉：「毒不是妳下的？」

狐眠呆呆想了片刻，隨後面上有些難看。

「我沒有下毒，」她聲音艱澀，「我只是……用了一下魔主血令。」

謝長寂聽不明白，狐眠不知道想起什麼，臉色有些發白：「她應該是，自己身體中以前的毒發了。」

「我近來一直在給她換血，」謝長寂聲音平穩，「我沒有這麼多血給她一次換完，但也換了大半，若是舊毒，現下應該沒有大礙。」

狐眠不說話，她似是在思索著什麼。

過了一會兒後，她笑起來：「那他們療毒，你就在這裡乾坐著？」

「嗯。」

「你可真是大方啊，」狐眠幸災樂禍起來，「孤男寡女，寬衣解帶，靈力交融，擦槍走火……」

「狐眠，」謝長寂回頭看她，帶著幾分警告，「慎言。」

「我說的不是實話嗎？」狐眠笑起來，她感知片刻，用神識輕鬆一擊，花向晚的結界瞬間碎裂，隔壁的聲音變得一清二楚。

「雲清許」的喘息聲，花向晚因疼痛忍不住偶然發出的呻吟。

這些聲音交織在一起，謝長寂看向狐眠的眼神瞬間冷下來。

狐眠觀察著他的表情，挑了挑眉：「想殺人？」

謝長寂不說話。

所有人都不知道，其實兩百年來，面對任何痛苦的情緒，他除了殺戮什麼都沒學會。

死師喪友，痛失摯愛時，是屠盡異界給他帶來的平靜。

在感情一路上，嫉妒痛苦，絕望無措時，亦是鮮血給他慰藉。

從二十一歲，一切盡喪那一刻開始，無人教過他其他。

而二十一歲前，他那如白紙一般的歲月中，唯一鮮活過的三年，不足以抵擋著兩百年死生之界冰雪霜寒。

只是雲清許與溫少清不同。

溫少清是花向晚想殺之人，對花向晚圖謀不軌，兩百年來仗著恩人的名義肆意欺辱她，甚至連「恩人」這件事，都是假的。

不僅無恩，反而有仇。

他殺溫少清，至少算情理之中。

但雲清許做錯了什麼？道宗弟子，鋤強扶弱，情急之下救人，他怎麼可以有如此念頭？

於是他什麼都不能做，花向晚不允陪，雲清許不能殺，他只能乾坐在這裡，像是被鎖鏈拴住的困獸。

狐眠滿意地打量著他的神色變化，笑著開口：「要不要我幫幫你？」

謝長寂盯著她：「幫我做什麼？」

「你身上，」狐眠朝著他手臂揚了揚下巴，「有晚晚的入夢印。」

聽到這話，謝長寂面上不動。

在雙修一道上，狐眠算是花向晚的引路人，她比花向晚敏銳，並不奇怪。

狐眠見他默認，語氣中帶著幾分引誘：「我可以幫你把這個入夢印使用時的波動藏起來，讓你悄無聲息進她的夢境，怎麼樣？」

「我為何要去她的夢？」謝長寂聲音平淡。

狐眠瞪他一眼，恨鐵不成鋼：「夢才是一個人最接近本心的地方，你不去看看，你怎麼知道，她到底是怎麼想？」

「無所謂？」狐眠不等謝長寂開口，便打斷他，挑眉，「這話你騙我可以，你能騙自己嗎？而且，你不是說要走她走過的路嗎？當年她入你的夢，如今你入她的夢，有何不可？」

「況且，她和雲清許在隔壁，你卻不能靠近一步，至少要在夢裡陪著她吧？不然，你來西境做什麼？」狐眠語氣中滿是嘲諷：「就來看看她現在過成什麼樣，看看誰在陪著她？」

「妳真的很想走。」謝長寂肯定地開口，狐眠面色一僵，就看謝長寂抬眼看她：「為何要走？」

「我現下無顏見她，」知道沒什麼好瞞，狐眠實話實說，「有些事我得搞清楚了。我馬上要成功了，等我弄明白，我自然會回來。」

兩人不言，僵持下來。

狐眠想了想，還想找理由說服謝長寂，只是不等她開口，身上捆仙繩突然消失。

狐眠一愣，隨後高興起來，趕緊從地面爬起來，抓起謝長寂的袖子，高興道：「來，我給你改印。」

說著，她撩起他的袖子，一個法印亮了起來。

狐眠用靈力將入夢印上符文稍作調換，隨後閉上眼睛念咒。

在她閉眼片刻，一道劍訣從她手臂悄無聲息鑽了進去，最後停在她頸後，亮起一道劍紋，隨後隱入她的身體。

狐眠改完入夢印，舒了口氣，睜開眼睛，忍不住感慨：「這麼多年了，明明其他符咒畫的這麼好，怎麼就入夢印這些雙修法咒畫這麼爛。」

她放開謝長寂的手，抬眼看著面前的長寂，想了想，終於還是道：「你想挽回她，也別天天悶著，多說點話，多笑笑，總得讓她看見你的好才是。」

「嗯。」謝長寂低下頭，應聲：「我會學。」

看他的樣子，狐眠擺擺手：「我走了。」

說著，狐眠走到窗邊，撐著窗戶一躍而下。

房間空蕩蕩一片，謝長寂低頭看著手臂的入夢印，好久後，他抬手一劃，才閉上眼睛。

眼前浮現一片黑色，他往前走，走了一會兒後，就感覺熟悉的冷意撲面而來。

白色充盈他的視線，眼前是茫茫冰原，竟像是來到死生之界。

可這又不是死生之界。

他往前看，就看見坐在冰原之上，閉眼打坐的女子。

這是她心中的冰原，她將自己安置這裡，和他當年一樣。

誤以為冰雪之冷，就能讓人克己，守身，忘欲。

他往前走，腳踩在雪地中發出聲響。

花向晚閉眼打坐，聽見身後傳來人聲。

她有些奇怪，她從未在這個夢裡見過其他人，她沒有放縱自己回頭，只是忍耐著周身的疼痛和寒冷，等待著一切煎熬結束。

如同這兩百年的每一次。

然而那人越走越近，最後停在她身後。

他靜默著看著她，她全身披了一層冰，花向晚感覺那人一直站在她身後，終究還是忍不住，慢慢回頭。

對方低頭看著她，眼中帶著克制著的溫憫。

她不知道為什麼，看見他的一瞬間，像是孩子摔跤時終於見到了別人，一瞬間竟感覺所有痛感和冷感都越發激烈起來。

她突然好希望他能抱抱她，就像每天夜裡他所做的那樣。

謝長寂似乎從她的目光中看到了這份渴望，他感覺到銳利的疼劃過心口。

和嫉妒、和不甘、和失去這些激烈痛快的疼痛截然不同。

這種疼像是一滴血落在水中，一路瀰漫開去，纏綿細密，讓人哽咽在喉，又覺慶幸歡喜。

他蹲下身，將她抱進懷中。

熟悉的溫度和寒松冷香一起湧襲而來，將她瞬間包裹。

花向晚靠在他的懷裡，覺得有些恍惚，一定是白日影響了她，讓她在夢裡還會遇見這個人。

可是此時此刻，疼痛和寒冷已經消磨了她所有意志，她閉上眼睛，窩在他的懷裡，低啞出聲：「謝長寂，我好疼。」

謝長寂聽著她第一次這麼坦然承認著自己的難受，他忍不住將她抱得更緊了些。

他不知道該說什麼，能做什麼。

他唯一能做的，只是捧著她的臉，吻上她的面頰，吻上她的唇。

花向晚呼吸漸重，他將她拉進懷中，緊靠在他肩頭，帶著朝拜一般聖潔的姿態，親吻，擁抱，探尋。

他想讓她忘了，想她歡愉，想讓她感知著他的存在，忘卻所有的痛苦。

花向晚感覺到他的動作，終於確定這是個夢。

謝長寂不會做這樣的事。

他連最基本的親吻都覺得羞恥骯髒，又怎麼會做這些？

她無力拒絕，整個人靠著他，仰頭看著落下的冰雪，呼氣哈在空氣中，化成一片白霧。

他有一雙很好看的手，玉琢冰雕，所有的指甲都認真修剪過，手指修長，指節分明。

她最喜歡看他握劍的模樣，哪怕是後來放下了感情，卻也得不偏不倚評判一句，他的外貌，哪怕是一雙手，那也是無人能出其左右的完美。

她不知道自己是怎麼了，轉眸看著旁邊這個人，感覺所有疼痛和寒冷都被沖淡。

「還疼嗎？」察覺她的目光，他看向她，低啞著聲詢問。

他語氣很淡，清正的面容讓人想起高山之松，亭亭修竹。

她聽他詢問，突然有些不甘，憑什麼讓她一個人沉淪於人世，他卻依舊穩坐如初？

她在現實不敢觸碰，不忍拉他一起墮道。

可這是夢啊。

這是她最隱祕，最肆意之處。

「謝長寂，」哪怕是假的，她還是顫抖著仰頭，抓住他的衣衫，「你有人欲嗎？」

聽到這話，謝長寂停下所有動作，他看著面前早已經澈底盛開的牡丹，對方靠他很近，低低喘息著，一雙飽含水汽的眼，像是從煉獄中爬出的豔鬼，死死盯著他。

他知道她在說什麼，他用原本擁抱著她的手拂過她臉上冰雪。

「我有。」

說完那剎，他猛地用力，一把將她拉到身上，狠狠吻了上來。

花向晚瞬間睜大了眼，他的吻和他這個人薄涼寡淡的模樣截然不同，除了山洞那天，她從來沒見過他這麼強勢的時刻。

可那天是她用了媚香，他幾乎沒有神智。

而如今夢裡這個謝長寂，在冰原之上，他理當更清醒，更冷靜。

但他沒有。

他是她夢裡的人，他不是真實的謝長寂，所以和她所有認知截然不同。

但這種不同，卻讓她陷入了另一種狂歡，他與她十指交錯，將她壓在冰面時，她如同置身冰火之中。

「花向晚，」他握緊她的手，「妳就是我的人欲。」

她說不出話，緊咬著牙關。

「我愛恨因妳，憎惡因妳，道心唯妳，生死由妳。」

「花向晚，」情到極致，她低泣出聲，一時什麼疼什麼痛苦都忘了，只覺他吻過她的眼淚，輕聲告訴她，「妳要記得我，看見我，感受我。」

「我一直都在，」謝長寂看著她，眼底是少有的溫柔，「也只能由我在。」

從你試圖把我拉到你身側那一刻，哪怕是夢中一瞬放縱——花向晚，我都不會放手了。

花向晚沒有回應，她隱約聽見薛子丹叫她，謝長寂在隨她一同聽見對方的聲音時，眼中閃過一絲殺意。

花向晚茫然地睜開眼睛，隨著她睜眼，夢境碎裂坍塌，謝長寂在另一邊，也緩緩睜開眼睛。

花向晚愣愣地坐在原地，薛子丹看她眼神茫然，抬手重新設了一個結界，收起銀針，笑得漫不經心：「妳這是什麼表情？做春夢了？」

「不會說話就把嘴縫上。」花向晚一聽這話，被說中心事，心上一顫，語氣重了許多。

「這有什麼不好意思的，妳這時候還能做這種夢，也是好事，」薛子丹伸手扶起她，說得認真，「免得受罪。」

花向晚不說話，薛子丹讓她躺在床上，替她拉上被子。

「不過做這種夢呢，」薛子丹朝她拋了個眉眼，「得夢見我。」

聽見這話瞬間，夢中謝長寂那句「我一直都在，也只能由我在」驟然響起。

花向晚忍不住踹了薛子丹一腳，低叱：「胡說八道。」

「哎喲，」薛子丹一把抓住她的腳踝，認真提醒，「我可警告妳，妳要是把我踹殘廢了，我下半輩子就得妳負責了。」

「趕緊滾。」

花向晚抿唇，薛子丹正嬉皮笑臉還要說什麼，門被人直接推開。

花向晚和薛子丹都是一僵，謝長寂抱著小白站在門口，他目光下行，落在薛子丹抓著花向晚腳踝的手上。

薛子丹還要維持著「雲清許」的形象，急中生智，趕緊低頭：「那個，花少主，鞋脫好了，謝道君也過來了，晚輩告辭。」

一聽這話，花向晚震驚地回頭看著薛子丹：？？？

誰讓他脫鞋？

薛子丹沒理會花向晚的眼神，放下花向晚的腳踝，似是害羞，低頭往外出去。

薛子丹一走，房間裡就只剩下謝長寂和花向晚。

花向晚剛從夢裡醒來，此刻看著神色冷淡的謝長寂，總覺得自己方才似乎做了什麼傷天害理的事，莫名有些心虛。

謝長寂走到床邊，替花向晚拉上被子，蓋住她被薛子丹扯出來的腳，平靜道：「好了就該叫我過來，他是外人，脫鞋這種事他不方便做。」

花向晚點頭聽訓，現在反正她什麼都聽不進去，謝長寂說什麼是什麼。

謝長寂看著她的樣子，想了想，平靜開口：「狐眠跑了。」

「什麼？」花向晚震驚道：「你怎麼……」

「我故意放的。」謝長寂解釋。

花向晚茫然地看他：「你故意放她走做什麼？」

「她說她要搞清楚一些事，馬上就要成功了，成功之前無顏見妳，成功之後就會回來。」

「所以你就把她放了？」花向晚皺起眉頭，想要罵人。

但不等罵聲出來，謝長寂便端了杯水，從容接話：「所以我在她身上放了追蹤印。」

說著，他將水遞給花向晚，「我們追過去，她要做什麼，自然就知道了。」

第二十一章　斷腸村

聽到這話，花向晚稍稍冷靜了一些。

隨後她便想起來：「追蹤印？就你之前給我用過那個？」

「嗯，」謝長寂應聲，「正常情況下，我修為之下應當消除不了此印。」

「那之前……」

花向晚正笑著想要嘲諷幾句他追蹤印被那個假冒的沈修文一下抹了，但話沒出口，隨即突然覺得不對。

謝長寂抬眼看她，肯定了她的猜測：「為妳祛除追蹤印之人，修為不在我之下。」

這話讓花向晚倒吸了一口涼氣。

這世上修為在謝長寂之上的人屈指可數，想了想去，西境除了碧血神君，其他人她竟想不出來。

「那我們是不是可以直接鎖定目標了？」她忍不住喃喃。

謝長寂搖頭：「我說的是正常情況，能取得魊靈之人，或許還有許多我們不知道的手段。又或者他隱藏了修為。」

「要真在你之上，修為都這麼高了，還要魊靈做什麼？」花向晚思索著，點了點頭，肯定道：「他肯定是個邪門歪道。」

「目前為止，就我觀察下來，」謝長寂回得很認真，「西境沒有正道。」

這話把花向晚噎住，但不得不承認，他說得有道理。

但她總有種自己家鄉被罵的感覺，輕咳了一聲：「我覺得我們合歡宮挺正的。」

謝長寂看她一眼，沒有多話，坐到床邊，撩起袖子，便坦坦蕩蕩將兩根手指搭在她的手腕上，解釋道：「我看看妳的情況。」

他的手指很涼，觸碰到她肌膚的瞬間，她下意識一縮。

她不由自主將目光落在他手指上，一瞬之間，方才夢中的場景浮現上來。

以往她是沒有注意過他的細節的，現下她才意識到，自己或許還是不由自主關注過謝長寂，不然夢中怎麼能將他的手，都幻想得如此真實細緻。

她現下光是看著，便能回想他每一寸指節的觸感。

這讓她有些莫名心虛緊張，突然覺得面前這人，臉不能看了，手也不能看，整個人都有些不能直視。

謝長寂察覺她身體僵硬，他抬眼看她，清潤的眼中一片平和，只問：「怎麼了？」

「哦，沒事。」

花向晚見他清朗如月的模樣，更覺得過意不去，只覺自己彷彿是那種追求小姐而不得，於是夜間幻想對方如何放蕩勾引自己的猥瑣書生，心中滿是愧疚。

她輕咳了一聲，儘量讓自己正常一點，看著旁邊在屋子裡玩球的小白，找著正常話題：「我現在沒事兒了吧？」

「嗯，」謝長寂點頭，「情況都已經穩定了。」

「那就好。」

「妳這毒，」謝長寂思索著，「到底是誰下的？」

狐眠說不是自己，那自然只能是以前的毒，而且能被魔主血令激發，應當與魔主有什麼關係。

他不免有了猜測：「碧血神君對妳做過什麼？」

「我……」花向晚腦子動起來。

謝長寂一看她的樣子，便知答案，點頭道：「不方便說就不用說，無需撒謊。」

「嗯。」

兩人靜默下來，謝長寂想了想，輕聲道：「睡吧。」

一聽這話，花向晚瞬間緊張起來，她捏緊被子，看謝長寂起身去淨室，忍不住開口：「那個……」

謝長寂轉過頭來，花向晚咽了咽口水：「你要不去另外開一間房？」

謝長寂不出聲，只等她的解釋。

花向晚又道：「要是沒房間的話，和雲清許擠一擠？我……」

她想著理由，隨後突然意識到，她沒有一定要和他睡的義務。

於是她突然振作，頗為堅定：「我今晚想一個人睡！我想睡大床！」

把話說出去，她還有是有點虛，怕謝長寂繼續追問。

然而謝長寂想了想，只道：「我打坐就好，和妳分開，我不放心。」

見他如此合作，花向晚舒了口氣。

打坐而已，只要別在今夜上床，她就算逃過一劫。

她趕緊點頭，立刻躺下，以免對話再尷尬：「那我睡了，你要時時刻刻盯好狐眠，絕對不能讓她跑了。」

「嗯。」謝長寂答應她，隨後走進了淨室。

進了屋中後，他指手朝浴桶一指，蓄了一池冰水。

夢做到一半就醒，並不是一件讓人感覺高興的事。

還好花向晚今晚提出主動分床，不然他也不清楚，自己會做些什麼。

他在冰水中泡了許久，終於起身出來，披了道袍，坐回香案前，點了安眠薰香，便閉眼打坐起來。

她是很警覺的人，偶爾入夢還好，若經常去，她必定是會發現的。

而且……她想要人陪，他剛好在，那是讓她高興。

若只是為了求自己高興，入夢的手段，的確下作了。雖然如今的他，似乎也沒資格，談什麼下作不下作。

兩個人各自睡了一夜，等第二日醒來，花向晚便鎮定下來。一個夢而已，沒有必要大驚小怪，她畢竟是一個兩百多歲經過人事的女人，做個春夢算不得什麼大事。

只是居然會夢到謝長寂，那證明現在謝長寂還是有些影響了她，她還是得稍微控制一下兩人的距離。

懷揣著這個心思，等第二天早上，花向晚便時時刻刻注意著自己的行為，不像以前那樣隨意，儘量和謝長寂保持著距離。

早上一起吃飯，謝長寂想給她擦嘴，她馬上警覺，自己趕緊擦了。

等兩人一起出去，看見站在門口裝小道士上癮的薛子丹，謝長寂下意識想去拉花向晚，花向晚立刻搶過謝長寂單手抱著的小白，雙手抱著牠的腋下，故作高興道：「小白，起床了！」

薛子丹看她這一驚一乍的反應，不由得轉頭看向謝長寂，有些想問他是做了什麼。

但他牢記自己現在的身分，見謝長寂看過來，恭敬道：「前輩，孤醒呢？」

「叫少君。」謝長寂對稱呼很執著。

薛子丹一哽，憋了半天，才忍住心中抑鬱，叫了一聲：「少君。」

「我把她放了。」謝長寂聽到稱呼，終於滿意，把對花向晚說過的話又重複了一遍。

薛子丹有些懵：「放了？」

「嗯。」謝長寂說著，看了正麻溜上馬車的花向晚一眼，想了想，轉頭面對面前神色詫異的少年，勸道：「現下我們再去追她，不如你先回道宗，等我找到溯光鏡，親自給你們送回來。」

「這怎麼使得？」薛子丹一聽，就知道謝長寂是想甩開他，趕緊一臉正氣地拒絕：「溯光鏡是我道宗寶物，我總得做點事情。」

「你只是拖累。」謝長寂不留半點情面。

「我會努力的！」薛子丹假裝完全聽不明白。

謝長寂盯著他，有那麼一瞬，薛子丹覺得自己好像被一條巨蟒盯著，豎瞳冰冷地注視著他，讓人覺得遍體生寒。

「你一定要纏著她？」他用詞很重，薛子丹茫然地看著謝長寂。

裡面花向晚等了一會兒，見外面的人一直不上馬車，捲起車簾：「還不上來嗎？」

謝長寂聞言，垂下眼眸，轉身走向馬車：「那就走吧。」

兩人一起上了馬車，薛子丹盡心盡力扮演著晚輩給他們駕車。

花向晚和謝長寂坐在馬車裡，謝長寂一進來，就把小白從她身上抱走，花向晚本來想阻攔，但一想謝長寂也沒多少喜歡的東西。

喜歡小老虎……那就給他抱吧。

她慈悲為懷，扭頭看著窗外。

馬車行過城區，街上人來人往，正議論著近來發生的事。

「聽說了嗎，溫少主死了，溫宮主現在發了瘋，昨天上陰陽宗要人了。」

「要人？」路人疑惑，「溫少主死了，和陰陽宗有什麼關係？」

「我聽說啊，是陰陽宗宗主冥惑殺的，現下清樂宮到處通緝冥惑，溫宮主放出話來了，誰能提供線索，賞上品靈石一萬呢！」

「那冥惑膽子也太大了，一個宗主也要爭魔主之位嗎？這魔主試煉才剛開始就死了個少主，不過我以為最先死的會是花向晚，沒想到，竟然是溫少主……」

「我也以為。」路人紛紛應和，「不過聽說她嫁了雲萊第一人謝長寂，如今想殺她，怕是有些困難。」

「不只殺她困難，聽說天劍宗心法與合歡宮乃同源，說不定雙修一段時間，花少主的金丹就好了……」

這些人越說越沒譜，最後都開始討論謝長寂的長相，聽人閒聊聽到自己，還是這種內容，花向晚不免尷尬。

她趕緊拉下簾子，回頭一看，就見謝長寂正在給小白梳毛。

當事人就坐在對面，她輕咳了一聲，起身道：「我去外面透透氣。」

謝長寂動一頓，花向晚也沒等他同意，便走了出去。

她一出來，薛子丹有些奇怪，他看了看馬車，又看了看旁邊坐著給自己搧風的花向晚，不由得傳音給她：「妳在躲他？」

「沒。」花向晚傳音回他；「就有點悶。」

「我還不知道妳？」薛子丹漫不經心，想了想，他突然覺得不對，皺起眉：「妳昨晚不是夢見他了吧？」

「不裝你的小道士了？」花向晚嘲諷。

薛子丹面色不太好看，他想說點什麼，最後又憋回去，扭過頭，只道：「小道士好啊，又能氣他，他又拿我沒辦法，我高興得很。」

「你還不回藥宗？」花向晚見他嘴硬，有些擔心：「你要是再多待一陣子，你妹子說不定又覺得你是為情所傷，要來給我下毒了。」

「我就是為情所傷。」薛子丹徑直開口。

花向晚無奈地看他一眼，薛子丹知道她不喜歡聽這話，神色微正，只道：「我抓妳師姐抓這麼久，都快抓出感情了，我把人安安穩穩弄到妳手裡就回去，不給妳添麻煩。不過這謝長寂腦子是不是有病，」薛子丹回頭瞪了馬車一眼，「好不容易抓到，又把人放了。」

「他和師姐也算故人，」花向晚聲音很淡，「他有他的打算。」

兩人有一搭沒一搭傳音聊著天，謝長寂在馬車裡給小白梳毛，他感知著周邊靈力一直在波動，知道是外面兩個人在傳音說話。

他低頭摸了小白一會兒，終於還是出聲：「晚晚。」

花向晚和薛子丹同時停下，兩人對視一眼，謝長寂很少主動開口叫她，他開口，必定是大事。

兩人不約而同摸上武器，警惕地看向周遭。

過了片刻後，就聽謝長寂叫她：「早上我買了桂花糕，妳進來吃點吧。」

薛子丹：？？？

花向晚：「……」

多慮，是他們多慮了。

花向晚一行人追著狐眠前行時，鳴鸞宮宮城外，大雨傾盆。

夜色籠罩了整個主城，因為大雨的緣故，路上連燈都沒有。

一個滿身是血的人倒在牆角，被大雨拍打著，根本看不出面貌。

他張著慘白的唇瓣，努力汲取雨水。

被清樂宮的人追殺了一路，他不敢讓人發現，只能繞著路來鳴鸞宮。

那天在神女山上，溫少清突然消失，他就知道不好，緊接著神女山大陣啟動，他只能趕緊逃開，以免被陣法吸食了修為，逃出來不久，還沒回到陰陽宗，就聽到了清樂宮追殺他的消息。

他暫時不能回陰陽宗，回去，溫容找上門來，他必死無疑。

思來想去，這世上……他只有一個去處。

一個不能讓人發現的去處。

他一路想方設法來到鳴鸞宮宮門前，給那人傳了消息。

他不知道她會不會來，如果沒來……能死在離她這麼近的地方，也好。

他迷迷糊糊想著，也不知過了多久，突然感覺雨似乎停了。

他艱難地仰起頭，看見雨中撐傘的女子。

對方一襲白衣，如月如玉一般溫柔祥和的面容，目光卻異常冰冷。

「死都不知道死遠點，」秦雲衣開口，語調中滿是嫌棄，「非要到這裡來給我找麻煩，怕溫容不夠懷疑我，覺得是我讓你殺了溫少清的麼？」

冥惑說不出話，他艱難地看著秦雲衣。

秦雲衣打量了他周身一圈，蹲下身來，抬手放在他額頂。

溫暖的靈力灌入他體內，秦雲衣冷靜詢問：「溫少清真的是你殺的？」

「不是……」冥惑沙啞出聲。

秦雲衣抬眸：「那溫少清怎麼會在求救口信中說是你？」

「我本來想殺他，」冥惑喘息著，「他……他突然不見了。」

「你也不知道是誰殺的？」秦雲衣皺眉。

冥惑點了點頭。

秦雲衣沒有說話，沉默許久後，她只道：「你為何要殺他？」

冥惑動作一頓，見他遲疑，秦雲衣嗤笑出聲，站起身來，一腳踹到他身上。

「養不熟的狗，連回我話都猶豫，死吧。」

說著，她便打算轉身，冥惑突然伸手，一把抓住她的衣裙。

「他……辱妳。」

聽到這話，秦雲衣停住動作，回過頭來，看著這泥濘裡的男人。

聽他顫抖著，艱難地開口：「他和花向晚還在私通，他心裡只有花向晚，他們想聯手，利用神女山的陣法吸食謝長寂的修為，之後殺了妳。」

秦雲衣聽著他的話，微微皺眉：「就這點事，你就殺了他？」

冥惑低頭，自知有錯：「神女山鮫人擾人心智，主上，我錯了，再給我一個機會，讓我活下來，讓我留在您身邊。」

秦雲衣不說話，她冰冷地注視著他，「冥惑，活著的機會，不是求來的。」

冥惑動作一僵，秦雲衣毫不猶豫提步，走之前，她扔了個小瓶，滾到冥惑面前。

「清樂宮抓到你之前，若你能突破，足夠幫我接管清樂宮——」秦雲衣漸行漸遠：「我就幫你，殺了溫容。」

不遠不近跟著狐眠，三個人從清樂宮的地界，越過合歡宮，最後到了巫蠱宗斷腸村附近，狐眠的速度終於降了下來。

等進了斷腸村，狐眠就澈底不動了，看來是到了目的地，花向晚三人不敢跟得太近，怕她發現，便慢悠悠往斷腸村走，給狐眠準備時間。

巫蠱宗地界的城村，都以毒藥命名，地廣人稀，林中多瘴氣，村民稀少。三人走在村道上，一開始還能偶爾見幾個人，越接近斷腸村，人越少，等到了斷腸村門口，三人才發現，這個村落破破爛爛，青草橫生，根本沒什麼人居住的痕跡。

「這村子荒了啊。」花向晚仰頭看著村口牌坊，忍不住喃喃：「她來這兒做什麼？」

「或許是為了找個人少的地方，方便辦事？」薛子丹揣測著。

花向晚想了想，搖頭：「要人少，路上多的是這樣的地方，何必千里迢迢來這裡？」

「這村子為何荒廢？」謝長寂問了一個關鍵問題，花向晚略一思索，才發現，這村子名字有些耳熟。

她下意識看向旁邊的薛子丹，求證詢問：「這是不是巫生繼位時屠的那個村？」

「好像是。」薛子丹被花向晚這麼提醒，也想了起來。

謝長寂站在旁邊，靜靜看他們互動。

這些時日花向晚經常躲在車廂外面和「雲清許」聊天，「雲清許」年少，本就健談，花向晚雖然年歲上去了，看上去卻還是少女性子，一來二去，就熟稔起來。

「雲清許」本就是西境人士，和花向晚的話題也比他多，譬如此刻，就不是他能插得上嘴的。

他靜默站著，花向晚確認了，才轉頭同他解釋：「巫生是巫蠱宗的宗主，傳聞他是上一任巫蠱宗宗主巫楚流落在外的兒子，快一百多歲才找回來，但回來便優秀非常，很有能耐，花了一百年時間，把他兄弟姐妹都弄死了之後，熬死了他爹，一百年前繼任了巫蠱宗。」

說著，三個人走了進去。

村子已經徹底荒了，花向晚掃了一眼，同薛子丹吩咐：「你換一條路，我們分頭找。」

「好。」薛子丹點頭，趕緊去其他地方找人。

人肯定在村裡，具體在哪兒他們不得而知，只能靠搜。

花向晚和謝長寂一面走，一面介紹：「他繼任當日就幹了一件大事，就是屠了這個叫斷腸的村。」

「村裡都是百姓？」謝長寂詢問。

花向晚一笑：「所以才轟動，就算是西境，修士這麼殺普通凡人，也是大忌。」

「沒有懲罰？」

「大忌，是為了顧忌天道，」花向晚抬手指了指上天，「但打從合歡宮沒落之後，」花向晚說的很淡，「這種事兒，就沒人管了。他自己都不顧及天道，誰又能管一宗之主呢？」

「碧血神君呢？」謝長寂疑惑。

花向晚聽他提及這人，忍不住笑出來：「魔主尊貴如斯，怎麼會來管凡人的死活？」

謝長寂聞言，點了點頭，花向晚思索著：「不過，巫生屠村，和師姐有什麼關係呢？」

「她到底在追查什麼？又為何怕妳？」

聽到這話，花向晚沒有回答，她雙手負在身後，抿了抿唇，正想開口說什麼，就覺一陣冷風襲來！

謝長寂動作比她快，劍鞘「叮」的一撞，便將襲向她的暗鏢撞開！

暗鏢上釘著一張紙，花向晚抬手一揮，紙輕飄飄落到她手上。

她這才發現，這竟是一張帶著香味的桃花箋，上面是女子清秀的小楷，端正寫著：

流水河畔，斷腸山莊，侯清衡上君獨身一敘。

看著這句話，花向晚動作微頓。

她轉頭看向旁邊的謝長寂，眼神有些複雜，謝長寂察覺她的目光，轉頭看過來：「怎麼了？」

「找你的。」花向晚將花箋遞過去。

謝長寂垂眸看了一眼，接都不接，只道：「去找師姐。」

「唉等等。」花向晚拉住他，才注意到這花箋背後還有字。

她翻過花箋，看見鬼畫符一樣的字體，狂放地寫著——前輩救我！

這字體很難辨認，但花向晚還是憑藉自己多年和薛子丹藥方打交道的經驗，勉強認了出來。

她看得出他已經努力了，他平時的藥方更是沒有人看得懂。

她皺了皺眉，趕緊傳音給薛子丹，結果一點音訊都沒有。

這下她明白了，轉頭看謝長寂：「這可不是普通的桃花箋，雲清許被他們綁了。」

「哦？」謝長寂反應很淡：「那趕緊通知道宗。」

「人家是要你獨身前去。」花向晚見他裝傻，催他：「過去一下吧。」

「我去了，妳怎麼辦？」謝長寂抬眼看她，站著不肯動。

花向晚笑起來：「我不會有事，他……」

花向晚頓了頓，找了個理由：「他年紀小，修為低，被人這麼綁了，怕是會出事。」

說著，她摸著桃花箋，心裡琢磨著。

薛子丹下毒治病的能力她是放心的，但手上功夫的確有點不堪入目，能被人抓了，怕是偷襲，謝長寂不過去，有些麻煩。

而且……

她看了周邊一眼，謝長寂在，暗處的人怕是一輩子都不會出來，而她和狐眠，還有許多話不好說。

她心中一瞬過了諸多想法，謝長寂看著她的神色，便知她在想什麼，徑直開口：「妳不放心他。」

「那是自然。」花向晚笑了笑，「人家跟著我們出來……」

「妳還想支開我。」

這話出口，花向晚笑容一僵。

謝長寂沒等她說話，拉過她的手，寫了一道劍訣在她手中。

「妳身上有雙生符，除了毒素不能分擔，不會有大事。這道劍意可抵渡劫期一擊，如果出事，立刻叫我。」

謝長寂語速很快，花向晚低著頭，莫名有些心虛。

等他寫好劍訣，抬眼看她：「上次妳讓我去陪狐眠，我要問妳的問題，還沒問。」

「哦，」花向晚不敢看他，低著頭，「你問。」

「我去做這些，妳心裡沒有一點不舒服嗎？」

花向晚一愣，謝長寂喚她：「看著我。」

花向晚艱難抬頭，入目是謝長寂清俊的面容。

他低頭看著她的眼睛，聲音平穩：「這個桃花箋我接了，但妳記得我問的話，花向晚，不要騙自己。」

「我沒……」

話沒說完，謝長寂便從她手中取了花箋，轉身離開。

花箋一到他手上，便浮現出一張地圖，謝長寂掃了一眼，按著地圖位置馭劍而去。

花向晚站在原地，她緩了片刻，笑了笑，便轉過身去。

察覺謝長寂遠走，她從指間咬出一滴血，朝地面一甩，地面瞬間浮現出巨大的法陣。

花向晚順著法陣往前，雙手負在身後，面帶笑容：「各位，躲什麼呀？不是要找人嗎？」

說著，花向晚笑出聲來：「找去啊！」

音落那一瞬，漫天傳來「桀桀」怪笑之聲。

「花少主，」周邊傳來無數東西前行的簌簌之聲，「多謝幫忙，那我等，必須好好款待啊！」

花向晚聽見對方的話，低頭輕笑，轉頭一看，四面八方毒蟲湧來，一隻巨蠍破土而出！

花向晚足尖一點，靈氣珠瞬間爆開，手上法陣全開，火焰燒上毒蟲，朝著周邊一路漫天而去。

隨後周邊一陣靈力波動，她轉頭便見一個紅衣女子從一間房裡翻滾而出。

花向晚緊追過去，在一隻巨大的娃娃朝著紅衣女子啃咬過去的瞬間，法光「轟」的一下將那娃娃轟飛，隨後一把拽住女子朝著屋中狠狠一甩，另一隻手一個法陣行雲流水一般套到屋外，將所有毒蟲蛇蟻隔絕在外。

「師姐，」花向晚笑著回頭，看向趴在地上喘著粗氣的狐眠，「好久不見啊。跑什麼呢？」

狐眠不敢看她，低著頭不說話。

花向晚提步走去，聲音平穩：「躲我？不敢見我？這麼多年了，妳是不是該給我個交代了？」

「阿晚……」

「不要這麼叫我。」花向晚抽劍，抵在狐眠脖頸：「叫我花少主，從妳叛宮那一刻開始，就不配叫我名字。」

這話讓狐眠一僵，花向晚漠然地盯著她：「說吧，當年下毒的是不是妳？」

「不是。」狐眠果斷否認。

「那天是妳的訂婚宴，所有入口之物皆由我親自驗過，除了妳給大家的酒。」花向晚彎下腰，劍尖抵在狐眠皮膚上：「喝過酒的都中了毒，靈力運轉不暢。那酒有問題，對不對？」

「我不知道……」狐眠低啞出聲。

花向晚平靜追問：「誰給妳的酒？」

狐眠不說話，花向晚猜測：「秦憫生？」

「妳別問了。」狐眠抬頭，認真地看她：「當年的事我不清楚，酒是我的，我也不知道為什麼會有毒，後來那場大戰，最後只剩下我們兩個，妳昏過去了，我在昏過去之前，我見他來了，等我醒來的時候，我瞎的那隻眼睛好了，但他不見了。我知道那時候一定有人盯著合歡宮，我是唯一掌握線索的人，我留下來，或許就活不下來，我只能走。」

花向晚聽著她的話，狐眠慢慢冷靜下來：「我一直在找他，當年的事肯定和他有關，我想知道到底是發生了什麼，是誰在幕後指使，他效忠於誰，又有多少人參與了這件事，現在馬上要成功了，再給我點時間，我一定給妳一個答覆。」

話音剛落，外面傳來「轟」的一聲巨響，花向晚冷眼朝外，狐眠立刻緊張出聲：「是巫蠱宗的人，他們知道我來了這裡，也可能是知道血令在我手中，現下來搶了。」

「妳打算做什麼？」花向晚抬手加固了結界，抵住外面的進攻，狐眠立刻說了自己的計畫：「斷腸村是我第一次見秦憫生的地方，我用溯光鏡和現在畫物成真的能力，可以畫出過去。」

「畫出過去？」

「不錯，我用斷腸村作畫，畫成之後，只要進入畫中，就可以回到過去，看到底發生了什麼。我拿了秦憫生過去的物件，只要是與他、與我、與任何進入畫中之人有關的過去，在畫中都可以看到。」

花向晚盯著她，似在審視這位從小陪她一起長大，在合歡宮一戰中，親手把毒酒遞給所有人的師姐。

狐眠見她不出聲，激動道：「阿晚妳信我！我真的沒有叛宮！」

「我誰都不信。」花向晚聲音冰冷，狐眠正要開口再勸，就覺她在自己眉間飛快一點，隨後迅速收劍：「但我給妳一個機會，畫吧，我守著。」

說著，她封住身上雙生符，將劍在她掌心劃過，鮮血落地面，兩人所在的單屋結界立刻增厚許多。

隨後花向晚提步向外，走出結界，所有在外拼命攻擊著結界的穢物立刻察覺，朝著花向晚瘋狂撲了過來。

她站在門面，提著手中長劍，冷眼出聲：「髒東西。」

說完，手中劍起劍落，乾脆俐落揮砍而去。

用劍便無需使用太多靈力，狐眠看著她揮動劍的手，一時愣在原地。

花向晚察覺她發愣，回頭催促：「做事兒啊！」

「哦，」狐眠反應過來，趕緊回頭，將之前的畫展開，拿出畫筆，趕緊繪製起來。

她一面畫，一面忍不住開口：「我聽說妳手廢了。」

「妳怎麼不聽說我整個人都廢了？」花向晚砍著外面撲過來的東西，忍不住瞪她。

狐眠勾勒著線條，沒好氣回答：「我的確是這麼聽說的，但我不能說得太直接啊。」

這話把花向晚氣笑了：「趕緊畫妳的吧。」

「催我做什麼？」狐眠從兜裡掏出顏料打開，「妳把謝長寂叫回來，我能在這兒畫一個月！」

「我沒他是會死嗎？」

「妳怎麼回事兒？」狐眠塗塗抹抹，「我以為你們成婚是破鏡重圓修成正果，怎麼還一副恩怨兩清兩不相欠的鬼樣子？男人不用要他做什麼？供在家裡上香嗎？」

這話把花向晚噎住，狐眠咬了一根筆，又掏出另一根更粗一些的，左右手一起作畫，一面作畫一面道：「我知道當年妳傷得深，但他其實人不錯，主要又好用，長得也好看，脾氣是不招人喜歡，但……」

「合歡宮這些往事他不需要知道這麼多。」花向晚冷淡開口：「他修問心劍，距離飛升一步之遙，如今只是來找魊靈，找到了就該回去，西境內亂，他一個天劍宗的人，涉及太深怕回不去。」

「可……」

「如果是秦憫生，」花向晚冷眼看過去，「如果妳是我，妳會讓他留下嗎？」

狐眠筆尖一頓，花向晚狠狠砍在面前迎面撲來的巫蠱娃娃身上：「修道如逆水行舟，總得捨棄一些東西，才能往上。」

「他來西境，捨不得我幫他捨，斬不斷我幫他斬。天道在上，他謝長寂——」

「永駐雲端。」

拿著桃花箋從斷腸村出來，馭劍沒有多久便到了花箋上的地點。

這是一座舊宅，宅子上掛著冥燈，看上去陰氣森森。

謝長寂落到門口，大宅門口掛著的冥燈瞬間變成了喜燈，宅院張燈結綵，紅毯從屋中一路鋪出，看上去喜氣洋洋。

謝長寂提著劍步入屋中，就看一個女子一身黑紫交錯的長裙，坐在大堂高處。大堂旁邊坐滿了一個又一個娃娃，娃娃身後都站著一個侍從，場面看上去極為詭異。

她的衣服相比雲萊女子暴露許多，露出雙肩手臂，胸部在擠壓下峰巒疊起，纖腰勾勒，長裙開到大腿，隨著她的動作，讓裙下修長大腿若隱若現。

「久聞清衡上君風姿俊朗，儀態非凡，今日得見，果然名不虛傳。」

女子聲音嬌媚，看著謝長寂的目光裡全是誇讚。

謝長寂站定在堂中，只道：「把雲清許交出來。」

「好不容易把上君請過來，怎麼能不多說幾句呢？」女子撐著下巴，觀賞著謝長寂：「上君忙著去哪裡？」

謝長寂沒有理會她，女子歪了歪頭：「去找花少主？可花少主，似乎並不在意上君過來呢，人家特意用桃花箋，還擔心花少主不高興。」

話音剛落，謝長寂的劍已經抵在女子脖頸。

女子雙手撐在椅子上，微微仰頭：「上君，您的劍不該放在這兒，」女子將劍尖往下拉，抵在胸間，「該從這兒開始，一路往下滑下去。您或許會發現，其實，西境女子，可不只花少主一位。」

「當然，」女子笑起來，「劍尖可不能往前走了，若是再往前，天劍宗與巫蠱宗，便是死仇了。」

「妳是巫蠱宗的？」

「不錯，」女子報上姓名，「巫蠱宗副宗主，巫媚，特意奉秦少主之命，來給上君傳個口信。」

「說什麼？」

「秦少主說，知道您是為了魊靈過來，但能幫您找到魊靈的，可不只花少主，鳴鸞宮也可以，以鳴鸞宮的實力，還能幫您更多。」

說著，巫媚拉開謝長寂的劍尖，站起身來，拍了拍手。

謝長寂聽到後面有聲響，回過頭去，就看「雲清許」被人綁著上來，「噗通」跪在地上，他滿眼祈求看著謝長寂，「嗚嗚」說著什麼。

「魊靈，鳴鸞宮可以幫您找。花少主，」巫媚低頭彎腰低頭，神色恭敬，「我等，也能幫您得到。您不喜歡的東西，都可以由我們來處理，而且保證，會處理得乾乾淨淨。」

說著，旁邊壓著「雲清許」的侍衛一劍猛地扎進「雲清許」身體中。

「雲清許」睜大眼，震驚地看著前方的巫媚和謝長寂。

「跟著三位許久了，」巫媚抬眼看謝長寂，「不知，這份投名狀，上君可還滿意？」

「什麼意思？」謝長寂平靜地看著巫媚。

巫媚微笑：「若是讓道宗知道我們殺了他們的弟子，必然不會甘休，這就是把柄，是我等與上君結盟的誠意。」

「你們想要什麼？」

「沒什麼，」巫媚微笑，「只是希望，天劍宗，不要插手西境內務就好，西境內鬥，本就與天劍宗沒有干係，不是嗎？合歡宮以天劍宗插手作為交換，幫助您尋找魊靈，我們正好相反——」

「您不要插手，」巫媚言語中滿是真誠，「您想要什麼，我們都能雙手奉上。」

「如果我不呢？」

「那西境和天劍宗，怕是糾纏不清楚了，」巫媚語帶威脅，「而上君能不能回去，也未可知。」

聽到這話，謝長寂低下頭。

「殺人，」他看向手中長劍，聲音平穩，「就可以一直在這裡嗎？」

「上君？」

巫媚有些聽不明白，然而話音剛落，只覺寒光一閃，她急急退開，卻仍舊被劍尖劃出一道口子，她捂住腹部，驚叱出聲：「您真的不想清楚嗎？」

「我想得很清楚，」謝長寂抬眼，「從我走出死生之界那一刻，我已經想清楚了。」

說罷，謝長寂的長劍朝著巫媚急刺而去，巫媚驚呼出聲：「來人，殺了他！」

旁邊凳子上所有娃娃朝著謝長寂急飛而去，侍從也齊齊拔劍，謝長寂冷眼掃過，一瞬之間，周身殺氣畢現！

薛子丹捂著被捅的位置，倒在地上裝死。

如果他真的是雲清許，此刻是必死無疑了，所以他只能偷偷咽了一顆假死的丹藥，閉著眼睛裝死。

他聽著周邊動靜，謝長寂長劍出鞘，整個山莊成人間地獄，他聽著巫媚的慘叫聲，根本不敢睜眼。

剛才的話他聽得明白，這一刀完全是巫媚捅給謝長寂看的。

因為他們都看出來，謝長寂不喜歡他。

他自己也知道，只是沒想到他能不喜歡到想殺他。

之前花向晚怎麼和他說的？

以天道為道，從不因私情出劍，君子如玉，朗月清風。

之前他見他一直不說話不吭聲，都差點以為花向晚說的是真的了。

現下聽著周邊的慘叫聲，感覺血濺到他身上，他才覺得——花向晚瞎了。

一年比一年瞎！

他感覺著周邊瀰漫著的威壓和殺氣，心裡清楚知道，現在只要他敢睜眼，謝長寂一定會給他一劍。

所以他只能裝死到最後一刻，周邊都安靜下來後，他聽到謝長寂的腳步聲。

他走到他面前，似是在打量他。

薛子丹有些緊張，然而過了許久，他聽見謝長寂輕輕說了句：「抱歉。」

說著，他從「雲清許」屍體身邊走過。

他腦海中彷彿閃過「雲清許」倒下那一刻，他清楚知道——他可以救的。

可是那一刻，他腦子裡閃過的卻是花向晚送他的防禦符、他和花向晚療傷那一夜、花向晚和他越走越近的所有時光。

也就是那麼片刻的遲疑，雲清許便倒在地上。

謝長寂一步一步往外走，握劍的手一直在顫，他走出斷腸山莊後，停下步子，緩慢回頭。

看著滿地是血的山莊，他終於清晰的確認——他回不去了。

死生之界，他永遠，永遠，回不去了。

他緩緩閉上眼睛，隨後就聽遠處傳來「轟」一聲巨響，花向晚的法光衝天而起，謝長寂瞬間覺得不對，立刻衝了回去！

而花向晚這邊，她和趕過來的巫生狠狠對上一掌後，雙方都退了兩步。

狐眠在她身後畫下最後一筆，急道：「成了！我……」

話沒說完，狐眠心上一痛，全身顫了起來。

花向晚察覺不對，冷眼看向巫生：「你做了什麼？」

「巫蠱宗，最擅長的，非巫術、非蠱術，乃，巫蠱之術。」巫生聲音平淡，解釋著：「取人青絲，製布偶，寫生辰八字，此後要生得生，要死得死。」

聽到這話，花向晚瞳孔驟縮。

修士生辰八字、名字、身體任何東西，都極為重要，這也是巫蠱術在修真界難以盛行的原因。因為你很難收集到一個修士真正的生辰八字。

狐眠的生辰八字，知道的人屈指可數。

她看著巫生，心中有了揣測。

「你對她用了巫蠱術？」

「妳若想她活，就讓她把血令交出來。」

巫生聲音冷淡：「妳……」

話沒說完一道劍意從巫生身後橫劈而來！

巫生當即朝旁邊一躲，花向晚往後一滾，合上結界，就衝到狐眠面前。

「謝長寂？」花向晚知道是謝長寂回來，急忙確認。

「嗯。」

謝長寂的聲音傳來，花向晚心上穩了穩，她抬手快速點在狐眠的穴位上，將她整個人封住，和外面傀儡娃娃切開聯繫。

可這樣一來，她也無法施展靈力，她緩了緩，窩在花向晚懷中，抬手指向一旁的溯光鏡：「溯光鏡……妳……妳來、妳來開。」

「怎麼開？」花向晚拿過溯光鏡，也不遲疑，狐眠抬手指著畫：「妳的血滴到鏡面，用靈力開啟溯光鏡後，用鏡子照畫，然後我進去。」

花向晚照著她的話，趕緊照做，她一面做，狐眠一面解釋：「所有人入畫，都會回到當時那個時間，除了開啟者，入畫之人無論進去還是出來，都不會有記憶，所以妳要跟我一起進去，我進去就是兩百年前的我，妳可以選擇身分，之後看到發生什麼，回來告訴我。」

說著，畫面亮起來，花向晚抬眼：「還有什麼注意的？」

「儘量不要干擾過去發生的事。」狐眠囑咐：「現在是回到我遇到秦憫生的時候，妳那時候不在西境，就不能以花向晚的身分出現，但妳是開啟者，所以可以自己任意選擇一個身分。等時間流動到妳從雲萊回到合歡宮時，再回合歡宮。」

「可若我在畫中沒有真的去雲萊，會不會產生影響？」

「小的改變無所謂，不要改變我們想看的東西。」

「師姐！」花向晚抓住她，「妳一定要回去確認一次嗎？」

「合歡宮一戰，只有我們兩個人活了下來，」狐眠看著她，「怎麼活下來的，妳不想知道嗎？」

聽到這話，花向晚動作一頓，狐眠轉頭：「我去了。」

說著，狐眠往畫中一躍，便進入畫中，花向晚轉頭看了屋外一眼，正要說話，就覺一道法光朝著她急襲而來！

她慌忙一退，便覺腳下一空，只來得及喊出一聲：「謝長寂！」

隨即便抱著溯光鏡跌落畫中。

巫生滾入房中，看見鋪開的畫卷，連忙撲了過去，然而謝長寂動作比他更快，一把拽過他砸出屋外，抓著畫便瞬移離開。

巫生帶著人衝進房中，房間已經空蕩蕩一片。

而不遠處，謝長寂落在一個山洞裡，他設下結界，打開畫卷，就看畫中人已經動了起來。

他不知道該怎麼辦，也不知道如何進入畫卷，猶豫許久後，他試探著將血滴在畫上，將靈力灌入畫中。

沒一會兒，畫面亮起來，他整個人瞬間被吸入畫中，畫卷掉到地面，鋪在地面上。

第二十二章 入畫

花向晚和狐眠從畫中一起下墜，狐眠很快成一道光點消失，花向晚眼前卻出現許多記憶碎片，這都是她可以選擇的身分。

她猶豫片刻，自己是不能選的，兩百年前，狐眠遇到秦憫生的時候，她還在雲萊，得選個最容易靠近狐眠觀察、又不會影響過去的身分。

想了片刻後，她想起師姐晚秋。

當年狐眠認識秦憫生，好像就是為了去救晚秋在路上認識的，秦憫生救了她，之後狐眠就放出豪言壯志，要把這塊冰山拿下。晚秋充當第一助力幫著狐眠追人，可謂狐眠和秦憫生的月老見證，兩人整段感情史，也是晚秋回宮給大家詳細描述。

她修為不高，對全域沒有太大影響，花向晚想清楚，找出自己腦中晚秋的記憶碎片，抬手點了進去。

眼前一片黑暗，片刻後，她緩緩睜開眼睛，就發現自己在一張床上躺著。

她腰上傳音玉牌一直在亮，花向晚拿起玉牌一劃，就聽狐眠的聲音響了起來：「晚秋妳在哪兒睡大覺呢？巫蠱宗那邊出現一隻魃，巫蠱宗自己不抓，我打算順手幹了，妳不是在巫蠱宗這邊嗎？要不要一起來？」

聽著狐眠的話，花向晚想了想，知道這應該就是晚秋出事、狐眠過來救人時遇到秦憫生的前夕。

她遲疑片刻，回了一句：「我喝多了，不清楚在哪兒，等會兒回妳。」

說著，花向晚從床上起身，感受一下周身靈力轉動，確定是在化神期。

這就是兩百年前她的修為，看來她進入了畫中，選擇了晚秋的身分，但畫中的修為，卻還是自己兩百年前真實的修為。

她琢磨著，又走到鏡子前。

鏡子裡她是二十歲的樣子，狐眠要是見她這個長相肯定會認出她是誰，但之前入畫前狐眠說她可以選擇任意身分，那看來只有她自己能看到這張真實的臉，其他人眼中，她或許都是晚秋的臉。

她拿著眉筆，對著鏡子補了補眉，便提步走了出去。

此刻已是正午，她在外面打聽了一番，便清楚了現在的時間，地點。

這裡距離斷腸村不遠，她不清楚晚秋當初是怎麼陷入險境，便乾脆打聽起這裡有沒有出現什麼怪事。

她一路詢問，都沒聽說發生什麼怪事，只能大半夜出去閒逛，看看能不能遇到什麼古怪。

這個鎮子不算大，她夜裡在鎮子遊了一圈又一圈，路上買了不少東西，各種街邊的鐲子、項鍊、玉簪叮叮噹噹掛在身上,手裡握著一根糖葫蘆,活像一個不知天高地厚的富家小姐。

而且膽子賊大,哪裡暗就往哪裡走。

走到半夜,她終於聽見不遠處傳來有人追逐之聲。

一聽這動靜她激動了,這是遇到壞人的機會嗎?

她趕緊拽著裙子往聲音的方向跑過去,一隊人馬在巷子盡頭衝過,急急忙忙低吼著:「找!快四處找!那個雲萊人跑不遠。」

雲萊人?

花向晚一聽就懵了,這時候西境還潛入過雲萊的人?

但她也不多想,趕緊抓住著少有的被綁架的機會,往黑暗的巷子裡跑去,剛剛衝過一個巷口,一隻冰涼的手將她猛地一拽,一把劍抵在她喉間,熟悉又帶著幾分陌生的少年音響起來:「別說話,不然我殺了妳。」

聽到這個聲音,花向晚震驚地睜大了眼,她回過頭去,就看眼前少年身上帶傷,臉上帶血,正滿是警告地看著她。

他看上去十七八歲的模樣,但那張清俊的臉,就算稍微圓潤那麼一點點、稚氣那麼一點點,她還是一眼認了出來:「謝長寂?」

對方一愣,花向晚還想說點什麼,突然傳來聲響,有人大喝:「去那邊搜!」

一聽這話,花向晚知道此地不宜久留,西境是不允許雲萊之人隨便過來的,一經發現格殺勿論，她得找個地方安置謝長寂才行。

她一把拉住謝長寂，謝長寂微微皺眉，花向晚察覺他想收手，立刻用了靈力，拖著他就往邊上跑去，低聲道：「跟我來。」

謝長寂此刻受了傷，而且撐死不過元嬰修為，被她一拽，根本沒什麼反抗的能力，只能跌跌撞撞跟著她一路躲藏，被她拖回了客棧。

等甩開追兵，到了客棧，花向晚關上門，設上結界，轉頭就看謝長寂捂著傷口，正警惕地靠在離窗戶最近的地方，像一隻俯身低鳴的小獸，做好了隨時撲上來的準備。

這神色一看就是不認識她，為了給他安全感，花向晚走到離他最遠的壁櫃旁邊，低頭倒茶，思索著：「你怎麼會在這裡？」

按著時間算，現在謝長寂應該是二十歲，和她認識也有兩年，而且應該在雲萊和二十歲的花向晚一起除魅殺試圖打開死生之界結界的西境修士，怎麼會出現在這裡，還是十七歲的樣子，好像完全不認識她？

謝長寂抿唇，沒有回答她的問題，只問：「妳是誰？」

花向晚聽到這話，變出自己的真實相貌，抬眼看他：「還不認識嗎？」

謝長寂仔細打量著面前人的容貌。

她似乎試圖變化，但其實從一開始他看著她，就是同張臉，他只覺靈力波動，並沒有發現她有任何改變。

她是二十歲女子的模樣，生得極為豔麗，漂亮得讓人挪不開眼。

這張臉讓他覺得熟悉，但他什麼都想不起來，只隱約覺得，她應該是他很親密的人。

看著謝長寂的神色，花向晚感覺有些奇怪。

他就算不認識她，也不該是這樣的表情，她左思右想，忍不住道：「你是不是什麼都不記得？」

「我記得。」

謝長寂回答得很快，但花向晚一眼就看出他撒謊。

少年人這點心思，和寫在臉上沒什麼區別。

他什麼都不記得，但不敢讓人知道，一旦讓他人發現，就可以輕而易舉欺騙他。

花向晚假裝沒發現他撒謊，點了點頭，喝了口茶，思索著這個詭異的情況。

她今日已經確定過時間，如果是畫中的謝長寂，他現在絕對不可能是現在的樣子。二十歲的謝長寂長什麼模樣，她還是記得的。

那唯一的可能，就是……眼前這個人，不是畫中的謝長寂，而是真實的謝長寂。

想也是，他怎麼可能讓她一個人入畫，就他那種分房像要他命的人，她跌進畫裡，他應該馬上就趕了過來。他又不知道怎麼進來，怕是進來的時候出了岔子……

想到這裡，花向晚忍不住覺得有些有意思了。

謝長寂變成了十七歲，而且，他算入畫者，等出去什麼都不會記得。

十七歲的謝長寂可有意思。

她想起當年，輕咳了一聲，壓住心中想要逗他玩的念頭，抬頭一臉奇怪：「那你怎麼不認識我？」

「我……」謝長寂艱難撒謊，「我只是忘記了一部分事。」

「這樣啊……」花向晚嘆了口氣，眼中露出幾分憐愛，「我看你傷了頭，怕是從天劍宗過來的路上受了傷。明日我帶你去看大夫，看看能不能想起來。」

「那妳到底是誰？」見花向晚信他，謝長寂鬆了口氣。

花向晚笑了笑，面容和藹：「我是你姐姐。」

「姐姐？」謝長寂一愣，直覺有些不對，可花向晚十分肯定：「不錯，我正是你流落在外的親姐姐……」花向晚聲音一頓，想起方才已經叫過他的名字，只能接著圓謊，「謝晚晚。」

謝長寂呆呆地看著她，花向晚面露哀傷：「你本生於西境，當年家中出了禍事，你被歹人帶離西境，遠渡定離海，去了雲萊，成為天劍宗弟子。而我被賣入合歡宮，成了合歡宮中的女修。前些時日，我才剛聯繫到你，沒想到你竟然直接來了。長寂，」花向晚抬頭，一臉認真，「你放心，你來西境，姐姐一定會保護好你的，日後我們姐弟二人，一定不會再分開了！」

「那……」謝長寂微微皺眉，「我們父母呢？」

「死了。」花向晚儘量刪減出場人物，方便編故事，「仇人已經被我殺了，你放心。」

「那妳出身合歡宮……」謝長寂思索著，「這聽上去，似乎不是個好地方。」

這話讓花向晚嘴角一抽，突然有種重溫當年的感覺，當年她和謝長寂聊到西境，她沒暴露自己身分，輕描淡寫說著合歡宮，謝長寂就是這樣，一臉淡定評價：「邪門歪道，不值一提。」

氣得她直接給了對方一拳，打得謝長寂一臉茫然：「妳打我做什麼？」

只是她已經過了衝動的年紀，笑了笑道：「修行方式無分貴賤，長寂，你思想該開闊一些，這畢竟我的宗門。」

聽到這話，謝長寂倒沒有多加評價，低頭輕聲開口：「抱歉。」

「好了，」花向晚走上前，溫和道，「我先給你療傷。」

說著，花向晚便伸出手想去拉謝長寂衣服，謝長寂立刻抬手用劍擋住花向晚想伸過來的手，平靜道：「就算是親生姐弟，也男女授受不親，我……」

話沒說完，花向晚就封住他的穴位，抬眼看他：「我問你意見了？」

說著，她一把拉下謝長寂衣服，露出身上的傷口。

謝長寂臉色微變，卻動彈不得，只能看著花向晚在他身上快速拔除傷口中的法咒，隨後包紮好傷口，才解了他身上穴位。

「你在這屋子裡睡。」花向晚挑眉，「不然我就把你綁起來，放在床上睡。」

「姑娘……」

「叫姐姐。」花向晚強調。

謝長寂抿了抿唇，憋了半天，終於出聲：「姐姐。」

他這聲姐姐叫得有些不情願，清清冷冷的聲音，花向晚卻隱約聽出幾分孩子似的軟意。

她心滿意足，轉身道：「我睡了，明天姐姐還有要事，你好好休養，可別耽擱我的事兒。」

「是。」謝長寂顯得很乖巧。

花向晚也沒多想，轉身上了床，便閉上眼睛睡去。

謝長寂坐在原地，看了花向晚的床一眼，低頭又看了看自己的傷口。

他一醒來就在這個奇怪的地方，身上都是傷，腰上帶了個寫著「天劍宗」三個字的權杖和有雜物的乾坤袋，除此之外，他什麼都沒有，也什麼都不記得。

這個女子或許是看出了他失憶，所以滿口謊言。

說是他姐姐……

可……他直覺不是。

但不管如何，他已經套出話來，他應當是來自天劍宗，而天劍宗不在此地，需要渡過定離海才能回去。

而這女子來自邪門歪道，必定不是什麼好人，過去或許認識他，甚至還與他在此地有關。他與這個女子糾纏越久，或許越是危險，不如早日離開此地，回到天劍宗才是正途。

想明白一點，他等女子呼吸聲傳來，悄無聲息融開了她的結界，便從窗戶一躍而下，隱匿在夜色之中。

他動作很輕，根本無法讓人察覺，花向晚一夜好夢，等第二天醒來，看著空蕩蕩的屋子，她有些茫然。

謝長寂呢？

又去做早飯了？這麼乖？

她迷迷糊糊打了個哈欠，下樓轉了一圈後等到午時，還不見謝長寂，她終於後知後覺意識到——謝長寂，跑了！

這個念頭讓她很是震驚，打從相遇以來，都是謝長寂追著她跑，她還從來沒見謝長寂主動跑過。

她幾乎是被氣笑了。

但一想他現在根本什麼都不記得，就十幾歲，失憶漂泊在外，有點警惕心好像也正常。

可他現下是在畫裡，作為入畫者，他要是死在畫裡，是什麼結果？

花向晚不知道，最壞的結果可能就死在裡面。

想到這兒，花向晚伸手扶額，覺得自己這輩子大概是欠了他，一個受傷的元嬰，跑什麼跑？

她深吸一口氣，用神識一路探查，尋著謝長寂留下的氣息痕跡就跑了過去。

謝長寂的氣息斷斷續續，他明顯在躲著她，她按著氣息追了許久，也不見人，只能一面找一面問。

「你們有沒有見過一個十七歲的年輕人，大概這麼高，長得特別好……」

她一路到處打聽，沿路問了許久，都沒消息。

眼看著天色漸漸暗下去，花向晚突然聽見身後傳來一個男人的關切之聲：「姑娘，您要找的，是不是個長相周正的白衣少年啊？」

一聽這話，花向晚立刻回頭，就見背後站著一個中年男人。

他看上去很是和藹，穿著藍色道袍，一臉正氣，讓人很是放心。

但只是一眼，她便看出來，這人身上邪氣橫生，根本不是普通人。

她看著道士，又低頭看了看自己，她故意收斂了靈力，看上去和個普通人無異，現下這麼慌張找人，的確很好騙的樣子。

而這個騙人的人，難道就是晚秋之前被抓後讓狐眠救人的一劫？

花向晚心思稍動，可一想到謝長寂，又有些不放心。

那道士見她猶豫，便笑起來：「姑娘不必害怕，我是看見姑娘尋人，方才有此一問。我之前看見一個和姑娘說得很像的小郎君……」

「那他在哪兒？」

花向晚確定眼前人圖謀不軌，想了想，以謝長寂的能耐，一時半會兒大概出不了什麼事兒，她不能影響狐眠這邊的進度，先趕緊讓狐眠和秦憫生見面了再說。

於是她面露焦急，忙道：「那是我弟弟，您要是見到他，勞煩指路，大恩大德，無以為報。」

「小事情，」道士趕緊擺手，「我是在城外見到的，這就帶您過去，他好像被人抓走了。」

「那快！」花向晚趕緊催促：「事不宜遲，我這就跟著您去！」

說著，花向晚趕緊跟上道士，兩人匆匆往城外走去。

暗處，謝長寂戴著斗笠，看著女子急急忙忙追著上去的背影，一時遊移不定。

以昨夜這個女子的身手來看，她出不了什麼事。可……

他也不知道為什麼，就隱隱約約，連一點涉險的可能都不想讓她有。

這種念頭讓他有些不安，難道，她真的是他姐姐？

左思右想，他終究還是跟了上去，如果她沒出事就算了，要是出了事……

他幫她一把，再跑。

打定主意，謝長寂悄無聲息跟上兩人。

花向晚跟著道士出了城，道士引著她往密林中走，她面帶猶豫，遲疑著道：「道長，我弟弟真的在這裡嗎？」

「在，」道士點頭道：「我方才才見到他們把人帶過去了，妳快隨我來。姑娘，」道士遞給她一個竹筒，「要不要喝點水？」

花向晚聞言，咬了咬唇：「不必了，我掛念著弟弟……」

「喝點吧，我見妳唇都裂了。」

聽到這話，花向晚猶豫片刻，接過竹筒道謝：「多謝道長。」

水一入口，她就知道是什麼玩意兒，常見的封鎖修士靈力、讓人全身無力昏迷的軟筋散。她是化神期，這東西對她沒多大作用。

她從容喝過，故作什麼都不知道，把竹筒遞給道士：「謝謝。」

道士滿意地收起竹筒，轉身道：「我們趕緊走。」

說著，兩人一起往裡，花向晚計算著藥物起效果的時間，走著走著，便踉蹌起來：「道……道長……」

「姑娘？」道士轉頭，看見花向晚扶著旁邊樹木。

花向晚疑惑抬頭：「我怎麼……怎麼有些看不清……」

話沒說完，她便優雅地倒了下去。

她一倒下，周邊走出一批人，看著道士，笑著道：「這次貨色不錯啊，主上應該很是喜歡。」

「長得不錯，修為也還不錯，就是腦子有問題，說什麼信什麼。」道士面帶不屑，抬手給花向晚貼了張符：「抬走，和其他女人一起，送到主上那裡去。」

說著，眾人把花向晚抬起來，暗處謝長寂皺了皺眉頭，按住本來要出鞘的劍。

還有其他人……

他思索著，來都來了，不如一併救了。

他跟著一行人，看著花向晚被他們一路扛到一輛馬車上。

花向晚一直裝暈，等塞進馬車後，聽著馬車嘎吱嘎吱響起，她才緩緩睜開眼睛。

馬車裡橫七豎八都是被打暈的女孩子，大家都睡著，外面的人也沒有管她們，她趁著這個機會，趕緊給狐眠傳消息。

「師姐，我被抓了，快來救我！」

消息傳出去，沒有片刻，狐眠便傳音回來，傳音玉牌上就四個字：「廢物等我。」

花向晚：「……」

狐眠對大家，真是一樣的殘忍。

不過既然完成了自己的表演戲份，她也就不用掙扎，靠在馬車上，看著旁邊昏睡的女孩子，開始琢磨著等出去之後怎麼找謝長寂。

她頂著晚秋的殼子，晚秋如今不過是金丹期，她能展現的實力也就是金丹，不然容易打擾原本的運行軌跡。

謝長寂如今到處亂跑，萬一讓西境高層發現了，那是必死無疑，她得讓他放心，死心塌地待在她身邊，免得出事情。

可他好像根本不相信她，要怎麼才能把這個人捆在身邊呢……

她一路思索著，等了許久，感覺馬車停下來，她趕緊又閉上眼睛裝暈。

侍從將她抬下來，扛著她走入一個山洞，周邊都是女人的哭鬧聲，似乎就她沒醒。

等了一會兒後，她感覺自己被人放進水中，用鐐銬拷住。

「別哭了！」旁邊傳來一聲大喝：「在水牢裡好好待著，等著主上臨幸。誰要是不聽話，老子就把她殺了！」

說完，對方將門狠狠摔上，走了出去。

花向晚慢慢睜開眼睛，就看周邊都是女人，只是這些女子沒有被鐵鍊拴著，都站在水中，忍受著水的寒意，壓抑著聲低泣。

只有她一個，被上了特殊符咒的鐵鍊拴著，明擺著是不公正待遇。

這些女人互相沒有搭理，就低著頭哭，花向晚閉上眼睛，開始休息。

休息到大半夜，外面突然傳來「轟」的一聲巨響，把花向晚猛地驚醒。

隨即不等她反應，就感覺一陣地動山搖，外面傳來狐眠叫罵之聲：「哪個混帳玩意兒敢綁我師妹？給本座滾出來！」

花向晚一聽這聲音就嘆息，還好當年晚秋運氣好，不然就狐眠這個救人的樣子，說不定人沒救到，先在水牢被砸死了。

狐眠罵完，外面果然打了起來，水牢一陣一陣顫動，沒一會兒就開始掉碎石。

關在牢中的女子都激動起來，瘋了一般往門口湧，又哭又喊：「放我們出去！放我們出去！」

花向晚見狀，想了想，自己好歹也是個金丹修士，救下這裡人，應該不算違規吧？

她一琢磨，轉了轉手腕，正想動作，就聽水牢外傳來兩聲慘叫，隨後一個少年一躍而入，抬手一劍劈開牢門。

少年白衣勝雪，劍光凜洌，俐落劈開牢房大門，朝著牢中女子喊了聲：「快走。」

說著，他將目光挪到最裡面的花向晚，見花向晚被鐵鍊鎖住，毫不猶豫躍入池水，朝著花向晚走來，抬劍就劈。

劍「哐哐」斬下束著花向晚的鐵鍊，花向晚腳下一軟，謝長寂抬手扶住她，低聲道：「得罪了。」

說著，便將她往背上一拉，背著她快速越過水牢，朝著外面一路跑去。

花向晚趴在謝長寂背上，等衝出水牢，才發現山洞中已經亂成一片，謝長寂指揮著逃出來的人，大喊了一聲：「跟我走！」

說著，他就背著花向晚，熟門熟路往一個方向狂奔。

花向晚這才反應過來，謝長寂竟是來救人了。

她突然意識到，當年他就是見人就救，現下他應當還是吃這套。

她趕緊收好靈力，裝成一樽花瓶，由謝長寂背著往外，忙道：「長寂，你去哪兒了？我一直在找你……」

「出去再說。」謝長寂看她又開始說謊話，一劍割斷一個守衛脖子，攔住其他人，對著後面女子道：「上前，往外跑。」

那些女子聞言，趕緊往外跑去，沒過片刻，後面傳來一聲怒吼：「哪裡跑！」

說著，數十道符咒從裡面衝出來，似乎要將這些女子置於死地。

謝長寂放下花向晚，往身後一攬：「妳躲著。」

隨即抬手一劍，劍意和符咒對轟在一起，攔住那些符咒去路。

「小兒找死！」

一聲大喝從裡面傳來，隨後法光朝著謝長寂一道一道衝來，謝長寂看了一眼，身後女子還沒完全走出去，他手中長劍飛快旋轉成盾，一道一道打飛那些法光，等那些女子澈底走出去後，他拉著花向晚，毫不猶豫轉身：「跑！」

花向晚被他拽著，踉踉蹌蹌跑在甬道中。

眼看著就要衝出去，花向晚聽見身後一道強勁的法光急追而來！

兩人避無可避，謝長寂回身一劍，這剎那，花向晚猛地撲到他身上！

謝長寂睜大眼，只看法光狠狠撞到花向晚身上，他急忙一把抱住花向晚，同她一起被這法光猛地轟飛出去。

飛出甬道，兩人狠狠撞在地面，一個紫衣道士提劍朝著兩人高高躍起，就要一劍劈下！

這時一道長綾從高處破空而來，猛地拽住道士手中長劍，狐眠眼神一冷：「還想跑？」

說著，她拽著長綾急追而來，她身後有十幾個道士追著她，急道：「休得傷我主上！」

所有人注意力都在狐眠身上，謝長寂得了空，抱起受傷的花向晚，就朝著密林中衝去。

花向晚艱難睜眼，就看狐眠被十幾個道士團團圍住。

「別……別跑了……」花向晚阻止謝長寂，拉住他的袖子：「我師姐還在那裡。」

謝長寂動作一頓，他想了想，只道：「我把妳送到安全之處，回來救她。」

「不行，」花向晚果斷拒絕，試著推攘著從他懷中跳出來，「我得看著她安全才安心。」

至少確認秦憫生出現才行。

花向晚這一推，謝長寂心中一種微妙的不舒服湧上來。

他不知道為什麼，對於花向晚的拒絕，有些在意。

他不由自主將她抱緊了些，低聲道：「別亂動，我帶妳藏起來。」

說著，他拉著她躲到一個安全的地方，設下結界後，便見狐眠和那些道士僵持著。

他們雖然單打獨鬥不如狐眠，但十幾個人列陣，還是和狐眠打了個難捨難分，謝長寂一看這個情況，便起身想去幫狐眠。

花向晚一把拉住他，搖頭道：「你別去，你還有傷。」

而且你去了，秦憫生有什麼用？

聽到花向晚的話，謝長寂心中一暖，只安慰她：「我無礙，小傷。」

「不行，」花向晚固執搖頭，「你是我弟弟，我不能讓你為我師姐涉險。我……」話沒說完，一道劍意從前方直轟而來，謝長寂下意識擋在花向晚身前，就看那劍意將與狐眠僵持著的道士猛地轟開，只留狐眠詫異回頭。

山林早就被他們打得不成樣子，月光毫無阻礙傾瀉而下，不遠處，一位高大魁梧的布衣青年提劍站在原地。

他穿得十分樸素，臉上帶著一道刀疤，看上去頗為英武。

風吹來，狐眠手握長綾，紅衫月下翻飛，她愣愣地看著對方，而青年目光平靜，開口只道：「借過。」

見到這個場景，花向晚目不轉睛盯著，往前多探了探，想要看清楚些。

她兩百年沒見過秦憫生了，都忘記這號人長什麼樣，這是關鍵人物，可不能搞錯人。

謝長寂看著她往前爬，忍不住皺了皺眉：「妳這是做什麼？」

「噓，」花向晚轉頭朝他豎起手指，「別說話，別打擾我看男人。」

謝長寂有些聽不明白，他默不作聲地看了遠處的劍修一眼，沒搞懂花向晚到底在看什麼。

但想來也不關他的事，他只能靜靜等著，過了片刻後，就聽狐眠笑起來。

「閣下劍意非凡，敢問尊姓大名？」

「凌霄劍，」青年抬眼，「秦憫生。」

「原來是……」

狐眠抬手想要恭維，對方卻完全沒有和她搭話的意思，竟然直直走過，徑直往前去了。

狐眠僵在原地，看著狐眠的表情，花向晚就知不好，轉頭趕緊拉謝長寂：「快，帶我趕緊跑。」

謝長寂聽不明白，花向晚抬手就挽住他的脖子，催促道：「快啊，被師姐知道我看見她這窘樣，她肯定得殺了我。」

謝長寂被她抱著脖子，渾身僵硬，片刻後，他低頭看了她因受傷慘白著的臉一眼，終於還是將她打橫抱起來，只是語氣中帶著幾分克制著的不快，低聲道：「妳別碰我。」

說著，他抱著她一路跑開，花向晚側眸看他，見他緊抿著唇，似是不高興。

她一想便知道是因為什麼，他一貫討厭別人的觸碰，現下她這麼環著他，他估計已經惱怒至極，只是想著她是為他受傷，才努力忍著。

想到他到處亂跑惹她心煩，她便決定努力讓他更不高興一點。

於是她抱著他的脖子，靠在他的胸口：「長寂怎麼可以這麼和姐姐說話？姐姐都為你受傷了，你還這麼冷漠，姐姐好——傷——心——啊！」

「妳！」

謝長寂察覺她在激他，沒有搭話，抱著她快速到了附近的斷腸村裡，找了家客棧讓她歇下，隨即便道：「妳找妳師姐過來，我走了。」

「唉等等！」花向晚拉住他，眼巴巴看著他，「你就這麼丟下我了？」

「妳……」謝長寂遲疑著，他看著她的眼睛，理智告訴自己該走，可不知道為什麼，總是挪不開步子。

兩人靜靜對視，片刻後，謝長寂抿緊唇：「妳真的是我姐姐嗎？」

「不然呢？你以為我會隨便幫別人擋刀嗎？」

謝長寂想起那一刻她毫不猶豫擋在自己面前的樣子，動作不由得一頓，花向晚見他遲疑，笑起來：「好弟弟，你至少留下來陪我把傷養好吧？反正你現在什麼都不記得，去哪兒都危險，倒不如待在我身邊，也免得我到處找你。」

「妳一定要找我？」謝長寂疑惑。

花向晚點頭：「當然啊。」

「為什麼？」

「我可不能讓你出事。」

花向晚這句話說得認真，謝長寂一愣。

看著面前人的模樣，他隱約有些相信，不管是不是姐姐，至少……她不會害他。

他垂下眼眸，想了好久，終於道：「好吧……」

花向晚笑起來，拉著他坐下，看著十七歲的謝長寂垂著眼眸，平靜溫和地坐在面前，她克制著心裡的激動，露出幾分幽怨：「說起來，打從見面開始，你還沒叫過我一聲姐姐。是許多年不見，咱們生分了嗎？」

「我不記得。」謝長寂實話實說。

花向晚嘆息：「那一聲姐姐，你總得叫吧？」

謝長寂動作一頓，猶豫好久，他終於有些生澀地開口：「姐姐……」

他從來沒叫過這個詞，語調出來，花向晚也不知道是不是自己的錯覺，總覺得帶著軟。

她突然理解為什麼自己以前每次叫謝長寂哥哥他都會臉紅，聽著他叫姐姐，她也覺得心裡酥酥麻麻的。

沒有預想中占便宜的感覺，反而有些奇怪。

她輕咳了一聲，扭過頭去：「好了，叫了我姐姐，就別亂跑了。好好跟在我身邊，說不定，」花向晚笑了笑，「什麼時候，你就想起來了呢？」

聽這話，謝長寂點了點頭，心中稍頓。

失憶或許只是一時，過些時日，也許就想起來了。

一回生，兩回熟，叫了第一聲，他便不覺得奇怪了，只應聲：「知道了，姐姐。」花向晚聽著他叫姐姐，忍不住笑，正要說什麼，就聽窗外風動，謝長寂反應極快，拔劍朝著對方直刺而去，花向晚才來得及喊了聲：「慢著……」

已聽「叮」的一聲輕響，狐眠單膝跪在窗臺，雙指夾著謝長寂的劍尖，轉頭卻是看向床上的花向晚，挑眉道：「妳去哪兒找來的狼崽子？」

「他是我弟弟謝長寂，從雲萊過來找我，失憶了。」

花向晚朝著狐眠擠眉弄眼，怕她拆穿她的謊言，狐眠一聽立刻明瞭，眼中露出幾分「好傢伙」的意味，隨後輕咳出聲，試探著放開劍尖道：「那個，好弟弟，我是你姐姐的師姐狐眠，你別這麼戒備，」狐眠轉了個身，靠在窗戶上，笑咪咪道：「來，叫聲姐姐聽聽。」

謝長寂冷眼看著她不動。

狐眠「嘖」了一聲，嘟囔了一聲：「沒意思。」

說著，她從窗戶上跳下來，走向花向晚：「妳怎麼樣？那紫霄道人傷著妳沒？」

「沒。」花向晚搖搖頭，只問：「紫霄道人是做什麼的？」

「妳都被抓了還不清楚吶？」狐眠坐到一旁，朝著謝長寂敲了敲桌子：「小美人奉茶。」

謝長寂不理她，花向晚輕咳了一聲：「那個，長寂，你先出去端壺茶吧？」

謝長寂聞言，在兩人之間審視一圈，這才走了出去。

狐眠打量著他們，等謝長寂一走，她立刻設下結界，湊到花向晚面前：「晚秋，我以前沒看出妳是這種人啊，他瞧著才十七歲吧？這妳都下得去手？」

「妳少管我，」花向晚瞪她一眼，「我有其他事兒，帶著他而已，妳別多想。紫霄道人怎麼回事？」

「他就是附近供奉魃那位，他前幾年修道，被一個女子傷了心，自己殺不掉人家，就供奉了一隻魃，修為暴漲之後去找對方，失手把人殺了，失了心智，現下到處抓捕女子，想把這些女子當成祭品，復活他心上人。」

「年年都有這些活著不好好珍惜，死了才來裝深情的。」花向晚聽著，看狐眠似乎出神想著什麼，隨後道：「現下人呢？」

「殺了啊，我還留著？」狐眠轉頭看她一眼。

花向晚斟酌著：「我走時看妳不像能殺他們的樣子，是……有什麼奇遇嗎？」

一說這個，狐眠立刻來了興致，她坐到花向晚旁邊，激動道：「晚秋，妳聽說過凌霄劍嗎？」

「聽說過啊，」花向晚故作淡定，「秦憫生嘛。」

「我和妳說，我看上他了。」狐眠說得認真。

花向晚故作驚疑：「他？他可是出了名的不懂風情，妳看上他……怕他是不會看上妳吧？」

「怎麼可能？」一聽這話，狐眠便睜大了眼，怒道：「我保證三個月內一定把他拿下，不信妳瞧著。現下師姐給妳個任務。」

「什麼？」花向晚眨眨眼。

「幫我盯著他，」狐眠湊到她面前，「我最近得去個祕境，妳幫我盯著他，順便搞清楚他所有過去背景喜好，等我回來。」

知己知彼百戰百勝，合歡宮要出手，那必然要先瞭解對方的。

剛好花向晚此番入境，目的就是為了搞清秦憫生當年到底做過什麼，她點了點頭：「我明日就去查。」

「姐，」兩人說著，謝長寂的聲音出現在門口，「我端茶回來了。」

他知道兩人是想支開他說話，進門還要特意打招呼。

花向晚和狐眠對視一眼，狐眠笑了笑：「那妳去查，有事通知我，我先去睡一覺。」

說著，狐眠便起身離開，跳窗離去。

花向晚這才叫謝長寂進來，謝長寂見狐眠離開，他端著茶，遲疑片刻後，輕聲道：「姐，我另外開個房。」

花向晚見他神色堅定，便知道，如果拒絕，說不定他會睡在窗戶外面。

只要人留下就行，她也沒心情和他爭，揮了揮手道：「去吧，別離我太遠。」

「嗯。」

謝長寂應聲，隨後放下茶杯，便自己去開了個房。

他的房間就在花向晚隔壁，花向晚感知到，抬手給他房間也設了個結界，便閉眼睡去。

謝長寂察覺她給自己設的結界，扭過頭去，看著牆面，好久後，他取下天劍宗的玉牌，輕輕摩挲。

她真的是他姐姐嗎？

若是的話，他為什麼總隱隱約約覺得不對？

若不是的話，為什麼……又這麼想親近她，覺得她很放心？

他也想不明白，轉頭看了看窗外，終於決定，不管未來如何，如今她對他好一日，他就對她好一天。

兩人在屋中休息了一夜，等到第二天醒來，花向晚給他簡單做了檢查，確認他沒什麼問題後，便領著他退了客房，往外面走去。

她先帶他回了昨夜的山洞，在現場勘查一番後，便找到了秦憫生的氣息。

秦憫生沒有刻意遮掩自己的蹤跡，花向晚追著他一路往前，謝長寂跟在她後面，沒多久就明白了她的意圖：「妳在追昨晚那個劍修？」

「不錯。」花向晚沒瞞他。

謝長寂心中莫名有些不悅，但不知道為什麼，他抿唇：「妳追他做什麼？」

「我師姐看上他了，」花向晚直接回答，「讓我盯著呢。」

「哦，」謝長寂點點頭，語氣輕快了幾分，「盯著他做什麼？」

「搞清楚他這個人啊，」花向晚看他一眼，「追男人得有策略，不能硬上，首先得知道他的喜好，然後針對他個人好好設計。」

聽著花向晚的話，謝長寂眉頭微皺：「妳……妳好像很熟悉這事兒？」

「呃……」花向晚一聽就知道他不贊同此事，趕緊解釋，「我就是幫忙，我自己沒多少經驗。」

謝長寂點點頭，沒有多說什麼。

兩人追了一天一夜，終於追到了秦憫生。

他找了個山洞打坐，兩人不敢靠得太近，就只能遠遠看著。

看了一個早上，秦憫生不動，謝長寂也乾脆打坐起來，花向晚只能蹲在一邊，盯著不動。

等盯到晚上，花向晚疲了，叼了根狗尾巴草，開始蹲著數螞蟻。

螞蟻數到深夜，花向晚迷迷糊糊。

沒有金丹的日子，她像凡人一樣作息，習慣了之後，沒有刻意維持，她便覺得睏。現下無事，她雖然努力了，但秦憫生這個人太過乏味，她盯著盯著，完全沒忍住，毫無知覺往旁邊一倒，就砸在謝長寂肩上。

謝長寂緩慢睜眼，皺眉看她。

本想催她離開，但轉頭的瞬間，看見月光落在她臉上。

她似乎累極了，神色裡全是疲憊，膚色瑩白如玉，睫毛濃密纖長。

她靜靜靠著他，彷彿將他當成依靠，貓兒一樣依偎著他。他心上突然陷了一處，靜靜凝視著她的面容，一時竟覺得，應當就是這樣。

她就該這麼靠著他，而他理當為她遮風避雨，給她依靠。

想到這裡，他才驚覺自己似乎有些逾越，但想想，若這是自己姐姐……的確當如此。

他艱難地收回目光，又閉上眼睛，悄無聲息打開了結界，以免夜風太冷，讓她受涼驚醒。

花向晚迷迷糊糊醒過來時，已經是第二天正午，秦憫生還在打坐，謝長寂也在打坐。

花向晚覺得，再這麼下去，她要被他們逼瘋了。

好在堅持到第三天，秦憫生終於有了動作，他從入定中醒來，起身往外，花向晚一看他往外走，趕緊跟了上去。

他走到山下小鎮，去客棧中開了個房，之後又去酒館買了幾壺酒，隨後折回客棧。

花向晚和謝長寂蹲在屋頂，遠遠跟著他，就看他走進客棧長廊，突然一個女子之聲響了起來：「秦道君。」

秦憫生聞言頓住步子，回頭看去，就見長廊盡頭靠著個女子，女子衣著暴露，笑意盈盈：「秦道君可還記得我？」

「巫媚。」秦憫生冷聲開口，微微皺眉：「妳來做什麼？」

「夜深露重，著實寒冷，」巫媚一步一步走上前來，停在秦憫生面前，眨了眨眼，「秦道君不請我房中一敘？」

一聽這話，花向晚立刻反應過來，抓著謝長寂趕緊沿著房檐一路跑到秦憫生定下的房間，推窗而入之後，她迅速掃了屋子一眼，就見這房間就剩一個衣櫃可藏，趕緊衝到衣櫃前，招呼謝長寂：「快進去！」

謝長寂一愣，就聽外面傳來腳步聲，花向晚急了，拽著謝長寂就往裡塞。

謝長寂緊皺眉頭，被她塞進櫃中，花向晚自己趕緊以一個極其刁鑽的角度擠進櫃子，關上櫃門，隨後抬手一張符貼在櫃面，便聽外面有人推門進來。

衣櫃不算小，但要容納兩個人，顯得極為狹窄。

謝長寂整個人蜷在衣櫃中，花向晚坐在另一頭，腿和他緊緊貼著，認真盯著外面。

她修為遠高出秦憫生和巫媚一截，帶著謝長寂躲在櫃子裡，外面兩人完全察覺不到他們兩的存在。

「妳來做什麼？」秦憫生冷淡出聲。

巫媚撐著腦袋，晃著赤裸的小腿，笑咪咪道：「明日就是你母親祭日吧？」

「巫楚要來？」

「想多了，」巫媚一聽這話，立刻打斷他，「宗主怎麼可能親自過來？」

「那妳就滾。」

「哎喲，」巫媚站起身來，朝著秦憫生湊上去，試圖伸手去攬他脖子，「別這麼冷淡……」

話沒說完，秦憫生便抓住她的手，警告她：「有事說事。」

「好吧，」巫媚無奈，「我是代宗主來讓你做一件事，宗主說了，」巫媚轉頭坐回原位，低頭玩弄著自己的指甲，「只要你做成了，就讓你認祖歸宗，成為巫蠱宗繼承人。」

秦憫生聞言，嗤笑出聲：「他不是說，我是妓女生下的賤種，和巫蠱宗沒有關係嗎？」

「你賤是賤啊，」巫媚笑咪咪盯著他，「可是，能用的賤人，一樣是人。」

秦憫生不說話，房間裡異常安靜，所有的聲音、感覺，都被無限放大。

包括溫度，呼吸。

衣櫃太過狹小，謝長寂感覺整個衣櫃裡都是花向晚的味道，她的腿同他緊貼在一起，溫度隨著時間一起往上。

花向晚倒沒察覺，她聽外面的事聽得認真，可謝長寂卻沒辦法忽視這種感覺。

他不知道自己失憶前是怎樣的人，也不知道自己和花向晚的相處模式。

可此時此刻，花向晚的肌膚和他時不時摩挲而過，他總覺得有種微妙的酥麻感，讓他忍不住想躲。

但衣櫃又讓他避無可避，只能儘量轉移注意力，撚起清心咒，不去看她。

屋外靜默許久，秦憫生的聲音終於再次響起：「什麼事？」

「聽說，前幾天，你遇到合歡宮的狐眠了？」巫媚似乎早知他會答應，語調漫不經心。

秦憫生點頭：「是，一面之緣。」

「宗主的意思，就是讓你繼續這一面之緣。」

聽著她的話，秦憫生抬眼，巫媚看著秦憫生：「讓她喜歡你，信任你，你能做到嗎？」

「你們想做什麼？」秦憫生追問。

巫媚輕笑：「這不是你該管的事。我只問，你能不能做到？」

秦憫生不言，似在思考。巫媚漫不經心地敲著桌面，提醒他：「這可是你回巫蠱宗最後的機會。你要是來，未來，你可能是巫蠱宗少主，乃至宗主。九宗之一最頂尖的人物，比你現在當個散修，不知道要好多少倍？」

「人活著，就得往上爬，」巫媚盯著他，「你說是麼？」

兩人僵持著，過了許久，巫媚站起身：「決定好了告訴我，狐眠現在在古劍祕境，你要接觸她，這是最好的機會。」

說著，巫媚往外走去，錯身而過的瞬間，她突然轉頭：「我說，你還是第一次吧？真不要試試我？」

「滾！」秦憫生低喝。

巫媚漫不經心一笑，轉身往外走去。

等她離開後，秦憫生一個人在屋中坐著，過了一會兒，他自己拿一壺酒，坐著獨飲。

他堵在外面，花向晚當然不能出去，她只能和謝長寂繼續窩在這狹窄的衣櫃中。

她腳有些麻了，忍不住抬起來，朝著謝長寂方向伸直了腿。

她這動作瞬間驚到了謝長寂，謝長寂皺起眉頭看她，似是質問。

花向晚做了個抱歉的神色，隨後捏了捏自己的腿，示意腿麻了。

謝長寂鎖眉不放，好似讓她麻了就忍著。

花向晚討好地笑笑，伸手去捏謝長寂的腿，給他按摩著，又看了看自己的腿，示意他照做。

誰知道秦惘生會喝多久，這麼熬下去，是折磨兩個人。

然而她主動示好，謝長寂卻毫不領情，在她的手碰上他小腿的瞬間，他便抿緊唇，死死盯著她，警告她不要亂來。

花向晚不斷看自己的腿，用眼神哀求他。

謝長寂被她輕輕捏著小腿。

不得不承認，這麼一捏，其實人舒服很多，但是她捏著他的腿，帶來的卻不只舒服一種感覺。

還有種微妙的觸感升騰，酥酥麻麻，順著小腿一路往上，到達那不可說之處。

他一面想要阻止她，一面內心深處，又有那麼幾分隱約的、說不出的……期待？

意識到這一點，他心上猛地一驚，就是此時，秦惘生深吸一口氣，站起身來，走了出去。

見秦惘生出屋，謝長寂幾乎是毫不猶豫，一把推開衣櫃門，逃一般往外衝。

花向晚一愣，隨後趕緊把符撕下來，留了一張紙片人追著秦惘生，自己趕緊追上謝長寂。

謝長寂跑得極快，等花向晚追上他時，已經到了大街。

她用了神行符，才勉強趕上他，一把抓住他的手腕，忙道：「你跑什麼？」

謝長寂不說話，花向晚看他啞巴一樣，一時有些無奈：「謝長寂，是不是沒有人教過你說話？」

謝長寂低著頭，花向晚想著死生之界教出來的那些人，好似都是這個樣子。

她想了想，只能道：「謝長寂，你要是有什麼不高興，你得告訴我。」

「我沒有不高興。」

「你現在這個樣子，」花向晚說得認真，「就叫不高興。」

謝長寂一愣，花向晚看著他，竟莫名覺得有些可憐，她不知道為什麼，對十七歲的謝長寂有了極大耐心。

或許是因為年紀小，還有可塑空間，她忍不住想多教教他：「你不要什麼都悶在心裡，有覺得不好的地方，你就說出來。你喜歡的地方，你也說出來。」

說著，花向晚想了想：「你是不是不喜歡我碰你？那我答應你，」她放開他，伸出手，做出投降的姿勢，「我以後肯定不碰你，你別生氣了？」

一聽這話，謝長寂心裡更覺得不舒服。他低著頭，艱澀出聲：「我……不是不喜歡。」

這話把花向晚聽懵了，謝長寂緩緩抬頭，認真地看著她：「我是因為，喜歡，才覺得，害怕。」

他每個字都說得很艱難，但卻在努力表達著，似乎是把她的話聽進耳裡，在努力解釋。

花向晚看著他清澈認真的眼，突然意識到。

其實不一樣。

他和當年的謝長寂，不一樣。

那時候的謝長寂，背負著天劍宗的責任。

他是問心劍定下的繼承人，他知道死生之界結界將破，他身上沉甸甸的，早早背負了過多人的期望和生死。

可現下的謝長寂，他什麼都忘了，什麼都不知道。像是一張白紙，乾乾淨淨的，卻也是最真實的模樣。

她看著面前的人，不知道為什麼，竟有幾分心酸。

她忍不住笑：「你一個字一個字往外蹦，我以為你是結巴。」

謝長寂似覺難堪，輕輕垂眸：「我不是結巴。」

他只是從未說過這些。

花向晚明白，她想了想，忍不住笑起來：「那你得多練練，來，姐姐教你。」

謝長寂疑惑抬眼，就看花向晚取出靈獸袋，倒了倒，便抖出一隻小白虎。

謝長寂愣愣地看著這隻小白虎，花向晚舉起來：「喜不喜歡這個？」

謝長寂不說話，他的目光移動到花向晚臉上，可帶了碎光的眼睛，已經流露出他的情緒。

「喜歡要說啊，」花向晚捏了捏小白的爪子，「你說喜歡小白，我就把牠給你抱。」

謝長寂聞言，目光挪開，遊移不定。

花向晚將小白又擠到他面前：「你說啊，謝長寂？」

他說不出口。

他也有些，不知道怎麼說。

可不知為何，心底隱隱有一個聲音，讓他想要出聲。

他看著面前晃著虎爪的女子，眼裡落著她的笑，她眉飛色舞的神色，她認真教著他的模樣。

他忍不住詢問：「為什麼？」

「什麼？」花向晚聽不明白。

謝長寂靜靜看著她：「為什麼，一定要教會我說這些？」

花向晚被他一問，抿了抿唇，想了片刻，才道：「因為……你不學會的話，會失去很多的。」

說著，花向晚也覺自己似乎有些多管閒事，搖搖頭道：「算啦，我也就是心血來潮，走吧，我們去找秦憫生。」

反正出了畫他什麼都不記得，學與不學，又有什麼區別？

她轉過身，抱著小白往前，謝長寂看著她漸行漸遠的背影，突然出聲：「我喜歡。」

花向晚頓住腳步，愣愣地回頭。

就看少年一身白衣，站在不遠處，神色認真地看著她：「我喜歡小白。」

花向晚聞言，正要笑開。

隨即便聽少年認真地出聲：「我也喜歡妳。」

「晚晚。」

第二十三章 故人

這一聲出來，兩個人都懵了。

謝長寂有些意外，他也想不明白，為什麼在這句話出口的瞬間，自己腦海中會浮現出冰雪之地，自己緊握著一片桃花花瓣的場景。

那個場景中自己很疼，應該是天雷擊打在身上。

他做了什麼，要受此天劫？

而且……他為什麼會脫口而出姐姐的名字呢？

就算她叫謝晚晚，那他也該叫姐姐，而不是名字。

他有些茫然，花向晚也愣了。

她從沒聽過謝長寂說這話，當年她一次又一次問他，他都不曾應答，只會一遍又一遍告訴她「抱歉」。

抱歉，他回答不了，回應不能。

但她很快反應過來，謝長寂把她排在小白後面，他口中所說的喜歡，不過是和喜歡小白一樣。

她笑起來：「我才惹你生氣，你還喜歡我？」

謝長寂聽到她這話，似乎認真思索片刻，隨後點點頭：「妳很好，我很喜歡妳。」

他這輩子大概沒這麼坦率過，花向晚覺得好笑，看著這個白紙一樣的人，朝他招了招手：

「那你過來，今晚我們就學什麼是喜歡。」

謝長寂茫然地走到她面前，花向晚將小白一把塞進他懷裡，謝長寂感覺毛茸茸的小白虎入懷，少年眼中帶著幾分克制著的溫柔與高興。

他小心翼翼地舉起小白，看著對方如臨大敵的神色，他抿著唇，嘴角有一絲輕微的弧度。

花向晚看著他，也不知怎的，忍不住伸手挽住他，謝長寂一愣，就看花向晚站在他身側，仰頭看他：「喜歡我挽著你嗎？」

謝長寂莫名覺得臉上有些熱，他下意識想否認，又想到花向晚之前的話，克制著心中些許羞澀顫抖，輕輕點了點頭。

花向晚挑眉：「不會說？」

「喜歡。」謝長寂低聲開口。

花向晚高興起來，扯著他上前：「那走，我們去逛逛，看你還喜歡什麼。」

「那秦憫生……」謝長寂忍不住回頭。

花向晚擺擺手：「我讓紙人盯著呢，有什麼異動，我們馬上過去。」

說著，她拖著他鑽進人群裡。

她突然覺得入畫挺好的，謝長寂什麼都不記得，未來不會記得，她只是晚秋，想幹什麼都行。

她拖著謝長寂逛長街，一遍一遍問他對事物的喜好，他努力應答，這個過程中，他慢慢體悟，到底什麼是喜歡。

他不知道自己過去人生到底是怎樣，可是他卻清楚知道，喜歡，憤怒，討厭，開心……這些詞對他來說，總是有些模糊，他好像明白，但似乎又不是很確定。

他像一個稚兒，跟著花向晚學著這些言語。

沒有人天生會一種語言，天生能將所有雜糅的感情理得清清楚楚，更多人是在漫長的人生中，將眾多的情緒反覆對比，然後一次又一次使用著那個表達這個情緒的抽象詞彙，最終一一對應。

猶如乾淨與純淨，所有人都認識這兩個詞，但只有在一遍又一遍的反覆嘗試中，才能隱約感知到，這兩個詞背後截然不同的語境與語感。

又如喜歡與愛，或是對姐姐的喜歡與對晚晚的喜歡，又有哪些微妙的不同。

他看著周邊高興拉著他吃過所有小吃、到處選著小玩意兒的女子。

看著燈火落在她臉上，光影綽綽，映照出她不同的模樣。

她身上有一種詭異的、少女與成熟女子融合的氣質，沉靜又帶著無限生機。

他忍不住將目光一直停在她身上，仔細觀察著她的每一個細節。

從她身上學習所有他似乎早早就該擁有、卻遲遲不曾學會的東西。

兩人逛到大半夜，謝長寂說喜歡的次數加起來比他這輩子都多。

他懷裡抱著小白虎，身上提了一大堆東西，連頭頂都沒放過，在頭髮上掛了一盒糕點。

花向晚心滿意足拍拍自己鼓起來的肚子，正打算回頭，突然臉色一變，拉著謝長寂就往另一個方向：「走！」

謝長寂被她拽著跑出城外，花向晚抬手一召，抓著謝長寂跳上劍身，便馭劍追了出去。

謝長寂知道事情有變，將東西收入乾坤袋中：「怎麼了？」

「秦憫生出城了。」花向晚吃掉最後一顆糖葫蘆，將竹籤隨手一扔，謝長寂抬手撈住她扔的竹籤，默不作聲收起來，花向晚奇怪回頭：「你這是幹什麼？」

「掉下去，可能會砸到人。」謝長寂說得認真：「凡人不比修士，砸到或許會死。」

花向晚低頭看了下面密林一眼，覺得砸到人的可能性不太大，但一想這也是他細緻之處，點頭道：「哦，那以後我不亂扔東西了。」

「妳扔吧。」謝長寂聲音平穩，「我在後面撿，妳高興就好。」

花向晚：「……」

莫名覺得自己，很沒有道德。

兩人追著秦憫生一路往前，飛了半夜，便見到一座高山。

高山前有打鬥之聲，花向晚老遠一看，便看見了狐眠。

狐眠一個人和好幾個修士糾纏，謝長寂正要動手，就被花向晚按住，朝著秦憫生的方向揚了揚下巴，提醒他：「秦憫生在，你別出手。」

謝長寂有些不明白，就看秦憫生果然如花向晚所料，長劍一拔加入戰局，同狐眠遠攻近戰配合，沒了片刻，就將那些修士誅殺。

等修士都處理完了，狐眠才回頭看向秦憫生，眼神微亮：「秦憫生？」

「嗯。」秦憫生將劍插回劍鞘，聲音很淡，遲疑片刻，他主動開口：「又見面了。」

「是啊，緣分啊。」狐眠笑著看了山洞一眼：「你也是來古劍祕境的？」

「是。」秦憫生點了點頭，站著不動。

狐眠打量著他，琢磨了一圈，不由得朝旁邊找尋起來。

秦憫生在這裡，晚秋和她那個「弟弟」應該也在……

看見狐眠的神色，花向晚就知道她在找人，便不再躲藏，領著謝長寂走了出去，高興道：「師姐！」

狐眠和秦憫生一起看過去，就看花向晚高高興興跑過來：「師姐，我可找到妳了，我帶著長寂過來了。」

說著，花向晚伸手抱住狐眠，撒著嬌：「這次我可沒遲到，咱們一起……」

她沒說完，似乎意識到這裡還有個大活人，她轉過頭，看向旁邊的秦惘生，面露幾分詫異：「秦道君？」

秦惘生面色很淡，只對她點了點頭，花向晚激動起來：「原來是秦道君，上次承蒙相救，不勝感激，您也是來祕境的吧？」

秦惘生點點頭，花向晚立刻道：「那不如我們四人一起，也算有個照應？」

聽到這話，謝長寂微微皺眉。

秦惘生遲疑片刻，似乎也在猶豫。

只有狐眠，轉頭看向花向晚，暗暗比了個大拇指。

幹得漂亮師妹！

花向晚露出驕傲眼神，隨後添火加柴：「秦道君莫不是嫌棄我們拖後腿？」

「沒有。」秦惘生聞言，終於開口，點頭道：「一起走吧。」

三方各懷心思，算是把事情定下來，狐眠率先上前，抬手放在山洞石門上，壓著笑：「那走吧。」

石門轟隆打開，狐眠轉頭看向秦惘生，抬手道：「請。」

秦惘生點點頭，走上前去，狐眠給了花向晚「離遠點」的手勢，轉身跟上秦惘生。

花向晚懂事，站在原地緩了一會兒後，才同謝長寂一起進去。

兩隊人一前一後隔得很遠，花向晚不說話，謝長寂也安靜得彷彿不存在，就聽前方時不時傳來狐眠的驚呼：「啊，秦道君，這是什麼？好可怕。」

「秦道君，我怕黑，我能不能拉著你的袖子？」

「啊，秦道君，對不起，我不是故意的！我就是太害怕了……」

謝長寂聽著狐眠大呼小叫，忍不住看了旁邊滿眼興奮的花向晚一眼。他正想說點什麼，就看花向晚腳下一空，整個人直直墜下去！

謝長寂頓時睜大眼，一把抓住她的手，驚呼出聲：「姐！」

然而花向晚腳下傳來一股巨力，不過頃刻之間，兩人就被拖了下去。

狐眠聽到聲音，和秦憫生一起趕了回來，這時甬道已經空空如也，狐眠愣了愣，旁邊秦憫生皺起眉頭，遲疑片刻，他安慰道：「古劍祕境並非凶境……」

「我知道，」狐眠轉頭，看向旁邊的秦憫生，「頂多就是把他們困住學劍，沒事兒，我們繼續走。」

說著，狐眠暗中用合歡宮傳音喚了花向晚一聲：「晚秋？妳沒事吧？」

花向晚和謝長寂一起砸下來，落地瞬間謝長寂墊在她身下，隨後她便聽見了狐眠的聲音。

她爬起來，轉頭看了周邊一圈，這裡是個石室，周邊嚴嚴實實，沒有任何出路，石室上都是劍招，地面上有一個陰陽太極法陣，兩把劍正正架在最前方的祭桌上，除此之外，除了一盞青燈，什麼都沒有。

古劍祕境藏了諸多劍譜，不算凶境，進來之後，會被強制學習祕境中的劍術，學不會出不去。

她看了一圈，自己應當是被某個劍譜選中拖進了學習密室，倒也不是很擔心，趕緊回應：

「我被拖來學習了，妳不用管我，好好發展你的。」

「行嘞。」聽花向晚這麼說，狐眠放下心來。

察覺狐眠表情變化，秦憫生看過來：「他們沒事？」

「沒事，」狐眠壓著笑，「不過咱們可不能分開，我對劍術一竅不通，萬一掉進哪個密室，怕是一輩子出不來了。」

說著，狐眠挽上秦憫生的手：「秦道君，您可不能扔下我啊……」

秦憫生面色不動，他被女子挽著，下意識想抽手。

但一想到自己決定好的事情，又停下來，垂眸看著地面，任由狐眠靠近。

兩人朝著祕境深處走去，花向晚乾脆在密室中打量起牆上劍招。

謝長寂也抬眼看著劍招，聽花向晚出聲：「這古劍祕境是西境上古最受尊重一位劍仙留下的，你本身修劍，好好看看，對你有好處。」

「妳不也修劍嗎？」謝長寂奇怪，花向晚一愣，這才想起來。

這是兩百年前，那時候……她還修劍。

她動作微頓，謝長寂感知到她情緒變化，自知失言，想了想，只道：「為什麼不攔著秦憫生？」

「嗯？」花向晚回頭。

謝長寂提出他忍了許久的疑惑：「妳知道他為什麼靠近狐眠師姐。」

「我知道啊。」花向晚笑著應聲。

謝長寂眉頭微皺：「那妳不告訴她？」

花向晚沒說話，想了想，她輕笑：「這事兒說來複雜，等什麼時候你記憶恢復了，我便告訴你。反正，你聽我的，我做什麼，你做什麼就好。」

謝長寂不明白，花向晚強調：「不要干涉狐眠和秦憫生，這是他們的天命。」

聽到「天命」二字，謝長寂便知道，這不是他該干涉的事。

有些修士信奉天命不可更改，他不知道「謝晚晚」想做什麼，但狐眠終歸是她的師姐，與他沒有太多干係。

他轉頭看向牆上劍譜，劍譜都是雙人，看了片刻後，花向晚的聲音響起來：「是鴛鴦劍『春纏』吶。」

謝長寂看過去，疑惑詢問：「春纏？」

「曾經名震西境的一對道侶，自幼一起修行，自創了一套道侶之間用的雙人劍法，名為『春纏』，劍法取自春日，萬物生機勃勃，相交相織，互依互纏。後來二位前輩得道飛升，春纏的劍譜也很少有後人修習。」花向晚解釋著，算是明白過來：「也不知道這劍譜是怎麼瞎了眼，沒挑師姐他們，反而挑了咱們進來。學不會出不去，」花向晚看向謝長寂，「你要同我學嗎？」

謝長寂略一遲疑，雙修劍法向來用在道侶之間，他與眼前人，按照她的說法是姐弟。

若真如此，修此劍法……

謝長寂微微皺眉，下意識想要尋找他法，可是一個念頭驟然閃過。

他不能與她修此劍法，道侶就可以，為何？

那日後，他會有道侶，棄他而去，與她同修劍法嗎？

這個念頭閃過的瞬間，他心中莫名有些煩躁。

總覺得不該如此，花向晚看他靜默不言，好奇出聲：「謝長寂？」

「嗯。」謝長寂垂下眼眸，應聲：「我願同姐姐共修此劍。」

花向晚笑起來，抬手指向地上太極圖陣：「那你把這劍招記好，這個法陣應該就是出去之路，裡面應當是個歷練幻境，等一會兒我們一起進去。」

「好。」

謝長寂說完，便將目光轉到牆上。

兩人一起仔細看過牆上劍法，他們本就是兩地頂尖天才，很快便將劍招記在心中，花向晚轉頭看了謝長寂一眼：「你記好了嗎？」

謝長寂點頭：「記好了。」

「那走吧。」

花向晚走到旁邊，取了臺上一把白色長劍，謝長寂跟在她身後，取了另一把黑色長劍，隨後兩人來到太極圖陣中央，一陰一陽按圖坐下，閉眼瞬間，太極圖亮了起來，隨後周邊成了一片黑暗，片刻後，感覺風雪吹來。

花向晚睜開眼睛，便見茫茫雪地，她朝著周遭掃了一眼，還未反應，就聽身後傳來一聲嘶吼，一隻白色巨獸猛地撲了過來，謝長寂抬手將她一推，急道：「小心！」

說著，謝長寂一劍抵在猛獸牙尖，這時另一隻體型微小的猛獸又衝了過來，花向晚一劍劈了過去，回頭看謝長寂，提醒道：「用剛學的那套劍招。」

聽到這話，謝長寂立刻反應，將自己劍法轉為剛學會的春纏。

春纏是雙人劍，兩人配合著揮砍過去，春纏劍彷彿是這些猛獸的死敵，其他劍法於他們沒有太大用處，但春纏卻能與他們打得難捨難分。

那些猛獸彷彿刻意引導一般，不斷引著他們做出更標準的出劍姿勢，一旦刺中，立刻化作一灘紫氣，散在地面。

周邊這種白色的雪獸越來越多，花向晚掃了一眼，拖著謝長寂：「走，往前。」

說著，兩人便一路往前衝去，這些雪獸緊跟不放，在他們身後越追越多。

他們且戰且逃，謝長寂忍不住道：「若是死在這裡，是真死嗎？」

「廢話！」花向晚瞪他一眼：「不是凶境，你以為就沒有凶險了嗎？」

謝長寂微微皺眉，他們兩人的劍法配合得不是很順暢，而這些雪獸越來越多，這樣下去，他們的體力遲早支撐不住。

可現下又沒有其他辦法，只能盲目往前，不斷揮劍。

兩人在雪地裡一路奔逃，等到了深夜，謝長寂體力有些撐不住。

他身上本就帶傷，一路奔波，現下這種強度，他的確有些勉強，可他始終沒有說話，堅持跟在花向晚身後，不發一言。

花向晚原本就是化神期，只是偽裝成金丹，被追了一夜，倒也不覺疲憊，她警惕地看著周邊根本沒有減少的獸群，用神識不斷掃向四周。

整個冰原到處都是這種雪獸，前方只有一處……

那一處什麼都沒有，好似還有一個山洞，這些雪獸根本不敢過去。

雖然不知道那裡有什麼，但比起這些東西沒休止的糾纏，她還是想去搏一搏，看看能不能求個清淨。

她看了謝長寂一眼，見他臉色不太好，抓著他的手，同他一起左右砍殺過去，鼓勵出聲：「再堅持一下。」

「我無礙，不用管我。」

他不會給人拖後腿，任何時刻都不會。

花向晚知道他的脾氣，沒有多管，只是儘量加快速度，朝著目的地衝去。

眼看著離冰原越來越近，花向晚激動起來，她抓著謝長寂，激動得一劍轟開前方，縱身一躍：「走！」

然而就是那剎，一隻母獸從側面猛地撲出，謝長寂急急上前，將花向晚往前一撲，兩人便一齊滾進了雪地。

花向晚剛落地，便立刻翻身起來，護住身後的謝長寂，抬劍橫擋在身前，對著不遠處的獸群。

然而這些獸群都圍在不遠處咆哮，竟是不敢上前一步。

花向晚觀察片刻，見他們確實不敢往前，趕緊扶起謝長寂，往前方肉眼可見的山洞走去。

謝長寂背上被抓了一道血痕，依靠著花向晚，喘息出聲：「姐，這裡肯定有東西。」

「殺一隻大的比被螞蟻追著強。」

花向晚被這些雪獸追出了火氣，扶著謝長寂往裡走，走了沒幾步，他們感覺周邊有呼吸聲。

花向晚頓住步子，這時他們兩人才發現，腳下隱約有什麼在顫動。

這種顫動很有規律，像是綿長的呼吸。

意識到這一點，花向晚抓著謝長寂就要退開，然而一股腥臭從他們身後猛地襲來，謝長寂揮劍格擋，花向晚朝著旁邊疾退，便看雪地之上，憑空出現一隻小山大小的巨大雪獸！

這隻雪獸口吐紫氣，謝長寂同牠打了個照面，當即覺得眼睛刺痛，緊閉呼吸，疾退而去。

然而這隻雪獸動作極快，在謝長寂退開瞬間，一口咬在他大腿之上，劇烈疼痛傳來，謝長寂異常冷靜，聽著周邊風流動的聲音，朝著雪獸狠狠一劍！

這剎那，花向晚翻身從高處猛地躍下，帶著化神期磅礴靈力，直刺巨獸天靈！

這雪獸的注意力本在謝長寂身上，等意識到身後人時已完全來不及，劍光直貫而入，牠哀嚎出聲，謝長寂被牠猛地甩開，重重砸在地面，發出一聲悶哼。

花向晚從牠頭骨往下，一路剖開，手直直探入牠的內丹，猛地拽了出來，隨後踩在血肉之上，朝著謝長寂方向落下。

她將內丹捏碎，衝到謝長寂面前，將他從雪地中拽起。

他臉上已經帶了青色，花向晚捏住下巴，逼著他張開嘴，直接把內丹一巴掌拍進嘴裡。

內丹入腑，謝長寂臉上青色往下褪去，花向晚這才放心，將他從地上扶起來。

他已經有些迷糊了，花向晚不得已，只能把他背在背上，一步一步往山洞裡走。

打從兩百年後相遇以來，的確沒有見過他這樣狼狽的樣子，但當年兩個人在雲萊的時候，倒是經常見到。

花向晚忍不住回頭看他一眼，眼神溫軟幾分。

謝長寂被她背著往前走，感覺她的溫度傳來，他靠著她，莫名有種熟悉感。

他眼前一片黑暗，神智迷迷糊糊，但靠著這個人，他就覺得有種死在這裡，似乎也可以的安心感。

他輕聲叫她：「晚晚。」

「叫什麼晚晚，」花向晚聽他聲音含糊，知道他是疼昏了頭，「叫姐姐。」

「姐姐……」謝長寂跟著她，低低開口。

花向晚聽他聲音虛弱，知道他想問什麼，漫不經心回他：「我沒事，你好好休息，我帶你去休養。」

謝長寂不說話，他只是用自己所有力氣，努力環住她的脖子，想抱緊她，想和她不要分開。

他知道周邊很冷，知道旁邊都是血，可身邊這個人太溫暖，他攬著她，莫名就產生一種念頭。

想就這樣，在她身邊，一輩子。

他也不知道自己為什麼會生出這樣的想法，就隱約覺得這人好像是種在他骨血裡，與他不可割離。

花向晚背著他進了山洞，用神識探了一圈，確認沒什麼風險後，設了個結界在山洞門口，隨後從謝長寂乾坤袋裡扒拉出一堆日常用的東西，生起火來，將他挪移到火邊。

那雪獸有毒，現下他服下雪獸妖丹，但還需要一段時間休養。

她給他包紮了傷口，終於覺得有些疲憊，正想去一邊休息，謝長寂卻一把抓住她。

她也不知他是醒著還是睡著，不由得喚了聲：「謝長寂？」

「別走……」謝長寂緊緊拉著她，緊皺著眉頭，「別走。」

花向晚見他慌亂，遲疑片刻，終於還是留下，反正是他說別走，明早起來，也不是她占便宜。

她躺在他身側，歪著頭看他清雋的五官，小聲道：「好了，別鬧了，睡吧。我不走。」說著，她伸手將人攬進懷裡：「我陪著你。」

感覺到她的溫度，他慢慢冷靜。

兩人聽著風雪，閉目入夢。

入夢是大片大片冰雪，謝長寂感覺自己提著劍，茫然地走在雪地，他心裡空空的，好似被人把心挖了出來，他一直在找什麼，一直往前。

無數邪魔異獸撲上來，他在夢中揮劍廝殺。

好冷啊。

他顫顫往前，他感覺這是一條沒有盡頭的長路，甚至不是絕路。

如果是絕路，他還有走到頭的一天，可這條無邊無際的煉獄長道，卻永無盡頭。

他有些走不下去，也不知道是為何堅持，直到最後，他看見前方站著一位背對著他的少女。

他停住腳步，少女含笑回頭。

一襲紅衣短裙，手上停著一隻藍色蝴蝶，她笑意盈盈地看著他，溫和開口：「謝長寂，你來陪我啦？」

那一瞬間，他突然覺得熱淚盈眶，風雪簌簌，他呆呆地看著她。

他沒有勇氣往前，夢裡的他莫名覺得，只要他走上前去，那人就會碎成碎片。

她是幻影，是虛假，是他永不可觸及、卻始終在追求的幻夢。

這種深入骨髓的恐懼，彌漫在他的夢中，讓他近乎窒息。

他喘息著，從夢中猛地驚醒，眼前一片黑暗，毒素似乎擴散到全身，靈力一點都動用不了，渾身在疼，他沒有辦法從這個噩夢中逃出來，只能激烈地喚著旁人：「姐？姐姐？晚晚？謝晚晚？」

然而沒有人應答。

他聽見旁邊有火聲，外面傳來風雪之聲，他什麼都看不見，空蕩蕩的山洞裡，迴盪著自己的聲音，好像空無一人。

一瞬之間，夢境和現實交錯在一起，他好像看見花向晚從懸崖一躍而下，他獨行於風雪；好像看到他不斷追逐著一個幻影，又在觸碰時破碎。

是夢嗎？是真的嗎？甚至於，晚晚這個人，是真實存在的嗎？

他分不清，他只覺得，恐懼澈底籠罩他，他害怕回去，他不想回到他夢中那種沒有結束的煉獄之路，他只能倉皇地找她，想立刻見到她。

可他雙腿受傷，劇痛讓他沒辦法站起來，他只能用手撐著自己，一步一步往外爬去，呼喚著她的名字。

「晚晚！姐！謝晚晚！」

他一步一步往外爬，傷口被地面搓開，他爬進冰雪，血浸入雪地，一路往外。

他在入骨的寒冷中，僅憑那個人的名字支撐著自己。直到聲嘶力竭，還不肯停歇。

花向晚回到山洞時，看見洞口拖行向外的鮮血，整個人都懵了。

謝長寂身上帶傷，她想讓他儘快復原，便去斬殺了幾隻雪獸回來，想給他吃了補補。

這些靈獸身體蘊含靈氣，他本就是被牠們同宗所傷，吃下去大有裨益。可沒想到她才離開這麼一會兒，竟出了這種岔子？

她趕緊順著血跡往外追，沒有片刻，就找到了埋在雪裡的謝長寂。

她趕緊把人掏出來，謝長寂整個人已經凍僵了，然而在她觸碰他的瞬間，他卻一把抓住了她！

「姐？」他慌亂地想要觸碰她：「是不是妳？是不是晚晚？謝晚晚？」

「是我，是我回來了。」

然而對方根本聽不進去，他慌亂地在她的臉上摸索，不讓她去看他的傷，花向晚想要按住他，讓他老老實實接受自己的寒靈氣，然而他根本不管不顧，他瘋了一般摸著她的五官，想要抱她，直到最後，花向晚終於妥協，被他一把抱進懷裡。

熟悉的溫度湧上來，那一刻，所有害怕都沒了。

冰雪不再寒冷，痛楚都被安撫，他混亂的腦子終於安靜下來，沒有血腥、沒有殺戮、沒有絕望和痛苦。

他靜靜抱著她，突然意識到。

他不能回去了。

他不能再過那樣的日子。

他不能失去她，不能與她分開。

她是他的。

他閉上眼睛，死死抱住懷裡的人。

她的骨血，她的一切，他們血脈相融，他們命運相纏。

她不是他姐姐嗎？

那一刻，他鬼使神差地想。

好啊，是他姐姐真好。

他們是親姐弟，他們流著一樣的血，他永遠是她獨一無二的，他們永遠不能割捨。

「姐姐，」他低聲喃喃，「妳會永遠陪著我，對不對？」

「對。」花向晚有氣無力，現在她什麼都不敢說，就怕刺激他又瘋起來。

她發現自己是真的搞不懂這個畫裡的謝長寂了。

十七歲的人，都這麼不可理喻的嗎？

聽著她的話，謝長寂安心下來。

他抱著她，內心一片溫軟。

「那我們說好了——」

他試探著退開，花向晚下意識回頭看他，這一刹，兩人薄唇輕擦而過，花向晚一愣，謝長寂卻似乎沒有察覺。

他靠近她，他的唇就貼在她的唇邊，近得他一動，就會和她的唇摩挲在一起。

「我們永遠在一起，我是妳的謝長寂，妳是我的謝晚晚。」

「在我死之前——不，哪怕我死，」他抬手撫上她的髮，他似乎是想看她，可無法視物的眼睛完全沒有焦距，這讓他整個人神色呈現出一種豔麗的癲狂，他挨著她，輕聲低語，「都不要拋下我，好不好，姐姐？」

「好好好，」花向晚哄著他，主動伸手抱他，順著他的背，「咱們先回去，再說下去，你就真得死在這兒了。」

謝長寂被她安撫著，慢慢冷靜下來。

花向晚這才拉過他的手，先給他一些靈力暖了身子，將他背起來，往山洞走去。

被花向晚背在背上，謝長寂顯得異常安靜，花向晚把他背回山洞，為他重新處理了傷口，不由得有些奇怪：「你這是突然犯什麼混？找不到我就好好等著，我還能把你扔了？」

「我怕。」

謝長寂被她用熱帕子擦著手，他看不見，只靜靜感覺著她每一個觸碰。

花向晚不由得好笑：「怕什麼？」

謝長寂垂下眼眸，低聲開口：「我做了一個噩夢。」

「什麼夢把你嚇成這樣？」

「我夢見，妳……不在了。」

聽到這話，花向晚動作一頓，琢磨著他是不是想起什麼了，謝長寂沒有察覺她的動作，她在，他才有勇氣說起那個夢。

「妳從懸崖上掉下去，我救不了妳。然後就去了一個地方，到處都是血，我一直在那裡殺人，停不下來。」

「這有什麼好怕？」花向晚回過神，知道他怕是想起什麼了，趕緊珍惜自己為數不多的放肆時光，抓起他另一隻手：「人終有一死，不是你先走，就是我先走，死就死了，又有什麼好害怕？」

「太疼了。」謝長寂聲音沙啞：「沒有盡頭的路，太難走了。不過還好……」

謝長寂轉頭，看向花向晚，他似是有些愣神：「只是個噩夢，妳還好好在這裡，不會離開我。」

聽著謝長寂的話，花向晚有些心虛，琢磨著這十七歲的謝長寂太脆弱了一點？

當年他沒這麼黏人啊？

想想，大概是因為什麼都忘了的緣故。

什麼都不記得，天劍宗的教育、一貫的隱忍，大概也不會記得。

就像個小孩子，一個什麼都沒經歷過的小孩子，能指望他多堅強？

反正等出去一切就恢復如常，隨便他吧。

花向晚低著頭替他重新處理好傷口，又把靈獸肉弄好，他看不見，她手把手餵他吃。

等吃完東西，她便領著他打坐。

到了夜裡，他累了，兩人便一起休息。

經她突然消失這一遭，他似乎極為不安，睡覺得抱著她，就像個小孩子，每時每刻都要牽著她，觸碰她。

過了些時日，他身上毒素終於消散，開始可以看見東西，花向晚便領著他走出山洞，往外走去。

春纏劍招他們熟記於心，缺的只是熟練，兩人在雪地裡往前，從第一式到最後一式——完全熟練掌握時，已經過了快半年。

這天清晨，花向晚隱約感知到祕境靈氣變得稀薄，她和謝長寂一起將最後一式學會，輕鬆斬殺了一頭巨型雪獸之後，前方便出現了一道光門。

謝長寂回頭看她，自然而然拉住她的手：「姐姐，可以出去了。」

「嗯。」

花向晚點頭，兩人一起朝著光門走出去，出了光門，就看見石室原本放劍的牆壁已經消失，兩人從出口循著光芒走出去，到了盡頭，便聽有鳥鳴樹瑟之聲，顏色一點一點落入眼中，兩人這才發現，他們已經到了山洞出口，前方就是一片樹林。

「姐姐，」謝長寂看了前方一眼，「我們是先走，還等等狐眠師姐？」

花向晚想了想，拿出傳音玉牌，喚了狐眠：「師姐？」

傳音玉牌沒有反應，想是她還在修煉祕境，不知道她什麼時候出來，花向晚正想帶他離開，就聽身後傳來腳步聲。

花向晚和謝長寂回頭看去，便見狐眠拉著一個人，從暗處慢慢走來。

狐眠還是老樣子，但神色黯淡了幾分，她身後拉著的秦憫生依舊是那身布衣，可眼睛卻被一塊白綾覆著，明顯是受了傷。

兩人頓住步子，看著花向晚和謝長寂，片刻後，花向晚遲疑開口：「他這是……」

「一言難盡。」狐眠搖搖頭，隨後道：「算了，我們先去找個地方休息。」

花向晚點頭，師姐妹各自牽著一個人，走出山洞。

一路上狐眠都很安靜，少了幾分平日鮮活。花向晚打量著她和秦憫生，思索著當年的情況。

當年她從雲萊回來時，就發現狐眠少了一隻眼睛，只是她做了一個足可以以假亂真的假眼，若不是狐眠主動說起，她根本不知道此事。

可如今看起來……傷了眼睛的是秦憫生？

她心中猜想著，不斷回憶著當年兩個人的眼睛。

其實種種跡象，都指向當年合歡宮的毒就是秦憫生動的手，可一想到當年他站在狐眠身後的模樣，她又有幾分難以置信。

一個人，能把感情偽裝得這麼完美嗎？

四人沉默著走了一路，出了密林，眾人這才發現，這裡竟然是斷腸村附近。

狐眠看了周遭一眼，轉頭同花向晚商量：「我們去村裡找個房歇腳吧？」

「聽師姐的。」花向晚點了點頭。

四人便進了村中，謝長寂去找了村長，租下一間屋子，又去買了些基本生活的東西和吃的，將臥室打掃乾淨，讓花向晚和狐眠先休息。

然後他開始整理院子，忙上忙下。

狐眠將秦憫生領到屋中歇下，轉頭去找了花向晚，花向晚坐在屋子裡，喝著謝長寂買來的小酒，看著正在打掃院子的謝長寂。

在祕境大半年，除了他盲眼的時間她照顧了他一陣，其他時間都是謝長寂在照顧她。

天劍宗的弟子似乎都有打理好生活的能力，當年在雲萊他就能把一切辦得妥妥帖帖，現下雖然什麼都忘了，但本能還在，她也就如常享受著他的照顧，倒也習慣。

狐眠走進屋來，看了花向晚一眼，不由得笑起來：「妳這個『弟弟』倒是省心。」

「還行吧。」花向晚抬手設了個結界，轉頭看她：「妳和秦憫生怎麼回事？他眼睛呢？」

一聽這話，狐眠面色微黯，她坐在她對面，想了想，嘆了口氣：「師妹，實話說，我這次怕是栽了。」

「哦？」花向晚倒不意外，給她倒了杯酒：「什麼叫栽了？」

「他這雙眼睛……是因為我沒的。」狐眠喝著酒，說著祕境裡的事。

倒也沒什麼新奇，無非就是逗弄他人不成，反在祕境中日久生情，動了心。

就像她當年追求謝長寂，一開始不過是想找個樂子，順便靠近他，藉著他天劍宗弟子的身分，能更好出入天劍宗，未來上死生之界阻止魊靈出世。

可這些表面不說話、內裡卻溫柔至極的人，往往就是她們這種人的死穴。

花向晚聽著狐眠說他們相處，說秦憫生如何生死關頭護著她，為她傷了眼睛

她聽了許久，終於詢問：「師姐，我冒昧問一句。」

「嗯？」

「妳喜歡他，是喜歡這個人，還是喜歡他保護妳時那種依靠和感動？」

狐眠一愣，她想了想，只道：「我……第一次意識到自己喜歡他，是在他睡著以後，叫娘。」

狐眠苦笑：「那時候我突然覺得，我該早點遇見他，早點把他從屈辱中帶出來，就好

了。」

一個女人開始心疼一個男人，那就是她感情淪陷的開始。

花向晚摩挲著酒杯邊緣，只問：「他有什麼屈辱？他不是凌霄劍嗎？」

狐眠沉默下來，過了許久後，她有些艱難地開口：「他母親……是一位青樓女子，他父親是一位修士，一夜貪歡後，他母親意外懷孕，生下了他。」

聽到這話，花向晚便明白了。

那位修士大概就是巫楚，一宗之主和凡人生子已是羞恥，對方還是個青樓女子，那更是蒙羞。

秦憫生能活下來，已是奇跡。

或許正是因為這種出身，讓他對往上爬、成為人上人、認祖歸宗成為巫氏子孫，有著更強烈的信念。

花向晚垂眸遮住眼中冰冷，只道：「然後呢？妳喜歡他，他怎麼想？」

「我還沒敢告訴他，」狐眠少有的緊張，「而且他現在受了傷，這事兒……還是等我再和他培養一段時間感情再說。他這眼睛不容易好……」

狐眠皺起眉頭，嘀咕著：「我給沈逸塵送了消息，他說他過來，也不知道什麼時候才到……」

「妳說什麼？」花向晚聽見熟悉的名字，詫異回頭：「妳給誰送了消息？」

狐眠沒想到「晚秋」反應這麼大，她疑惑地回頭：「沈逸塵啊，雖然他不是咱們合歡宮的人，可是一直跟著阿晚，吃咱們合歡宮的用咱們合歡宮的，我使喚他不是天經地義嗎？他醫術這麼好，幫我給秦憫生看看怎麼了？」

花向晚愣愣地看著狐眠，狐眠以為她擔心沈逸塵不同意，安撫著她：「放心啦，他要是不同意，我就給阿晚傳個信，阿晚開口，他還能不聽了？而且他現在已經答應了，明天就能到。」

「明天？」花向晚猛地站起來。

狐眠愣了愣：「他離得又不遠，就在附近採買東西。過兩天他要去雲萊找阿晚，他那性子，」狐眠嗤笑，「阿晚喜歡的東西，跑遍西境他也要找。」

花向晚沒說話，她聽著狐眠說沈逸塵，眼眶不由得有些酸。

她低著頭不說話，狐眠滿臉憂愁：「唉，要是他醫不好秦憫生，就得去藥宗看看了，聽說藥宗那位少主薛子丹也是妙手回春，但比起沈逸塵，大概還是……」

「師姐，」花向晚心境有些亂，她聽不下去狐眠絮叨，只道：「我出去逛逛。」

狐眠有些詫異，隨後點頭：「啊，妳去吧。」

花向晚點了點頭，她轉頭看了天色一眼，想了想，便獨自走了出去。

謝長寂掃完後院，拿著掃帚走出來，沒見到花向晚的影子，不由得看向正往秦憫生房間過去的狐眠，疑惑道：「狐眠師姐，我姐姐呢？」

「哦，她啊，」狐眠往外一指，「好像心情不太好，出去了。」

謝長寂愣了愣，隨後點點頭，應聲道：「哦，謝謝師姐。」

說著，他便放下掃帚，將身上圍裙取下，轉身追著花向晚氣息跟了去。

花向晚去了附近的小鎮，走在漫漫長街上，人有些恍惚。

她都忘了，回來就能看見沈逸塵。

她在雲萊三年，沈逸塵每年都會去看看她。

他本就是居住在定離海的鮫人，跨越整個定離海，對他來說不是難事。只是最後半年，他沒有回去。

那時候喜歡謝長寂已經變成一種痛苦，可她又放不下，每天都在痛苦中掙扎，當沈逸塵帶著西境所有她喜歡的東西來為她慶生，成為她當時最高興的時光。

他本來只是來看她一眼，可在來了之後，看見她，就沒離開。

當年她問過，為什麼不回去。

他給她倒酒，聲音溫和：「我的阿晚不高興，我不能回去。什麼時候，阿晚隨我回去，」

他抬眼看她，目光平靜，「我就回去。」

她看著他的眼睛，是喜歡謝長寂以來唯一一次動搖。

她忍不住開口：「好。」

說著，她抬頭笑起來：「等我身上任務結束，若還沒有一個結果，我就隨你回去。」

「以後我再也不出來了，我再也不喜歡人，不想嫁給誰，我就同你一直在一起，像以前一樣，好不好？」

「好。」沈逸塵目光溫柔：「我永遠陪著阿晚。」

可後來他沒等到她回去。

花向晚微微閉眼，又想起當年他死的時候。

他是替她死的。

他無數次勸過她，不要再喜歡謝長寂，她不聽。

她總是覺得，喜歡這個人，是她自己的事，她做什麼，都是咎由自取，她看得開，也放得下，哪怕謝長寂最後不喜歡她，她也能接受這個結果。

可最後沈逸塵死了。

死在他成年那一日，那一天，他終於擁有了自己的面容、性別，卻永遠倒在她懷裡。

而說著一切後果都自行承擔的她卻好好活著。

她知道錯在瑤光，可她也會想——如果她聽沈逸塵的就好了。

她不喜歡謝長寂，就不會惹到瑤光，不惹到瑤光，瑤光就不會想殺她，沈逸塵也就不會死。

當年該死的是她，該承擔結果的也是她，她怎麼能讓沈逸塵一個人孤零零躺在冰河之下，而自己卻彷彿完全忘記他一般安穩度日？

她抬手輕輕摸著水藍色雲紗綢緞，感覺自己情緒一點一點墜入冰底。

旁邊成衣店的老闆笑著打量著花向晚：「客官，買衣裳吶？」

說著，一個少年平穩的聲音從背後響起：「姐姐是來買衣服的？」

這聲音讓花向晚一顫，她感覺對方走到身邊，她轉頭看他，就見謝長低頭看著她摸的布料，笑著看向她：「姐姐喜歡……」

話沒說完，謝長寂就愣了。

花向晚看他的眼神很涼，有一種拒人於千里之外的冰冷，她從未用這種眼神看過他，這讓謝長寂不由得有些茫然：「姐姐？」

「你怎麼來了？」花向晚克制著自己，收起目光。

這是她自己的事，本與他無關。

聽她問話，謝長寂收起方才那瞬間的難受，想著一定是自己看錯了，跟在花向晚身後：「聽說姐姐出來散心，我就跟過來了。」

「我散心，你不該跟著。」花向晚聲音冷淡。

謝長寂察覺她與平日不同，想著她是心情不好，只道：「那我不說話，我就跟著姐姐，肯定不打擾。」

花向晚回頭還想趕人，但看著謝長寂那雙清澈茫然的眼，一時又有些說不出來。

與他有什麼關係呢？

花向晚靜靜地看著他。

與兩百年後的謝長寂沒關係，與十七歲的謝長寂更沒關係。

她微微垂眸，遮住情緒，扭頭轉到店鋪，應了一聲：「嗯。」

明日要見沈逸塵，就算是畫中，她也想好好相見。

他活著時，她不曾好好對待他。

沒有多花過一分心思，沒有過給過一點時間，等他走時，她才發現，這是多大的遺憾。

她認認真真買了幾件新衣服，又去搭配了簪子、首飾，甚至買了胭脂水粉眉筆……

等到大街上燈都暗了才回去。

謝長寂不敢說話，就安靜跟在後面付錢、提東西，等回到小院，謝長寂放下東西，想像之前一樣洗漱後同她一起睡下，就聽她突然開口：「你去隔壁吧。」

謝長寂一愣，他茫然地看著花向晚，花向晚坐在梳妝檯前卸了髮飾，平和道：「現在已經不在修煉祕境，你我男女有隔，你傷也好了，不需要我照顧，去隔壁睡吧。」

聽著這話，倒也沒什麼錯。

可謝長寂就是覺得不對，他心裡又酸又疼，但也不敢多說，只道：「姐姐不在，我心裡害怕，我守著姐姐不可以嗎？」

「不可以。」花向晚背對著他，聲音帶笑：「你又不是小孩子，守著我做什麼？」

謝長寂不說話，他低著頭，好久，他才詢問：「是我做錯什麼了？」

「怎麼這麼問呢？」花向晚站起來，她笑著把謝長寂推出門外，抬眼看他，「之前本來就是特殊，現在，才是理當如此啊。」

她笑得很溫和，挑不出半點錯處，謝長寂盯著她，就看她揮了揮手：「晚安。」

說著，她「砰」一聲關上大門。

謝長寂站在門口，心口悶得難受。

他低頭想了一會兒，安慰自己是花向晚心情不好，這才去了隔壁。

到隔壁後，他在床上輾轉反側。

習慣了和花向晚相伴，他一個人根本睡不著，渾渾噩噩一直到凌晨，終於隱隱約約覺得自己睡了。

可睡下他就做夢，夢裡有個男子，一身水藍色銀紋長衫，戴著一個白玉面具，面具上繪著金色蓮花，眼神氣質極為溫和。

花向晚還是少女模樣，她挽著對方，仰頭和對方說著話，眼神裡全是依賴。

他就跟在後面，靜靜陪著他們走過花燈長街，走過阡陌小巷。

最後是在一個小酒館裡，他從樓上下去，想去找她，就看她醉著酒，認真地看著那個青年。

「以後我再也不出來了，我再也不喜歡人，不想嫁給誰，我就同你一直在一起，像以前一樣，好不好？」

「好。」青年眼裡落滿她的影子：「我永遠陪著阿晚。」

那一刻，他遙遙站著，看著密不可分的兩個人。

他好像是多餘的一個，根本不該出現在這裡。

其實理智讓他走，告訴他這是最好的結果，可是看見她倒在桌面，青年抬手去撫她的頭髮，他還是沒忍住，走上前一把抓住青年的手，冷聲開口：「別碰她。」

青年疑惑抬頭：「謝道君？」

謝長寂不說話，他扭頭看著桌面喝醉了的花向晚，猶豫許久，終於還是伸出手，將她打橫抱起，送進樓上房中。

青年一直跟在他身後，看他將花向晚安置好，靠在門邊，眼中似乎帶了笑：「她說喜歡你，你不說話。她如今隨我走，你又不讓她離開，謝長寂，你是不是有病？」

謝長寂不出聲，他用帕子絞了水，去給她擦乾淨臉。

青年繼續告知他：「她現下還留在這裡，是因有任務在身，等做完任務，就會隨我離開。」

「你喜歡她。」謝長寂抬眼，看著門口站著的人。

對方沒有回應。

謝長寂肯定出聲：「沈逸塵，你喜歡她。」

夢境戛然而止，謝長寂驟然睜眼。

他喘息著坐起來，緩了許久，才稍稍冷靜。

怎麼會做這種噩夢？

他抬手扶額，覺得自己有些荒唐。

竟然會夢到有人覬覦晚晚，晚晚還要隨他離開？怎麼會呢？

她身邊從來沒有這種人出現，而且她說過，她會一直陪著他，他們都是彼此的唯一。

這個念頭讓他緩了口氣，他看了看天色，趕緊起來洗漱，剛出門，就見花向晚已經起身。

她今日異常美麗，穿著一件水藍色長裙，刻意搭配著長裙畫了清淡的妝容，頭上是珍珠墜飾髮簪，少了平日那種過於豔麗所帶來的張揚，有一種如同海水一般的溫柔。

聽見謝長寂出門，她轉頭看過去，神色溫和：「起了？」

謝長寂心上一跳，有些不敢看她，克制著心跳，誇著道：「姐姐今天好好看。」

「真的？」花向晚似乎有些高興。

謝長寂點頭，隨後有些奇怪：「今天是什麼日子，姐姐……」

話沒說完，門口就傳來敲門聲。

花向晚的臉色瞬間變化，狐眠從側室激動出聲：「來了來了！」

謝長寂愣愣地看著狐眠衝到門口，一把開了大門。

門口出現一個青年，水藍色長衫，白玉蓮花面具。

他在晨光中緩緩抬頭，眼中帶著幾分笑意：「師姐，我來了。」

說著，他似乎注意到庭院有人，抬眼看過去，就見到站在長廊上的花向晚。

沈逸塵的衣服和花向晚的衣服是同個色系，兩人隔著庭院站著，彷彿是天造地設的一對。

花向晚不由自主捏起拳頭，她克制著所有情緒，努力扮演好「晚秋」這個角色。

可她所有克制，所有偽裝，落在謝長寂眼裡，都沒有任何效果。

在沈逸塵看過來的瞬間，她控制著自己低頭，行了個禮：「沈公子。」

那一刻，謝長寂突然意識到——那不是夢。

原來那個要帶她走的人真的存在。

原來，她不是不開心。

她趕他，討厭他，穿上漂亮的衣服，畫上精緻的妝容，不是因為他做錯了什麼。

只是因為，沈逸塵來了。

第二十四章 因果

沈逸塵是鮫人。

鮫人上岸乃自古罕見之事，合歡宮除了幾個長輩，鮮少有人知道他真正的身分，更多人只知道，是花向晚年少時帶回來的一個玩伴。

他到合歡宮時便已經是人類成年體型，比尋常男子都要高瘦許多，於是合歡宮便上下統一稱為「沈公子」。

但花向晚清楚，他年歲不足五百，在鮫人中尚未成年，根本沒有性別，也無謂男女。

她小時候總問沈逸塵，逸塵你長大，想當男孩還是女孩子？

沈逸塵便給她擦著頭髮回答：「阿晚喜歡什麼，我就是什麼。」

「只要能和阿晚在一起，」沈逸塵抬頭笑起來，「男人女人，都可以。」

如今她只是「晚秋」，不能叫他名字，亦不能貿然靠近，她只能這麼恭敬行一個禮，和合歡宮其他人一樣，叫他一聲「沈公子」。

沈逸塵聽聞她喚，朝著花向晚回了禮，不帶半分逾越：「晚秋師姐。」

「他是誰？」

沈逸塵剛說完，冰冷的少年音便插了進來。

花向晚和狐眠同時回頭，就看站在不遠處的謝長寂。

他冷著臉，走到花向晚身邊，不著痕跡擋在兩人中間，冷冷地盯著沈逸塵。

狐眠一愣，這才想起來，給謝長寂介紹：「哦，這是我們合歡宮的客卿，沈逸塵沈公子，我請過來給憫生看病的。」

說著，狐眠轉頭招呼沈逸塵：「來，逸塵，跟我這邊走。」

沈逸塵點點頭，下意識多看了花向晚和謝長寂一眼，這才轉頭跟著狐眠去了秦憫生的房間。

花向晚想跟過去，但她一挪步，謝長寂就擋在她面前。

花向晚疑惑抬頭，謝長寂抿了抿唇，低聲道：「姐姐也認識他？」

「都是合歡宮裡的人，」花向晚倒也不遮掩，笑起來，「我能不認識嗎？」

「很熟嗎？」謝長寂低頭，聲音有些發悶。

花向晚遲疑片刻，只道：「一般吧，我去看看師姐和秦道君。」

花向晚說完，想要離開，謝長寂卻是一把抓住她，將她拉近到身前，說得頗為認真：「既然一般，姐姐不要靠近他了，我去看就行。」

「你這是什麼意思？」花向晚皺起眉頭，「為什麼我不能去看？」

聽到這話，謝長寂知道她不高興。

他抿緊唇，卻也不肯放手，只道：「我不高興。」

「你不高興我就不見人了？」

花向晚被他這話氣笑，徑直拉開他的手，從他側身直接繞了過去。

謝長寂站在長廊邊上，忍不住捏起拳頭，他站在長廊忍了片刻，調解一會兒心情，才跟著上去。

兩人一進屋，就看見沈逸塵坐在秦憫生旁邊，給秦憫生施針。

秦憫生似乎睡著了，狐眠神色有些焦急，花向晚和謝長寂走進去，見到這個氣氛，立刻就安靜下來，不敢多做多說什麼。

秦憫生似乎是中了毒，沈逸塵眼神專注，從早上一直到黃昏，他給他處理傷口、施針、推毒，直到日落，秦憫生才嘔了一口烏血出來！

隨後整個人開始打顫，狐眠趕緊上前，抱住秦憫生，給秦憫生輸送靈力。

秦憫生大口大口喘著粗氣，緩了好久，才平靜下來，狐眠將他放在回床上，抬眼看向沈逸塵：「如何？」

沈逸塵想了想，看了床上的秦憫生一眼，才道：「狐眠師姐，我們換個房間說。」

「好。」狐眠點點頭，站起身來，回頭看了秦憫生一眼，轉頭看向旁邊謝長寂：「長寂，你照顧一下秦道君，晚秋……」

「我隨師姐過去。」花向晚趕忙開口。

謝長寂冷眼掃過去，便見花向晚已經起身，和狐眠一起走了出去。

三人一起到了旁邊屋中，沈逸塵遲疑片刻，才同狐眠開口：「秦道君身上毒我倒是可以為他去掉，但是這雙眼睛……」

沈逸塵想了想，似是斟酌著用詞：「眼珠已經完全壞死，怕是……」

「眼珠壞死，就沒有辦法了嗎？」狐眠聽著他的話，似乎早做了準備，倒顯得異常冷靜。

沈逸塵微微皺眉，似是有些不贊同：「倒是有辦法，但是，代價太大。」

「你直說就是。」

「他眼珠壞死，」沈逸塵抬眼看向狐眠，「那就再找一雙眼珠。」

「那我就去找人買……」

「但他乃元嬰修士，」沈逸塵打斷狐眠，提醒她，「身體均受天雷淬煉，不能用凡人眼珠，同階修士不可能因錢財將眼珠給他，若強挖他人雙眼，有傷天和，所以……」

沈逸塵搖頭：「合適的眼珠不好找。」

聽到這話，狐眠沉默下去，沈逸塵想了想，找了勸她的話，正要開口，就聽狐眠忽問：

「那我的呢？」

沈逸塵一愣，狐眠抬眼，神色平靜：「我也是元嬰修士，我的眼睛，能用嗎？」

「師姐，」沈逸塵微微皺眉，「妳與他萍水相逢……」

「那就是能用。」狐眠點頭，毫不猶豫道：「那就給他一隻眼睛，我一隻，他一隻，」狐眠笑起來，「也就公平了。」

聽著狐眠的話，花向晚站在門邊，算是明白了，後來狐眠那隻假眼是怎麼回事。

她有些想開口，卻清楚知道，這就是過往。

無法更改，也沒有意義。

她就算在這畫卷虛構的幻境中更改，又能怎樣呢？

當年的狐眠註定瞎了眼，也註定愛上秦憫生，又和秦憫生分開。

如今回來，重點只在於，搞清當年秦憫生到底受誰指使，又去了哪裡。

她垂下眼眸，沒有打擾兩人的對話。

沈逸塵看著狐眠，眼中帶著幾分不贊同，但最終，卻也只問：「師姐確定？」

「我確定。」

「那……」沈逸塵遲疑著，「我問問阿晚……」

「不必。」狐眠打斷她，認真道：「這是我的事，無需阿晚來決定。沈公子願意為我換這雙眼睛，那再好不過。若沈公子不願意，我自己動手。」

話說到這份上，沈逸塵便知狐眠決心。

狐眠自己動手，當然不如他這個醫者，他想了想，只道：「那容我稍作準備，明日我便為師姐換眼。此事是否先告知秦道君？」

「不用。」狐眠笑了笑：「他那個性子我知道，若是要我換眼給他，他不會同意。」

說著，狐眠站起來：「那就這麼定下，我去看看他。」

沈逸塵點點頭，狐眠轉身走出屋子，房間中剩下站在門邊的花向晚，沈逸塵轉頭看她，目光認認真真打量。

花向晚被他一看，便覺有幾分心慌。

她低下頭，正想告辭，就聽沈逸塵道：「晚秋師姐，我方才手受了傷，能否勞煩師姐幫我寫個方子？」

「哦。」他主動邀請，花向晚反應過來，自然不會拒絕，趕忙上前，走到桌邊，提起筆道：「你說我寫。」

說著，她有些不放心，轉頭看向沈逸塵：「你的手怎麼了？」

話剛問完，她便聽門口傳來腳步聲，沈逸塵和她一起抬頭，就看謝長寂站在門口。

謝長寂靜靜看著他們，見他們望過來，漠然轉頭，不發一言，轉身離開。

沈逸塵定定地看著門口，過了一會兒，才轉頭看向花向晚，試探著詢問：「晚秋師姐，這位是……」

「哦，他是……」花向晚一頓，最後還是選擇了一直以來的說辭，「我剛認回來的弟弟，名叫謝長寂，年紀還小，如有冒犯，還望見諒。」

「無妨。」沈逸塵搖頭，「小弟率真，倒也可愛。」

「你的手沒事吧？」花向晚回到最初的問題。

聞言，沈逸塵眼中帶著一抹笑，他搖搖頭，只道：「無妨，就是今日為秦道君施針時間太久，有些疲憊。」

他這話說得有些親暱，彷彿兩人已熟識，花向晚聞言，握筆動作微頓。

沈逸塵慣來敏銳，他是不是察覺了她的不同？

然而不等她多想，對方已經開始念起方子，花向晚趕緊將他念的藥名寫下。

兩百年，她的字體早已與當年不同，不過就算一樣……

她想了想，也覺得並無所謂。

又會怎樣呢？

他們都不是這個故事中的關鍵人物，沈逸塵馬上要去雲萊，只要他離開，不管他有沒有認出她，一切都會繼續走下去。

她放下筆，將紙頁遞給沈逸塵：「寫好了。」

沈逸塵不說話，他拿著方子，看了許久。

花向晚站起身來：「若是無事，那我走了。」

聽到這話，沈逸塵抬頭，他看著她，似乎是想說些什麼，最終還是垂眸，只道：「師姐慢行。」

花向晚點點頭，收起心情，轉身離開。

幻境裡見一次就夠了，已故之人，過多沉溺，又有什麼意義？

早日拿到魔主血令，讓他重新張開眼睛，才是正道。

想到這一點，花向晚內心平靜許多。

她在長廊上站了片刻，等心情澈底平復才回房。

整個小院是謝長寂盤下來，只住著他們一行人，此刻大家各自在房中，小院異常安靜。

她走到自己房間，房中無人，並未點燈，她看了旁邊謝長寂的房間一眼，那邊亮著燈，想來謝長寂已在屋中歇下。

他方才招呼都沒打，大概是生了氣。如今他脾氣倒是越來越大，也越發黏人。

她都不知道，到底是謝長寂本身就是這個爛脾氣，還是她教出了問題。

想到兩百年後那個悶葫蘆現下是這個樣子，她不由得覺得有些好笑，心情輕鬆許多，收回目光，推開自己房門。

然而剛剛關上房門，往前走沒幾步，一道定身法咒便從身後猛地襲來！

花向晚急急回身，對方動作更快，她甚至沒來得及回頭，法咒已經直接砸在她身上，讓她整個人被定在原地，動彈不得。

她下意識想衝破法咒禁制，然而靈力一動，就聽謝長寂的聲音在身後響起來：「這是一個反噬咒，用我心頭精血繪成。」

花向晚一愣，詫異出聲：「謝長寂？」

「如果姐姐強行突破，姐姐不會有事，只是我會重傷。」

謝長寂慢慢走到她身後，她感覺他的溫度靠近她，壓在她身後，像之前無數個深夜，他給予過的溫暖。

「你想做什麼？」花向晚語氣極為冷靜，知道是謝長寂，她便沒有太大擔心，只是想不明白：「有什麼事要用這種方式談？」

「姐姐今天的髮飾，我不喜歡。」

謝長寂沒有回答她的問題，似是漫不經心說起無關之事，在她身後抬手取下她的髮簪。

青絲如瀑而落，她精心挑選的髮簪被少年隨手扔在地面，發出清響。

「姐姐今天的衣服，」他說著，伸出手，從她身後環腰而過。

他的動作很慢，她能明顯感覺他手指若有似無觸過腰間的酥麻感，他沿著腰帶往前，停在腰帶端頭之處，他的手放在上面，花向晚不知道為什麼，莫名有一種緊張升騰起來，謝長寂像是在審判什麼，宣告著她的結果：「我也不喜歡。」

說著，他將腰帶連著外套狠狠一扯，衣帛撕裂之聲響起，花向晚驟然睜大眼，被他扯得一個踉蹌，往前傾去。

他一把扶住她的腰，將她拉後貼在自己身上，然後當著她的面，將撕爛的水藍色的長裙拋往前方。

花向晚看著長裙在夜色中散落一地，心跳莫名飛快，她想說什麼，又不知道為何，竟一時什麼都說不出來。

她隱約覺得有什麼在夜色中升騰，像是她在夢境裡見到謝長寂那一刻——

她不敢回頭，謝長寂似乎察覺她的情緒，讓她緊緊貼著自己，捏著她的下顎，逼著她回頭看他。

「還有今天的妝容，」他微微低頭，手指重重揉過她塗了口脂的紅唇，口脂在她雪白膚色上一路拉長，顏色在他指腹一路散開，他盯著她的眼睛帶著幾分暗沉，聲音也帶著些許暗啞，「我特別不喜歡。」

「謝長寂，」花向晚讓自己儘量冷靜下來，「把定身咒解了。」

「姐姐可以自己解，除了反噬咒，這個定身咒再初級不過，姐姐化神修士，怎麼會解不開呢？」謝長寂笑起來，他靠近她，閉眼用臉摩挲她的臉龐，彷彿洞悉一切，低喃：「可姐姐捨不得。」

「謝長寂！」花向晚忍不住提了聲：「你發什麼瘋？」

「他是誰？」謝長寂將她正面轉到自己身前，彎腰用額頭抵住她的額頭，盯著他：「告訴我。」

「誰？」花向晚皺眉，有些聽不明白他的意思。

謝長寂提醒：「沈逸塵。」

「你不是知道嗎？」花向晚隱約知道他想問什麼，卻故意繞著圈子，「他是沈逸塵。」

「除此之外呢？他和妳什麼關係？妳什麼時候認識他？妳喜歡他？妳是不是想和他走？你

們剛才在房裡做什麼？他和妳說什麼了？他讓妳寫什麼？妳為什麼今天要特意打扮？為什麼妳看他的眼神這麼奇怪？為什麼妳要對他笑？為什麼……」

「謝長寂！」花向晚打斷他的問話，她震驚地看著他：「你在問些什麼？」

「我在問妳！」謝長寂猛地抱緊她，低喝出聲：「問妳喜不喜歡他！問妳是不是要拋下我！」

這話把花向晚問懵了。

她從未見過這樣的謝長寂，無論是過去在雲萊那三年，還是兩百年後重逢，他從未這麼直白表露過情緒。

她呆呆地看著他，喃喃出聲：「你怎麼……會問我這種問題？」

「是妳教我的。」謝長寂聽著她的話，痛苦地閉上眼睛，緩了許久，他握住她的手，將她的手放在自己胸口：「妳和我說，有話要說出來，喜歡、痛苦、憎怨、疑問、難受……妳一句一句教我，我一直在學。妳教會我喜歡、教會我快樂、教會我笑，可姐姐，」他慘白著臉，低頭看她，勉強笑起來，「妳今天也教會我心疼了。」

「你為什麼這麼在意他？」花向晚聽著他的話，想不明白。

謝長寂看著她眼睛，好久，才開口：「我做了一個噩夢，我夢見他。夢裡我們不是姐弟，妳喜歡我，可妳經常同他在一起，最後妳還說，妳要跟他一起走。」

一聽這話，花向晚便明白，他的記憶怕是在慢慢恢復。

可就算恢復了……不過只是對她的死的偏執，謝長寂，有這麼在意沈逸塵嗎？

她不懂，只能茫然地看著他。

「我不知道我為什麼會做這個夢，可姐姐，」他看著她疑惑的眼神，懇求她，「為我了，妳能不能離他遠點？妳和他在一起，哪怕妳只是多看他一眼，」他不由自主握緊她的手，「我都覺得好難受。」

「謝長寂……」花向晚不理解，「你為什麼會有這種想法？」

聽著花向晚的話，謝長寂心上微微一顫。

他知道他的想法大逆不道。

他知道他不該這樣，他沒有資格。

這世上，唯一一個有資格去質問她與其他男人關係的人，只有她丈夫，可他永遠不能成為她的丈夫。

他曾經慶幸他們血脈相連，卻又在此刻無比憎恨這種身分。

他盯著她，完全不敢開口，花向晚疑惑：「謝長寂？」

「謝晚晚，」他苦笑，「如果妳不是我姐姐就好了。」

這話讓花向晚心裡「咯噔」一下。

他抬手輕輕撫上她的面容：「這樣，我就可以娶妳，成為妳的丈夫，妳也就不用再問這個問題。」

「我為什麼會有這種想法？」謝長寂苦笑：「妳還不明白嗎？」

花向晚微微皺眉。

謝長寂抬手放在她的眉眼，說得很輕：「因為我喜歡妳。」

花向晚一愣。

謝長寂手有些抖，他顫著聲：「不是姐弟的喜歡，不是喜歡某種事物的喜歡。」

「是想獨占妳，擁有妳，和妳一輩子長相廝守，讓妳一生再無他人，獨屬於我謝長寂的那種喜歡。」

他說著，不知為何，覺得有些眼澀。

他在她身邊這大半年，一遍又一遍重複「喜歡」這個詞。

他不知道過去自己是什麼模樣，可他知道，他過去一生，或許不曾說過這個詞。

可這個詞，又與他一生緊密相連，以至於他開口瞬間，便覺得有什麼遺失的東西在翻湧。

他見她不回應，怕她聽不明白，便再詢問了一次。

「妳明白了嗎，謝晚晚？」

聽著謝長寂的話，花向晚整個人怔住。

謝長寂說完這些，見她不說話，他慢慢冷靜下來，惶恐和難堪一起湧上，他像是犯了錯，低下頭不敢看花向晚。

兩人沉默許久，他才僵著聲問：「冷不冷？」

花向晚不回話，謝長寂便將她一把打橫抱起來，穿過屋中，放到床上。

他用被子將她蓋好，一抬頭便看她有些緊張的眼神。

他心裡有些難受，這半年來，她從來沒有這麼警惕過他，可他也知道是自己的錯，便克制著情緒，垂下眼眸，低啞著聲安慰她。

「別害怕，我不做什麼。」說著，他看向旁邊，捏著被子的手似在竭力克制自己：「我知道，妳是我姐姐，妳放心。」

花向晚：「……」

他的話讓她思緒一下被打斷，一時五味陳雜，竟然不知道，是該愧疚自己撒了這個謊，還是慶幸自己撒了這個謊。

謝長寂見她神色複雜，有些受傷，低頭給她掖好被子，解了她的定身咒，靠著床頹然地坐在地上。

不知道要怎麼面對花向晚。

花向晚雖然被解了咒，但還是躺在床上靜止不動。

她看著床帳，回不過神來。

這句話她曾經等過他三年，到她從死生之界躍下，都不曾聽過。

如今突然聽到，她竟然覺得有些不真實。

她想了許久，才轉頭看向謝長寂的背影：「你喜歡我什麼？」

「我不知道。」謝長寂聲音平穩：「但打從第一眼，我就清楚，妳對我來說意義非凡。」

這話讓花向晚有些好奇，她忍不住裹了被子，往前探了探身：「你到底記不記得以前的事？」

「不記得。」謝長寂說得肯定，花向晚點點頭，正要說什麼，就聽謝長寂：「但我會做夢。」

「做什麼夢？」

「有時候是夢見自己一個人，在茫茫雪地裡打坐；有時候夢見有很多邪魔擋在面前，我在找什麼；有時候會夢見妳從一個地方跌落下去，好多邪魔把妳撕成了碎片……夢得最多的，就是妳在前面，無論我怎麼追，都追不上。哪怕追上了，也一碰就碎了。」

謝長寂聲音很淡，帶著一種少年不該有的淒清：「夢得越多，越覺得真實，白日看著妳，都會害怕。」

「害怕什麼？」花向晚撐著下巴，有些奇怪。

謝長寂轉頭看她，目光有些恍惚：「怕妳才是一個夢。」

「若我是夢，又怎樣？」

和這樣的謝長寂交談很有意思。

感覺他好像不是謝長寂，謝長寂不會這麼說話，也不該有這麼脆弱的內心。可不知道為什麼，他說的每句話，卻又偏生讓人覺得，這就是謝長寂。

「若妳是夢，」謝長寂神色帶著一種克制不住的絕望，勉強笑起來，「就不知道什麼時候，妳又要碎了。。」

「這條路走不到頭，」謝長寂不敢看她，轉頭喃喃，「生不得，死不得，求不得，恨不得……可我做錯什麼，」他看著無盡夜色，「要受此地獄酷刑？」

他一生不負宗門，不負親友，不負雲萊，不負蒼生。

唯一負過的花向晚，也不過是沒有及時回應那一句「我喜歡」。

他做錯了什麼，要喪盡親友，永失所愛，行於煉獄，不得超生？

這個念頭產生時，他有些茫然。

他不知道為什麼會有這個念頭，什麼叫不負雲萊，不負蒼生，唯負花向晚？

什麼叫沒及時回應那一句「我喜歡」？

他愣愣地看著黑夜。

花向晚看著他的側臉，她聽不明白他的話，但又莫名好像懂得。

他年僅十八，便喪師喪友，問心劍一脈盡絕，唯他一人獨活。

過去她總覺得，謝長寂修問心劍，無愛無恨，或許並不會有多痛苦，可此刻看著他失去記憶後最真實的情緒，她才意識到，他其實是個人。

就像謝無霜當初所說——沒有人能成為天道，謝長寂也不能。

只是從未有人教過他如何表達情緒，自然所有感情，都會壓抑於平靜之下。

這或許，就是他早早成為第一人，甚至成為屠盡一界，解決了死生之界那麼多年難題的大功臣後，卻始終無法飛升的原因。

她看著他，聲音很輕：「你沒做錯什麼。」

謝長寂轉頭，迷茫看她，花向晚笑了笑：「你什麼都做得很好，只是，天將降大任於斯人，或許是它想給你的太多，所以現在你得歷經磨難。求道一路慣來不易，謝長寂，」花向晚指向上方，「當你參悟大道，你便會明白，今日所受之苦，來日必有所償。」

「可我不想求來日。」謝長寂平靜看著她清明的眼：「我只想要今朝。」

說著，他緩緩伸出手，將花向晚臉頰旁的頭髮挽到耳後，隨後抬眼看她：「而姐姐，就是我的今朝。」

花向晚聽著這話，有些無法出聲。

謝長寂低頭垂眸，像是犯錯一般，扭過頭：「妳睡吧，我就坐在這裡，挨在妳身邊，我才沒那麼難受。」

他說著，靠在床邊，曲起一隻腿，將手搭在膝上，閉上眼睛。

花向晚想了想，躺回床上。

現在的謝長寂說喜歡她，她驚訝，但並不難接受。

他沒有記憶，沒有問心劍一道的束縛，也沒有天劍宗給他的責任和負擔。

他只有十七歲，一眼醒來看到的就是她，在祕境相處半年，他什麼都是她教給他，他對她產生極端的依賴，繼而變成獨占和喜歡，似乎並不奇怪。

但這份喜歡會影響什麼嗎？

反正終究會忘，少年淺薄的喜歡，在人生軌跡上不過就是淺淺一道劃痕。

等他出去，重新成為那個修問心劍兩百年的問心劍主，一切便會回歸原位。

她慢慢穩下心思，感覺方才起波瀾的心又平靜下來。

她翻過身，盯著床帳。

身後是謝長寂的呼吸聲。

她知道他此刻必定難受，就像當年她和謝長寂告白被拒，每次都故作鎮定，心裡都酸得想哭。

一想到那種感覺，她莫名有些不安，在床上想了一會兒，琢磨著，要是謝長寂恢復了記憶，兩百歲還管不住自己那是自己無能，她才不管他。

可現下他就是個小孩子，別在這種事情上鑽了牛角尖，傷了道心。

她猶豫片刻，才低低出聲：「你放心，他很快就走了。」

謝長寂聞言，動作一頓。

這個「他」是誰，他們心中都清楚。

花向晚看著床帳，聲音平穩：「有些事你不知道，但我同你保證，他在這裡，不會同我有什麼牽扯。」

畢竟，他已經離開好多年了。

說完這些，花向晚覺得自己該說的也都說了，沒什麼對不起他。

她閉上眼睛，決定不再管他，然而話音剛落，身後涼風忽地襲來，她根本來不及反應，就被人隔著被子猛地一把抱進懷裡。

「你……」

「我就知道，」謝長寂清冷的聲音中帶著些許笑，在她身後溫和地響起來，「姐姐對我最好了。」

「下去！」

不習慣這樣彷彿是撒嬌一樣的謝長寂，花向晚忍不住踢了他一腳，謝長寂卻只是笑。

他笑起來，聲音帶著些啞，像是有人用羽毛輕輕撩在心上。

花向晚正準備再踹，他突然在她額頭輕輕一吻，便從床上跳了下去。

「姐姐好夢，我走了。」說著，他替她放下床簾，轉身往外走去。

花向晚呆呆地坐在床中，忍不住抬手摸在額頭，緩了片刻後，她才意識到。

她好像，被這個年輕人，調戲了？

她一時語塞，安慰了自己幾遍。

出去就好了。

出去就忘了。

出去謝長寂就正常了！

想到這裡，她感覺自己看到了希望，拉上被子往身上一蓋，便躺了回去。

一覺睡到天亮，等第二天起來，就看沈逸塵帶著謝長寂和狐眠在院子裡忙活。

聽見花向晚開門的聲音，謝長寂趕緊抬頭，三步作兩迎了上去，語氣裡帶著幾分高興：「姐姐，我煮了粥，還準備了麵，妳要吃什麼？」

花向晚有些疑惑，她看了氣氛融洽的院子一眼，有些不解謝長寂昨晚還鬧死鬧活的，怎麼今天就能和沈逸塵這麼親近？

謝長寂見花向晚不說話，他喚了一聲：「姐姐？」

「哦，」花向晚回神，只道：「喝粥吧。」

「好，我去盛粥，妳先去飯廳等我。」說著，謝長寂便去了廚房，花向晚不著痕跡掃了庭院中放著的藥材一眼，知道這大概是沈逸塵在準備給狐眠和秦憫生換眼之事後，便收回目光。

她垂眸回了飯廳，等她轉身，沈逸塵才抬頭看過去，狐眠有些疑惑：「逸塵？」

聽到這話，沈逸塵回神，點了點頭，彷彿什麼事都沒發生一般，繼續同狐眠說著藥性：「這紫林草需在陽光下暴曬三個時辰後使用……」

花向晚坐在飯廳，等著謝長寂把粥端過來，謝長寂陪著她吃了早飯，所有人便按著沈逸塵的吩咐開始準備換眼之事。

買藥、煮藥、準備器具……

等一切準備就緒，已經是黃昏，沈逸塵領著三人進了房間，秦憫生由狐眠扶起來，坐在床邊，等著他們。

他沒有眼珠，眼眶徹底凹陷下去，顯得有些可怕。

他聽著四人進來的聲音，彷彿是看得見一般抬頭，迎著他們進門的方向。

沈逸塵進屋，將藥箱放下，藥箱落在桌面的聲音傳入耳中，秦憫生徑直開口：「狐眠說你能治我的眼睛？」

「能治，」沈逸塵將包裹刀片的白布鋪開，誠實回答，「但恢復成以前那樣不太可能。」

「你怎麼治？」秦憫生似乎完全不信任他。

沈逸塵只道：「我是大夫，怎麼治是我的事，你是病人，就不必多管了。」

聽到這話，秦憫生微微皺眉，狐眠趕緊上前，緩和著氣氛：「秦道君你放心，逸塵不會害你的。」

秦憫生不說話，他抿了抿唇，只道：「可我總得知道我的眼睛要怎麼才能好。」

「先把藥喝了吧。」

沈逸塵轉頭看了狐眠一眼，狐眠點頭，走到秦憫生旁邊，遲疑著：「秦道君，你先喝藥。」

「這是什麼藥？」

「這是……」

「麻沸散。」沈逸塵解釋，「喝下去後，過程就沒什麼痛苦了。」

「你到底要做什麼？」秦惘生皺起眉頭，沈逸塵看了狐眠一眼。

狐眠和沈逸塵對視之後，咬了咬牙，便上前直接一把掐住秦惘生的下巴，往他嘴裡灌藥。

秦惘生激烈掙扎起來，狐眠動作更狠，她招呼著花向晚：「晚秋，來幫忙！」

只是花向晚沒來得及動，謝長寂已一個健步上前，幫著狐眠按住秦惘生，將藥灌了下去！

秦惘生激動起來，等一碗藥灌下，急促咳嗽著：「妳……狐眠妳……」

說著，藥效開始生效，他眼前暈眩，謝長寂和狐眠退開，為沈逸塵讓出路來。

沈逸塵走上前，開始觀察秦惘生。

秦惘生只來得及斷斷續續說幾個字，便澈底昏死過去，沈逸塵上前檢查片刻，確認他澈底暈了，抬手朝著身後：「銀針。」

話音剛落，謝長寂已經將銀針遞了過來，沈逸塵抽出銀針，在秦惘生眼周快速扎了下去。

謝長寂看他一眼，有些疑惑：「這是做什麼？」

「將他眼周充盈氣血，等會兒才能養活新進去的眼睛。」沈逸塵解釋著，給秦惘生上完銀針，轉頭看向狐眠：「師姐，妳準備好了嗎？」

「好了。」狐眠點頭，只問：「是你取，還是我自己來？」

「我來。」沈逸塵說完，突然想起什麼，他轉過頭，看向一旁的花向晚，遲疑片刻後，才道：「晚秋師姐，妳帶謝道君先出去吧。」

花向晚點點頭，她喚了一聲謝長寂，便領著謝長寂走了出去。

兩人合上門，站在門口，花向晚想著房間裡會發生的事，心緒不寧。

謝長寂見她神色，想了想，只道：「就算是會傷害別人，天命也不可違嗎？」

「在其他地方，或許不是，」花向晚無奈笑笑，「但在這裡……」

話音剛落，花向晚就聽見房間內傳來狐眠痛呼之聲。

她捏起拳頭，聲音平淡：「天命不可違。」

說完，沒了片刻，房門就被「砰」的一聲撞開。

狐眠滿手是血，捂著一隻還在流血的眼睛，跌跌撞撞走出來。

花向晚趕忙上前，一把扶住狐眠，急道：「師姐！」

「他得趕緊給他換眼，」狐眠喘息著，「長寂收拾好屋子，妳帶我去另一個房間包紮傷口。不要讓他知道我給他換了眼。」

說著，狐眠整個人依靠在花向晚身上，催促她：「走！」

「照做。」

花向晚抬頭看了緊皺著眉頭的謝長寂一眼，急急扶著狐眠去了她的房間，快速拿出早已準備好的藥和繃帶。

狐眠坐在椅子上，血從她的指縫落下，滴落到地面。

花向晚看著滴在地上的血，抿緊了唇。

她克制著情緒，給她上了藥，又開始纏繞繃帶。

狐眠閉著眼睛，有些虛弱地開口：「我一直以為妳會阻止我。」

「我阻止就有用嗎？」

「沒用。」狐眠笑起來，「我要做的事，誰都攔不住。」

「是了，」花向晚聽到她的話，眼眶微澀，「不撞南牆不回頭，不見棺材不掉淚，狐眠，妳早晚要被妳這性子害死！」

「妳怎麼突然這麼說話？」狐眠聽著她的話，有些好笑：「這雙眼睛，是他為我受過，我只還他一隻，已經是我賺了。」

「是是是，」花向晚狠狠打了個結，啞著聲，「妳賺了。」

「等他醒過來，妳就說我有事先走了，」狐眠由著花向晚為她擦臉，低喃，「以後再回來找他，讓他好好養傷。」

「好。」

花向晚應聲，給她處理好傷口，就讓她躺下。

躺下時，她終於忍不住。

「師姐，」她輕聲開口，「如果妳知道，未來秦憫生會背叛妳，會害妳，妳會後悔今日嗎？」

「不後悔。」狐眠笑起來：「我今日為他做的，是因為他過去為我所做，不是因為未來。」

「若他一直騙妳呢？」

「若他一直騙我，那也是未來。」狐眠躺在床上，聲音平穩，「人只能為過去的因來結果，不能為未來的果倒因。如果未來他真的如妳所說，那他如何害我，我就如何殺他。」

「因果相報，何來後悔？」

第二十五章 秦惘生

聽著狐眠的話，花向晚內心突然沉靜下來。

她坐在狐眠身邊，忍不住伸手握住狐眠的手，那一刻，她感覺自己好像回到了年少時，那時候她還不是一個人，她身後有母親、師父、師兄、師姐，合歡宮從來不需要她來頂天立地。

哪像後來，她得一個人獨撐合歡宮，連從來唯唯諾諾、上陣連宮旗都抗不了的靈北，都成了靈右使。

「妳說得對，」花向晚平靜出聲，「若真的有那麼一日，我陪師姐一起殺了他。」

「妳怎麼總說這麼不吉利的話？」狐眠笑起來：「晚秋妳這性子，真是傷春悲秋慣了，別想太多，秦惘生性子我知道，他做不出害我的事。」

說著，狐眠似乎有些疲憊，她拍了拍花向晚的手，輕聲道：「我睡一會兒。」

花向晚應聲，握著狐眠的手，便不再說話。

花向晚照顧著狐眠，等到半夜，狐眠便發起高燒，嘴裡含糊不清說起話來。

沈逸塵和謝長寂還在忙著給秦惘生接眼，就留花向晚一個人照顧著她，她給她用靈力降溫，又給她餵水，忙忙碌碌中，她看見狐眠慘白著臉，低低喊疼，她握著沈逸城給的藥，一時有些難受。

現下是她在照顧狐眠,但真實的世界裡,狐眠是一個人。

也就是當年,狐眠是一個人挖了眼,挨著高燒,自己一個人在夜裡喊疼。

她克制著衝過去直接宰了秦憫生的衝動,把狐眠扶到肩頭餵藥。

狐眠喝著藥,有些迷糊,也不知道是喊「晚秋」,還是喊「晚晚」。

花向晚被她折騰了一夜,才迎來天明,這時候她終於穩定下來,她緩緩睜開眼睛,花向晚給她端來了藥。

沒了一會兒,隔壁突然鬧起來,似乎是秦憫生在吼些什麼。

狐眠動作一頓,花向晚立刻按住她,只道:「我去看看。」

說著,她將藥碗放在一旁,提裙趕到隔壁,就看謝長寂漠然地站在一邊,冷淡地看著秦憫生激動地和沈逸塵爭執:「狐眠呢?人呢?」

「姐?」謝長寂看見花向晚進來,馬上回頭看了過去。

花向晚緊皺眉頭,就看沈逸塵拼命按著秦憫生,急急同他解釋:「狐眠去幫你找需要用的藥,你先坐著等她,你現在需要靜養……」

「眼睛哪裡來的?這是誰的眼睛?」秦憫生敏銳地察覺了什麼,他推攘著沈逸塵,「你讓開,我去找她!讓我去找……」

話沒說完,花向晚一個健步衝上來,拽開沈逸塵,一腳將人狠狠踹回床上,怒喝出聲:

「給我安靜些！我師姐救你回來，就是讓你這麼糟蹋自己的嗎？」

這話讓秦惘生安靜幾分，他趴在床上，捂著花向晚踹的位置，低低喘息。

謝長寂走到花向晚身後，漠然地盯著秦惘生，隨時警惕著他動手。

秦惘生垂著頭，剛包紮好的眼還浸著血，花向晚盯著他，冷著聲警告：「你這眼睛是師姐替你買回來的，好好留著，她去給你找藥，你別給我作死。若你再敢亂動，我就直接打斷你的骨頭抽了你的筋，讓你這輩子都握不了劍！」

「妳！」

「別作踐我師姐的心意，弄壞了這隻眼睛，」花向晚強調，「你賠不起。」

聽到這話，秦惘生手微微一顫。

花向晚見他冷靜，只看了沈逸塵一眼：「沈公子，繼續看診吧。」

說著，花向晚給沈逸塵讓開位置，沈逸塵上前，伸手認真地給秦惘生檢查，囑咐著他：「後續時日續得靜養，讓眼珠與你身體融……」

話沒說完，秦惘生猛地出手，花向晚、謝長寂動作不及，就看秦惘生一把掐住沈逸塵脖子，將他拽到身前，另一隻手袖中探出一把匕首，抵在沈逸塵脖子上。

沈逸塵擅長醫術，但論拳腳功夫遠不及在場眾人，但他顯得異常鎮定，只道：「秦道友，你先放我下來，有話好好說。」

「把狐眠叫來。」秦惘生冷著聲，完全看不見的眼睛定著花向晚。

花向晚捏起拳頭，就看秦憫生大喝：「我要狐眠過來！」

「別吵了！」

狐眠的聲音在外響起，眾人回頭看去，就見狐眠站在門邊。

她神色虛弱，看著不遠處的秦憫生：「秦道君，放開他。」

「妳過來。」

秦憫生要求，狐眠嘆了口氣，走上前去，察覺狐眠走到面前，秦憫生聽著聲音，甩開沈逸塵，一把抓在狐眠肩上。

花向晚趕忙上前，謝長寂卻先他一步，扶住摔過來的沈逸塵。

「無事吧？」花向晚看了沈逸塵一眼。沈逸塵搖搖頭，由謝長寂扶起來。

三人看向旁邊秦憫生和狐眠，就看狐眠平靜地站在秦憫生面前，對方伸出手，摩挲著她的臉，緩緩摸到她的眼睛上。

他細緻地撫過她的雙眼，在如期觸碰到她凹陷下去的眼窩時，他動作僵住。

「是我的眼睛。」狐眠知道他的意思，平穩開口：「但換到你的身上，就是你的，你就算把它摳下來，我也用不了。」

「妳騙我！」秦憫生急急出聲。

狐眠聲音很冷靜：「我沒騙你，你可以試試。」

秦憫生說不出話，覆在她臉上的手微顫。

花向晚看著秦惘生的狀態，有些疑惑。

他懷揣任務而來，如今狐眠願意為他換眼，他該高興才是，可如今看他狀態，卻沒有半點歡喜的樣子。

他克制著情緒，好久，才出聲：「妳想要什麼？」

狐眠動作一頓，片刻後，她垂眸：「給你眼睛是我自願，不圖什麼。但等你眼睛好了，」狐眠聲音中帶著幾分笑，「那我可真得圖點什麼了。」

秦惘生抿緊唇，他手指滑落，撫在狐眠揚起的嘴角。

好久後，他才道：「狐眠，這世間比妳想得險惡。」

「我活了這麼多年，不需要你來教導。」狐眠拍了拍他的肩：「好好養傷吧，我還累著呢，得去休息。」

說著，狐眠轉身朝外走去。

這次秦惘生澈底安靜，沈逸塵走上去，替他做了最後的收尾，讓他好生休息，便領著花向晚和謝長寂一起走出房間。

三人走到長廊，沈逸塵看上去有些疲憊，花向晚忍不住出聲：「沈公子，你忙了一夜，去休息吧。」

沈逸塵點點頭，恭敬道：「多謝晚秋師姐關心。」

花向晚不敢多說，只應了一聲，沒有答話，三人不說話，也不離開，過了片刻，謝長寂主動拉過花向晚：「姐姐，走吧。」

說著，他拉著花向晚轉身，沈逸塵突然開口：「晚秋師姐！」

花向晚和謝長寂一起回頭，就看沈逸塵注視著她，目光中帶了幾分遲疑：「我……再過兩日就要離開斷腸村前往雲萊為阿晚慶生，不知晚秋師姐覺得，是否合適？」

他問這話很奇怪，花向晚有些茫然。

他要去雲萊為「花向晚」慶生，問「晚秋」做什麼？

謝長寂也明顯覺得這個問題不對，微皺眉頭：「你去雲萊，問我姐姐做什麼？」

沈逸塵輕笑，似是不好意思，微微垂眸：「晚秋師姐與少主同為女子，我怕自己打擾少主，所以問一問師姐的意思。」

「哦，」聽著這話，花向晚回神，她扭過頭去，看向庭院，只道，「去吧，你當去的。」

「當去嗎？」沈逸塵重複了一遍，花向晚有些說不出口。

如果這一切是真的，她當然會告訴他——不該去，不能去，去了，他就會死在那裡，永遠回不來。

可如今不過就是一場記憶回溯，什麼都不會改變，他留在這裡也沒什麼意義，她只能低聲道：「去吧。」

「我明白了。」沈逸塵行了個禮，似是有些失望，平靜道：「我會如期出發。」

說著，沈逸塵便起身，轉身離開。

等他轉身，花向晚才回眸，看著他的背影，一直目送他進屋。

謝長寂在旁邊靜靜看著，抿緊了唇，見花向晚久不回神，他終於道：「既然不想讓他去，又讓他去做什麼？」

花向晚被這麼一問，才反應過來，假裝沒聽見謝長寂的話，只道：「你也忙一晚上了，去休息吧。」

謝長寂不動，站在原地低著頭。

花向晚推了推他：「趕緊去。」

「是不是因為他喜歡那個花少主？」

「嗯？」花向晚疑惑抬頭。

謝長寂扭頭看著庭院，似有些不甘心：「妳放棄他，是不是因為他喜歡花少主，所以妳才說妳和他不會有什麼牽扯？」

「不是，」花向晚被謝長寂的猜測逗笑，她哭笑不得地看著他，只道：「你想什麼呢？」

「是不是？」謝長寂固執追問。

花向晚無奈，只能道：「不是。」

「那你為什麼不留下他？」謝長寂皺眉。

花向晚想了想，只道：「和我不攔秦惘生一樣。」

「因為天命？」謝長寂不解。

花向晚嘆了口氣：「你小小年紀就別操心這麼多，去睡吧。」

說著，她拍了拍他的肩：「趕緊。」

謝長寂跟著沈逸塵耗了一晚上，也有些疲憊，他轉身去休息，走了兩步，還是忍不住，回頭看向花向晚：「那我呢？」

「你什麼？」花向晚不明白。

謝長寂平靜看著她：「我也是妳所謂不可避免的天命嗎？」

花向晚聽著這話，她看著少年，好久，她緩緩笑起來：「不，你是意外。」

從天劍宗，到現在，他都是這場局中，唯一的意外。

謝長寂聞言一愣，片刻後，他竟似有幾分羞赧，他低下頭，低低應了一聲：「哦。」

說著，便慌忙轉身，朝著自己房間走了回去。

花向晚看他腳步似乎有些凌亂，忍不住笑起來。

所有人都回去休息，只留花向晚一個人守著秦憫生。

她坐在長廊橫椅上，守到黃昏，便覺得有些困頓，靠在長廊小憩，半睡半醒間，突然感覺身後一陣疾風，一個手刀落在她後頸，她頓了一下，隨後便意識到，晚秋只是金丹期，以身後這人的身手，她該暈了才對。

她反應很快，立刻倒在長廊扶手上。

旁邊腳步聲響起，漸行漸遠。

等腳步聲澈底消失，有人輕輕扶住她，花向晚聞到熟悉的寒松冷香，睜開眼睛，便看見謝長寂蹲在旁邊，輕聲道：「姐姐，秦惘生走了。」

花向晚抬手做了個「噓」的動作，看了看外面，低聲道：「跟上。」

說著，兩個人跟在秦惘生身後，他雖然眼睛還沒恢復，但憑藉神識也能正常行走。

花向晚實際修為遠高於他，暗中跟了許久，隨著他一路往外。

兩人不遠不近，謝長寂暗中傳音：「他為什麼要走？」

這個問題花向晚也想知道，明明就是細作，現下離開是圖什麼？

花向晚搖搖頭，表示不知，兩人只能隨著他往前，走了大半夜，花向晚便察覺周邊異動，拉住謝長寂，一躍到樹上，藏好了自己的氣息。

而秦惘生往前走了一段，才停住腳步，他提劍不動，冷聲道：「出來。」

「哎喲喲，好凶啊。」巫媚領著人從半空落下，將秦惘生團團圍住。

秦惘生捏緊劍，冷聲道：「做什麼？」

「眼睛沒了？」巫媚打量著他，突然湊到秦惘生面前，盯著他的眼睛，「剛換上的這隻眼睛，是狐眠的吧？」

秦惘生沒說話，直接拔劍，巫媚疾退閃開，劍鋒從她眼前劃過，秦惘生指著前方，平靜開口：「讓開。」

「我是想讓啊，」巫媚笑著落到地面，隨即臉色一冷，「可宗主說了，你不能走。」

「你們跟蹤我？」

「這哪裡叫跟蹤？」巫媚上下打量著他，「只是，你一出古劍祕境，就毀了和我們通訊玉牌，宗主不放心，讓我來看看你罷了。巧得很，」巫媚抬手拍了拍手，「沒想到您進展這麼順利，祕境裡待半年，狐眠眼睛都願意給您了。」

巫媚改了稱呼，言語稱「您」，表現了極大的敬意。

「秦道君，」巫媚微微行禮，「再努力一下，日後，我就得稱呼您為少主了。」

「日後我與她沒有關係，你們的事我也不會參與。」秦憫生對她所說毫無觸動，只道：「讓開。」

「不參與？」巫媚似是覺得好笑：「你以為你現在抽身，就可以和她好聚好散嗎？她為你沒了一隻眼睛，要是得知你是為了害她才到她身邊，以她的性子……」

話沒說完，秦憫生已經一劍朝著巫媚直轟而去！

巫媚臉色驟變，大喝一聲：「敬酒不吃吃罰酒！」

說著，她抬手一揮，周邊十幾個修士朝著秦憫生衝去：「殺！」

秦憫生沒有言語，兩方迅速交戰起來，花向晚和謝長寂坐在高處，謝長寂遲疑：「要不要救人？」

花向晚想了想，若是真正的晚秋在這裡，以她金丹期的修為，當初怕是跟著狐眠一起過來。

於是她沒有動作，只道：「等等。」

兩人看著秦惘生和巫媚帶的人交戰在一起，巫媚帶的人都是金丹期，但是他們十幾個人形成一種極為複雜的陣法，將秦惘生控制在中間。

秦惘生用神識查探周邊人的位置，但終究比不上眼睛精確，一時之間，竟被巫媚困住，和他們打得難捨難分。

毒蟲一隻一隻衝向秦惘生，他雖然竭力阻止，身上還是一點一點被劃開傷口，沒有多久，周身便已都是傷痕。

毒蟲所帶來的毒素瀰漫秦惘生全身，讓他失了力氣，跪倒在地。

巫媚看著陣法中人，不免笑起來。

「讓你活著你不願意，」蟲子密密麻麻爬向秦惘生，巫媚站在遠處，靈力驟然提升，大喝，「那就去死！」

說著，那些蟲子一起朝著秦惘生鋪天蓋地飛了過去！

它們身後都連著透明絲線，交織成網，彷彿是要把中間人直接切割成片。

便是這片刻，只聽「轟」的一聲巨響，火焰如同海浪席捲進入蟲群，秦惘生一劍轟開另一邊毒蟲，一個紅衣女子從林中突襲而來，抬手割開陣法中一個青年脖頸，提步衝入法陣，抓住秦惘生，將他一把拽出陣法，朝著旁邊衝去：「走！」

同時，水浪朝著地面一路鋪去，將蟲子捲入急水，在水浪中一隻隻擠壓爆開。

「師姐和逸塵來了！」花向晚一看狐眠出現，便知這是「晚秋」應該出現的時間，她幾乎是不假思索，便叫出了兩人的稱呼，抓著神色複雜的謝長寂從樹上一躍而下，加入戰局。

花向晚維持著金丹期的假像，和謝長寂沈逸塵一起幫著狐眠一起逃向遠處。

巫媚見得四人，面色微變，但還是跟著上去，對五人緊追不放。

秦憫生受了傷，被狐眠扛著，受他拖累，五人一直被巫媚跟得死死的。

秦憫生見狀，喘息出聲：「放我下來。」

「放你下來做什麼？作死嗎？」狐眠忍不住大罵：「不好好待著，出來招惹這些人幹嘛？」

「放我下來！」秦憫生大喝：「我是他們派來害妳的！」

聽到這話，狐眠一愣，花向晚和謝長寂同時看了過去，所有人目光都落在秦憫生身上，沈逸塵微微皺眉：「秦道君，你……」

只是話沒說完，法光從前方突然轟來，謝長寂抬手一劍斬下法光，擋在眾人面前，轉頭提醒：「還有人。」

說罷，花向晚便看見了前方密密麻麻全是人影，她頓住步子，這才發現他們五人已經被追進了一個盆地，旁邊丘陵之上，到處都是巫蠱宗的人。

巫媚從他們身後慢慢走上前：「秦道君，還要往哪裡跑啊？」

「妳放我下來，」秦憫生聲音很低，「左側巫禮是他們最弱的，我替妳開道，妳從那邊走。」

狐眠聽著他的話，轉頭看他，頗為疑惑：「你不是來害我的嗎？」

「是，」秦惘生蒼白著臉，「他們派我過來，想讓我成為妳的心腹，混入合歡宮，以圖日後大業。」

聽到「合歡宮」，狐眠臉色嚴肅起來，秦惘生語速極快：「從一開始我就是有意接近，從頭到尾都在騙妳，我去古劍祕境是故意的，我救妳也是故意的……」

「那你現在走什麼呢？」狐眠打斷他，審視著他的神情。

秦惘生抿緊唇，只道：「我厭煩妳，不想再接近了。」

「狐眠，」巫媚站在高處，看著他們一行人，笑著揚聲，「我們巫蠱宗和秦道君有點私人恩怨，與合歡宮無關，勞煩狐道友讓個路，讓我巫蠱宗處置一下私事。」

狐眠不說話，抬眼看向遠處巫媚。

秦惘生想要掙扎，卻被狐眠死死按著，狐眠與巫媚對視，片刻後，她揚起笑容。

「若我不讓呢？」

「怎麼，」巫媚冷下臉來，「妳合歡宮，連個散修的事都要管？」

「我合歡宮就想管了！」狐眠猛地提聲，威壓朝著周邊一路壓去，「你巫蠱宗又敢怎樣？」

「好，」巫媚聞言，忍不住笑起來，「合歡宮西境第一宗門，我巫蠱宗的確不敢撫其逆鱗，但狐眠，妳可記好了，妳救下的不是一個人，他是一條蛇。來日，」巫媚勾唇一笑，「不要後悔。」

「我後不後悔還輪得到你說？」狐眠抬手隔空一掌，狠狠甩在巫媚臉上：「滾！」

這一巴掌在巫媚臉上甩出紅痕，她生生受了，緩慢回頭，盯向前方。

「狐眠，」巫媚冰冷出聲，「這一巴掌，我記好了。」

說著，巫媚抬手一揮，招呼眾人：「走！」

巫蠱宗的人聞言，迅速撤退。

眾人鬆了一口氣，花向晚回頭，讓謝長寂幫著狐眠去扶秦憫生，便是那一刹，一根毒針從暗處飛射而出，沈逸塵驚呼出聲：「阿晚！」

所有人只聽一聲驚呼，尚未來得及反應，就看沈逸塵直接擋在花向晚面前！

花向晚猛地睜大眼，本能性伸手，一把扶住沈逸塵，看著他倒在身前。

毒針入腹，沈逸塵同時嘔出一口黑血。

花向晚僵著身子，她扶著沈逸塵，整個人都在抖。

花向晚什麼都聽不見，一瞬之間，她有些分不清時空，感覺自己好像又回到兩百年前，沈逸塵死在自己懷中那一刹。

他戴著面具，面具下那雙冰藍色的眼滿是關切，在她懷中仰頭看著她。

他會喃喃叫她名字：「阿晚。」

他會告訴她：「阿晚，忘了謝長寂，回去吧。」

此刻他什麼都沒說，然而她卻覺得那雙眼睛和當年一模一樣，隨時隨地，都可能說出那時的話語。

謝長寂在人群中反應最快，幾乎是沈逸塵倒地瞬間，謝長寂便出現在巫媚身前，他一把捏在巫媚脖頸上，冰冷出聲：「解藥！」

巫媚看著他，面上絲毫不懼，只歪了歪頭，笑著出聲：「這麼俊的小道君，真是可惜了。」

說著，她將藥瓶朝著遠處一扔，謝長寂下意識回頭去抓。

巫媚猛地抬手抓在謝長寂手腕，一條毒蛇從她袖中探出，謝長寂回頭一把捏住毒蛇頭部，朝著巫媚狠狠甩去。

巫媚見毒蛇甩來，足尖一點朝遠處後退，笑著出聲：「巫蠱宗管轄弟子不利，竟然傷了合歡宮的客卿，巫媚這就處置弟子，向合歡宮賠罪。」

說著，巫媚抬手一甩，劃過一個修士咽喉，鮮血從修士脖頸噴灑而出，眾人讓開，這修士跪到在地，「噗通」一聲朝著地面摔了下去。

謝長寂捏死手中毒蛇，轉身朝著花向晚走去。

狐眠已經取了藥瓶，給沈逸塵喂下，見謝長寂過來，她轉頭看他，冷靜道：「你同晚秋扶逸塵回去。」

謝長寂低低應聲，走到花向晚身後。

花向晚抱著沈逸塵，她一直在給他輸送靈力，她的手在顫，明顯在克制著情緒。

謝長寂抿緊唇，收拾許久心情，終於彎下腰，去扶沈逸塵，輕聲道：「姐，我們先回去。」

花向晚聽到他的話，勉強抬頭，她定定地看著他，好久，才點了點頭，啞著聲：「嗯。」

謝長寂彎下腰，將沈逸塵背起來，狐眠看了三人一眼，只道：「你們先回去，我還有話和秦憫生要說。」

花向晚根本聽不進狐眠說什麼，可理智維持著她面上的鎮定，她點點頭：「好。」

她說完，同謝長寂一起背著沈逸塵離開。

等三人走遠，狐眠才回過頭，看向地上坐著的秦憫生。

他有些虛弱地靠在一個小坡上，喘息著看著她。

察覺狐眠看過來，他幾乎是下意識想握劍，然而又想起什麼，最終放開。

狐眠平靜地看著面前人，一步一步走到他面前。

「該說的我都說了，」秦憫生故作鎮定，「要殺要剮隨便妳。」

「為什麼要逃？」狐眠重新再問了一遍。

秦憫生皺眉，似是不耐：「我討厭妳。」

「為什麼不繼續騙下去？」

「我說了，」秦憫生扭頭，「我討厭妳！討厭到我不想騙……」

話沒說完，他被人掰著下巴猛地回頭，隨即溫熱的唇便貼了上來。

秦惘生一愣，對方靈巧的舌讓他幾乎丟盔棄甲。

他下意識抓緊了旁邊青草，身子在對方親吻下輕輕打顫。

「為什麼逃？」

「我討厭……唔……」

「為什麼？」

「狐眠！」

「為什麼？」

在他澈底被上方人按在身下時，他想蜷縮起來。

狐眠用一隻眼平靜看著他，一把拽開他臉上綁帶，她俯下身，衣衫隨之輕擺，命令他：「說話，秦惘生。」

秦惘生說不出話，他急促呼吸著。

「秦惘生，」她觀察著他的傷口，喚他，「睜眼。」

秦惘生聽著她的話，他根本什麼都不能想，他緩緩睜開眼，就看眼前人坐在他上方。

她駕馭他，掌握他，宛若神明俯視眾生，平靜地問他：「你最後告訴我一次，你為什麼要逃？」

他想說那句「我討厭妳」，可他用她的眼睛看著她，看著如此美豔，如此溫柔，如此高貴，與他如此親密、獨屬於他的她。

一時之間，他腦子「嗡」的一下，撥開雲霧，天光乍現。

「你說啊，」狐眠彎下腰，露出她最美麗的模樣，勾起唇角，「你討厭我。」

看著她的模樣，秦憫生痛苦閉上眼睛。

「狐眠，」他猛地將她抱入懷中，反客為主，狐眠高興得驚叫出聲，在歡愉中聽秦憫生顫抖著開口，「我喜歡妳。」

正是因為喜歡，才騙不了，放不了，逃不了。

聽著他的話，狐眠笑出聲來，她攬著他的脖子，快活極了。

兩人在荒野上放肆時，謝長寂背著沈逸塵回到小院。

沈逸塵已經差不多清醒過來，他的目光一直在花向晚身上，沒有移開片刻。

謝長寂假裝看不見他目光，將他安置在床上，轉頭看了花向晚一眼，只道：「姐姐去休息吧，我在這裡照顧沈公子。」

花向晚不說話，她看著沈逸塵，幾乎只是一瞬間的對視，她便明白，對方想讓她留下。

她有太多想問，而對方估計也有許多想問。

「你先去休息吧，」花向晚看了謝長寂一眼，「我在這裡同沈公子說說話。」

「妳和他有什麼話好說？」謝長寂開口：「我在這裡就好。」

「謝長寂，」花向晚抬眼，強調，「我要同他說話。」

謝長寂不出聲，他擋在兩人中間，有那麼一瞬，他覺得自己好似多餘。

他忍不住捏起拳頭，花向晚神色漸冷：「讓開！」

「妳答應過我的。」謝長寂聽到她的話，忍不住出聲：「妳說過……」

「我答應過你。」花向晚知道他說什麼，打斷他：「但不代表我連說話都需要得到你同意，謝長寂，記好你的身分。」

聽到這話，謝長寂動作一僵。

他看著花向晚冰冷的眼神，感覺心裡像刀剜一樣。

他見不得這樣的眼神，也不想在沈逸塵面前和花向晚爭執，白白被人看了笑話。

只能低下頭，喃喃出聲：「是，姐姐。」

說著，他便轉身走了出去。

等他走出房間，花向晚上前關了房門。

房間裡就剩下沈逸塵和她，花向晚背對著他，好久，才聽他溫柔出聲：「阿晚。」

花向晚動作一顫，她沒想到，這樣的情況，沈逸塵居然還能認出她。

她背對著沈逸塵，低著頭，不敢答話。

沈逸塵見她姿態，輕嘆出聲：「我知道是妳。」

「你……」花向晚無意識摳著窗上浮雕，「你怎麼知道……」

「阿晚，」沈逸塵垂眸，低低出聲，「妳忘了，我見過謝長寂。」

這話讓花向晚一愣，隨即她便意識到，這是她認識謝長寂的第三年，沈逸塵早就在雲萊見過謝長寂。

如今他在西境見到一個和謝長寂一模一樣、名字一模一樣的人，怎麼會一點都不懷疑？

「所以我試探了妳，妳寫的字，雖然變了很多，但我還是認得。」

花向晚愣愣回頭，她看著坐在床上的沈逸塵，對方眼神溫柔中帶了幾分悲憫：「阿晚，妳為什麼，成了今天的樣子？」

聽到這一句話，花向晚不自覺有些鼻酸。

她靜靜看著對方，勉強笑起來：「我成了什麼樣子？」

沈逸塵看著她，目光中帶了幾分難過：「妳的字，中規中矩，已經完全沒有之前的樣子了。」

「這樣不好嗎？」花向晚苦笑，「你以前老說我字醜，說看不清。」

「為什麼裝成晚秋？」沈逸塵沒有和她敘舊，問出自己的疑問：「為什麼不和我相認？」

「那你呢？」花向晚反問：「為什麼明知道我身分，還不揭穿？」

「因為我知道，妳做什麼事一定有自己的原因，」沈逸塵無奈，「我只能配合。那該妳回答我的問題了。」

他知道她的脾氣，她事事都想爭，連回答問題，都要對方先答自己的。

他事事都包容她，處處都讓步於她。

她看著面前鮮活的人，想著當年她背著他走在山路上，那天大雨傾盆，她背著他，想去找謝長寂。

那是她當時唯一的依靠，她想找到他，想求他救救他。

他快死了，她人生中最重要的朋友——甚至是親人。

她看著面前人，感覺幾乎無法喘息，可她還是得把話說下去，她勉強笑起來：「因為這是一個幻境。」

「幻境？」沈逸塵有些茫然，花向晚點點頭，解釋：「這些都是過去發生過的事情，現在的你只是一個幻影，我回來，就只是為了看看當年發生了什麼。」

沈逸塵聽著這話，愣愣看著花向晚，好久，他似是明白，點了點頭：「所以，我必須按照當年的軌跡，繼續走下去，才不會打擾到妳，是嗎？」

「嗯。」花向晚垂眸。

沈逸塵想著什麼，沒有說話。過了一會兒，他緩聲開口：「那妳知道未來了？」

「知道。」

「這次我去雲萊了，對嗎？」

「對。」

「我給妳過生日了，是嗎？」

「是。」

「我送妳的東西，妳喜歡嗎？」

「喜歡。」花向晚哽咽，沈逸塵聽到這話，便輕輕笑開。

「那我就放心了。」他神色溫和，似乎沒什麼掛念。

看著面前的人，花向晚忍不住出聲：「你不問問自己嗎？」

沈逸塵不說話，他看著花向晚。

花向晚注視著眼前人，好久，聽對方溫言：「這段回憶距離現在的你，有多少年了？」

「兩百年。」

「那麼……」沈逸塵似是有些遺憾，「我已經沒陪伴妳，兩百年了，是嗎？」

聽到這話，花向晚猛地睜大了眼。

沈逸塵肯定了自己的猜測，他只問：「我死在了現在，對不對？」

花向晚雙唇打顫，眼淚落下，她在一片模糊中看著這個朗朗如月的青年。

好久，她才能夠出聲：「是。」

這話應下剎那，門外坐著的謝長寂猛地睜大了眼。

一瞬之間，記憶如雪花而來。

他愣愣地聽著花向晚出聲：「你已經走了，好久好久了。」

聽著這話，沈逸塵目光中似乎沒有什麼意外。

他平靜地看著她，輕聲道：「這樣啊……那妳這些年……」

他似乎想問什麼，然而突然頓住。

其實有什麼好問呢？

他不過就是想問，這些年妳過得好不好，可是從見到她寫的字那一瞬開始，好與不好，他便知道了。

話語止於唇齒，過了好久，見兩人靜默，沈逸塵笑了笑，終於開口，只問：「我是怎麼死的？」

「你去雲萊找我。」花向晚儘量讓自己平靜下來，複述著他的死亡，「來給我慶生，陪我，後來你本要走了，但聽說我和謝長寂成親，就留了下來。」

「然後呢？」

「其實你只是喝一杯喜酒就走，誰知道謝長寂新婚當夜，連交杯酒都沒喝，就走了。」

「阿晚……」

「你怕我想不開，就留下來。」

聽著花向晚的話，一窗之外，謝長寂緊緊捏著拳頭，腦海中是無數畫面。

他記起來了……

他腦海中閃過花向晚描述的場景，儘量平息著自己的呼吸，讓自己冷靜。

然而隨著花向晚的言語，他不知為何，卻清晰記起當年。

山洞那一晚，他的沉淪，第二日清醒時，他的惶恐。

他還太年少，從未有過這樣赤裸的欲望和體驗，以至於幾乎是驚慌失措逃離，等到後來慢慢冷靜下來，他便告訴自己，他得娶她。

他與她有了夫妻之實，他就得娶她。

那時他太害怕，他根本不敢深想她與他之間的關係，他甚至不能直視，在意識到自己可以找到一個娶她的理由時，內心那悄悄綻放的喜悅。

他終於可以有一個原由，讓他去思考未來，去想如何安置她，想等日後死生之界平定，他怎麼離開，怎麼與她共度此生。

他故作冷漠和她說了婚事，他面上波瀾不驚，只告訴她：「我想與妳成婚，妳意下如何？」

可在她沉默之時，他其實悄無聲息捏緊拳頭。

直到她笑起來，調笑他：「你要與我成婚，我沒什麼不滿，就是不高興一件事——」

「什麼？」謝長寂心上一顫，他不知道自己在怕什麼，他看著她的眼睛，只想，她不喜歡，他就去改。可對方輕輕一笑，只伸手攬住他的脖子，黏到他身上：「你說得太晚，我等了好久。」

直到聽到這話，他內心才稍稍安定，他微微垂眸，雙頰一路紅透到耳根。

他低著頭，只輕聲應了一聲：「嗯。」

說完，又怕自己沒說好，便補了一句：「我知道了。」

他不深究這些情緒，直到新婚當夜，他掀起她的蓋頭。

那一刻，他看著朝他抬頭望來的姑娘，他心上劇顫。

巨大的幸福感充盈了他的內心，而如此陌生的情緒讓他整個人惶恐起來。

他察覺自己道心上裂開的瑕疵，他只能強硬挪開目光。

他害怕她，尤其是在昆虛子來通知他死生之界出事之後——他更怕。

他害怕自己在此刻道心出任何變故，害怕自己拔不出問心劍，害怕自己為她守不住死生之界。

他連和她喝下那杯交杯酒的勇氣都沒有，就匆匆逃開。

等遠離她，在夜色之中，他終於能夠平靜下來，他開始如此清晰勾勒未來。

等他守住死生之界，等死生之界平定，等下一任問心劍出現，他卸下作為謝長寂的責任——他就回來找她。

如果，他活著。

那時候他天真的以為，只要他活著，她會永遠等他。

「他走了之後，便有人想殺我，當時我受了傷，你帶著我逃，」花向晚看著沈逸塵，有些苦澀地笑起來，「但我們沒能跑掉，你就把我放在你的鮫珠裡，你把我藏好了，那些人找不到我，就折磨你。」

鮫珠本是鮫人容身法器，只能藏一人，他把鮫珠給了花向晚，便是將活著的機會給了她。

花向晚說著，謝長寂在外面，靠著門窗閉上眼睛。

僅憑她說，他就能想像她當時的痛苦。

沈逸塵對於她而言是怎樣重要的人，她又是如何剛烈的脾氣，可那時候，她卻被沈逸塵關在鮫珠之中。

這種因為無能痛失所愛的絕望，早在她從死生之界一躍而下、在謝雲亭以身祭劍、在師兄師弟一一倒下時，他體會了一遍又一遍。

他以為花向晚是到合歡宮覆滅時才明白這種感覺，可原來早在雲萊，她就已經體會過一次。

在二十一歲那年，她被沈逸塵關在鮫珠之中，拼了命想出去，卻只聽著外面的人哪怕受折磨，都不肯吭出一聲，怕她擔憂。

「我想出去救你，可我沒有能力。」眼淚撲簌而落，花向晚笑著看著沈逸塵，「你一直等他們走了，才放我出來。」

「那時候你全身是血，還被他們下了毒，我也受了傷，我抱著你，第一次意識到你可能會死，以前我從來沒想過這種可能，畢竟從小到大，都是你護著我。」

「對不起……」沈逸塵垂眸。

花向晚笑起來：「是我害了你，怎麼能讓你說對不起？」

「那時候，妳應該很害怕。」

「是，」花向晚點頭，「我害怕……所以……」她說得有些艱難，「我就想找謝長寂。」

謝長寂一愣，他聽她語氣微顫：「我知道死生之界有能續命的靈草，他是我唯一的希望，我想求求他，救救你。」

可她註定找不到他。

謝長寂聽到這話，便知道了結局。

死生之界結界破碎，他身為首徒，早已領四百弟子進入結界之中，結成劍陣，與外界音訊斷絕。

他的手顫抖起來，呼吸漸重。

他感覺死生之界風雪銳利地颳過他周身，筋脈中靈力亂走，胸口被刀一刀一刀剜開。

他聽不下去，只能踉蹌著扶著牆，逼著自己一步一步走回屋中。

花向晚的聲音在他身後漸行漸遠。

「可我聯繫不到他，我就只能帶你去天劍宗。我受傷無法馭劍，就背著你過去。但那段路太長了……」

晚晚……

「我喊了無數次謝長寂的名字，我心裡求了無數次上天，可他沒有回應，上天也沒有。」

晚晚……

「我怨他——」花向晚笑起來，她捏著拳，想克制自己情緒，可她做不到。她看著面前這個早已離開的人，像年少一樣肆無忌憚說著自己埋在心底最深處的怨憤，「我怨他為什麼不在，怨他為什麼不應！為什麼留我一個人，為什麼讓我一個人看著你死！可偏生，他其實什麼都沒做，」花向晚說不下去，她停住聲，好久，她才開口，「我唯一能恨的，只有我自己。」

他聽著她的話推開房門，整個人再也控制不住，直接跌到在地。

房門被風吹得關上，她的聲音終於消失。

可取而代之的，是無數畫面和聲音。

靈力瘋狂竄動在他筋脈，疼痛讓他意識異常清醒。

他整個人顫抖著蜷縮起來，大口大口喘息。

他滿腦子被回憶填滿，三年相識，兩百年苦守，雲萊重逢，破心轉道，西境相伴，墮道失格……

他努力做了很多，想做很多，可又能做什麼。

沈逸塵可以陪她長大，為她去死，可他一生，從相見到別離，都被高高綁在神架之上。

他為她低頭，那是以蒼生殉她，置她於水火。

他高坐神壇，就是棄她於不顧，該她恨他。

其實他從沒被上天允許過同她在一起。

上天在他們之間劃下天塹，苛刻到連為她死都不允許。

可偏偏她要跋山涉水而來，固執一步一步越過他們之間的天塹，一層一層錘開封印著他的冰面，讓他睜開眼睛，看這世間萬千顏色。

然後在最後一刻滿手鮮血抽身離開，留他一人如孤魂野鬼，苦苦追尋。

是她偏生要來，又偏生要走。

他憎不得，怨不得，恨不得。

只能怪自己。

自責的念頭產生瞬間，他的身體似乎承受不住這種暴走的靈力，裂開一個個傷口，浸出血來。

然而這種疼痛卻成了他此刻唯一的歸屬，他恨不得再多痛一點，多疼一點，讓他什麼都不用想，讓他的痛苦和愧疚能有所遮掩。

其實他該死在死生之界。

這個念頭突兀地出現。

然而那一刻，他又想起花向晚夢境之中，冰原之上，抬頭看著他的眼神。

她說，謝長寂，我好疼。

這句話、兩百年後的花向晚、她的笑、她的平靜、她的記憶，她的一切……

像鐵索，一道一道捆綁著他。

他猛地清醒。

他怎麼能死呢？

他已經讓她一個人獨行了兩百年，她不是不疼，不是甘願一個人，她只是，無人相陪。

他活著，是他受盡折磨。

可他死了，那是他解脫，卻是她一人獨生。

他在黑暗中慢慢寧靜，筋脈中暴動的靈力終於安靜下來，血從他周身一路蔓延，將他白袍浸染。

這一場自罰終於停歇，他虛弱閉眼，躺在血泊裡，久久不動。

而另一邊，花向晚低聲說著過去。

「如果我能早些放棄他，讓你早點回雲萊，你就不會死。」

「你活著時，我從來沒有珍惜過你，直到你死的時候，你才和我說，你想聽我叫一聲你的名字，想看我專門為你穿一次漂亮衣服。這麼點願望，你從來沒告訴過我，我也從來不知道。」說著，她抬眼，勉強笑起來：「但你看，現在我見你的每一天，都穿了新衣服。」

沈逸塵不說話，他平靜注視著花向晚。

好久，他才開口：「阿晚，妳沒錯的。」

說著，他從床上起身，走到花向晚面前：「於我而言，這世上所有人都有錯，可妳不會有。」

「我害死了你。」

「不是妳害死我，」沈逸塵搖頭，「是我自己願意。」

花向晚沒說話，她仰著頭，透過模糊淚眼看著面前青年。

面前青年抬手撫開她臉上眼淚：「後來呢？」

「後來，我讓人先把你送回了合歡宮，」花向晚稍稍冷靜，吸了吸鼻子，「我讓他們把你放在合歡宮冰河之下，自己去死生之界封印了魊靈，就回去了。」

「之後合歡宮被人所害敗落，我母親渡劫失敗，年青一代精銳全都死了，除了狐眠師姐和我，你認識的人，基本都沒了。」

沈逸塵聽著，沉默片刻，才問：「謝長寂呢？」

「他在死生之界，成了雲萊第一人，再沒見過了。」

沈逸塵聞言，他靜靜站了一會兒，才輕聲開口：「阿晚，妳撒謊。」

花向晚動作一僵，就聽沈逸塵揭穿她：「如果是妳回溯時光，妳不屬於這裡，所有人都是過去，那現在的謝長寂不該出現在這裡。他出現在我面前唯一的理由就是，他是隨妳而來。」

「他還在妳身邊，」沈逸塵目光中擔憂，「對不對？」

花向晚沒有說話。

沈逸塵心中有了答案，他垂下眼眸，聲音溫和：「阿晚，其實，無論我活著，還是死了，我都希望妳過得好。」

花向晚眼淚落下來，她聽著面前人的祝福：「我希望我的阿晚，每一日都快快樂樂，我也希望我的阿晚，能遵循自己的內心，好好過完此生。我看得出來，他在妳身邊，妳很高興，妳打小就怕一個人，我不希望妳餘生，一人獨行。」

「我已經走了，」沈逸塵抬起手，輕輕放在花向晚頭上，「無論我因何而死，妳都不要為我陪葬。」

「若我已經葬了呢？」

聽到這話，花向晚緩緩抬頭，看著沈逸塵。

沈逸塵一愣。

「我回不了頭了。」花向晚看著他擔憂的眼神，神色平靜，「這條路我只能一個人走。」

「我不接受他，不是恨他，也不是怨他，只是，」花向晚笑起來，「這條路，我不能帶著他。」

說著，花向晚轉頭看向周遭。

她看著這陌生的房間，看著這兩百年前的布置，目光緩緩挪到沈逸塵臉上。

「這裡終究只是幻境，」花向晚說著，情緒似乎脫離出來，她紅著眼，目光清醒與不捨交織，「你是假的，一切都是假的，就算是謝長寂，他也什麼都不記得。」

「能和你說說話我很高興，可是逸塵。」她再一次提醒自己：「對於我而言，真正的你，已經走了兩百年了。」

沈逸塵靜靜地看著她。

這話似乎讓他有些難過，花向晚不敢看他的神色，她逼著自己挪眼，勸著她：「去雲萊吧，二十一歲的阿晚還在等妳，我只是晚秋。」

沈逸塵沒說話，花向晚艱難轉身，走到門口，她突然聽見沈逸塵開口：「阿晚。」

花向晚回頭，看著沈逸塵站在不遠處，他注視著她：「我是假的，可謝長寂是真的。」

花向晚不出聲，聽他開口：「他陪著妳，妳的笑也是真的。」

聽得這話，花向晚語調冷靜：「走不到頭的路，我不走。」

「人一輩子，沒有誰的路能走到頭。」沈逸塵走上前，輕輕挽過她的髮，凝視著她：「活一日是一日，不要苛求。」

「那是你。」花向晚搖頭，「不是我。」

兩人不再說話，沈逸塵知道他勸不了更多，他垂下眼眸，落在她的衣服上，「裙子很漂亮。」

花向晚聞言，終於笑起來：「你喜歡就好。休息吧。」

說著，她推開門，走出房外。

冷風從不遠處吹來，讓她清醒許多。

她感覺心上破了個窟窿，冷風吹進來，她覺得疼，可這傷口太久了，久到結痂，腐爛，於是這種痛苦麻麻地傳遍全身，甚至讓她覺得是一種習慣。

她在長廊站了一會兒，回到自己房間，房間裡空蕩蕩的，平時謝長寂都會在這裡等著，可今日安安靜靜，便顯得房間異常空曠。

她坐到床邊腳踏上，靠著床身，屈膝環抱住自己。

周邊太安靜，好像人被溺在水裡，無法呼吸，也無法呼救。

她獨身坐在空曠的房間，好久後，聽見開門聲。

她靜靜看著地面，旁邊有人悄無聲息而來，坐到她身邊。

他什麼都不說，好像不存在，可他的溫度，他的氣息，又提醒著，有個人在她身側。

兩人靜默無聲，過了一會兒，她輕聲開口：「謝長寂。」

「嗯。」

「我有點難受。」

「你可以和我說話。」

「說給你聽，」聽到這話，花向晚笑笑，「又有什麼用？」

說著，她仰起頭：「死了的人不會活，過去的事不會改。」

她轉頭看向旁邊少年：「你又能做什麼呢？」

他能為她做什麼呢？

已經發生的他不能逆轉，他只能眼睜睜看著她在苦海掙扎沉淪。

哪怕他跟隨著她跋涉而下，可這個人所受的折磨，苦難，卻不會減少一分。

他一生受過無數安慰，她死的時候，問心劍一脈近絕的時候，天劍宗被困的時候，昆虛子、掌門……無數人上前安慰過他。

「長寂，你不要難過。」

可該疼的還是疼，無法入眠還是無法入眠，痛苦還是痛苦，不會改變半分。

他還要應對著這些人情往來，平靜地告訴他們：「多謝關心。」

後來所有人都傳，他問心劍已至璞境，猶如天道看世，不必擔憂，也就不必上心。

投注在他身上的感情都會付諸東流，他不會回應。

問心劍一脈之外，除了昆虛子，於天劍宗而言，他不是一個人，只是一把劍。

可他知道自己這把劍，日日夜夜，所受著的折磨。

痛苦和不安逼著他前往異界，逼著他殺戮，逼著他每日一粒絕情丹，將問心劍修下去。

他曾經想過，只要問心劍修到真正的道成，他就不會痛苦，可最終卻明白。

他永遠不會道成。

如今聽她問這一句「能做什麼」，他說不出話。

他轉過異常蒼白的臉去看她，方才靈力暴動在他身上留下細密的傷口，哪怕只是轉頭看她這樣輕微的動作，都異常疼痛。

他腦海中回憶過他人生所有見過的、讓他人喜歡、他人開心的片段，回憶著所有她關注、她笑的時光。

「沒有人教過你要怎麼討女人歡心嗎？」狐眠的聲音響起來。

「妳想要我討妳歡心?」他平靜詢問。

花向晚聽到這話,便覺詭異:「你還會討人歡心?」

謝長寂點頭,只道:「我在學。」

說著,他便站了身來。

這時她才發現,他一直沒有穿鞋,赤足行走來去,提步走到屋中,隨後從乾坤袋中拿出一把小扇,擺出舞姿的起式,將摺扇放在臉邊,輕輕側臉過去。

「你……」

花向晚還沒說完,就看他安靜地動作起來。

他學著過往在小倌館看過的那些人跳過的舞,每一個動作都精準複製,像是上天造出的一隻精緻玩偶,平靜地完成每一個動作。

他甚至連表情都在模擬,唯獨那一雙眼睛,卻始終帶著一種看透人世的通透澄澈。

其實這都不該他做的事。

他本是沒有七情六欲的神佛,隔岸觀情,似是而非。如今懵懵懂懂入了紅塵,他不懂如何寬慰,不曉怎樣談情,只能是別人說什麼,他便學什麼。

他學會彎起嘴角,摺扇挪過眼眸,眼波橫轉,欲語還休。

他學會搖頭晃腦挪著碎步退開,好像是與人爭執。

他清清冷冷的語調,音調準確無誤唱出每一句唱詞,蘭花指翻轉,還能看到朵朵金色蘭花在他指尖綻放又如沙而落。

百年修為化作把戲，握劍手執扇，一身劍骨折腰。

期初她本想叫住他，可看著他認真的神色，她意識到，他是在哄她。

謝長寂不識人情，不知愛恨，他連「喜歡」，都不能真正表達。

可他卻努力學著哄她。

這是過去謝長寂從來不會做的事，他洞察世事，聰明絕頂，可他是神。

而此時此刻，他是她一個人的謝長寂。

花向晚靜靜看著，挪不開目光，她像舞臺下唯一的觀眾，在光影婆娑間，環抱著自己，認認真真看著臺上那人用盡心血演出的一場獨角戲。

她不說話，他就不停。

每一個動作都帶著傷口細細密密的疼，血從衣衫悄無聲息流出，黑夜讓所有顏色變得黯淡，根本分不出那是血色，還是衣衫原本的花色。

花向晚看著這個人笨拙的努力，目光變得溫和。

她終於覺得有人拉著她，努力拖著她從水底往上，她可以不想，不聽，不看，把所有目光停在面前人身上。

等了好久，她聽出他聲音有些啞，她終於開口：「別唱了。」

謝長寂動作一頓，他轉過頭來，目光平靜地看著她。

「我高興了。」

她開口，謝長寂目光裡似乎帶著些許歡喜。

她仰頭看著不遠處的人，朝他招了招手：「謝長寂，你過來。」

謝長寂聽著她的話，走到她面前。

他半蹲下身，單膝落地，跪在她身前，平視著她。

花向晚注視著面前青年的面容，那一瞬間，她突然特別感激，這是一個誰都不記得的幻境。

「謝長寂，」她溫和出聲，「其實你不是我弟弟。」

謝長寂聽著她的話，目光溫柔：「那我是誰？」

「你是我喜歡過的人。」她垂下眼眸：「我喜歡過你，可你不喜歡我。那時候我年紀小，有很多人我沒珍惜，後來沈逸塵死了，合歡宮傾覆，我只有一個人，我要做一件很重要的事，這時候你回來了。」

「所以呢？」謝長寂平靜詢問，「妳想要我做什麼？」

花向晚不說話，她聽著他的聲音，莫名有些眼酸。

「謝長寂，」她抬起頭，帶了幾分期盼看著他，「你說，如果逸塵沒死，合歡宮沒有出事，你跟著我回了西境，會是什麼樣子？」

謝長寂聽著她的假設，沒有說話。

花向晚想他是聽不懂的。

他沒有記憶，一切都是尋著本能。

那些舞姿、那些小調，大概都是如同他的修為、他用的劍法、他寫的字一樣刻在他腦子裡的東西。

可她經歷過的，卻是他所不知。

哪怕她告訴他，未來合歡宮傾覆，沈逸塵會死，他卻還是很難明白，這到底意味著什麼。

而謝長寂聽著這話，神色平穩。

如果沈逸塵沒有死。

如果合歡宮沒有覆滅。

如果他謝長寂不是問心劍唯一的傳人。

這時候，他們相遇——

聽著這個假設，他忍不住笑起來。

「我會愛妳。」

他毫不猶豫。

他不知道花向晚會不會愛上不修問心劍的謝長寂。

可謝長寂，一定會愛上花向晚。

第二十六章 人間歡

聽到這話，花向晚愣了愣。

他的目光平靜，堅定如出鞘利劍，萬摧不折。

從她認識他，她就知道，他是一個像劍一樣的人。

他知道自己要什麼，也知道自己做什麼，他的感情難得，但得到了，便如磐石，如長劍，不可摧轉。

這樣的感情，於她而言有著致命的吸引力。

他像上天賜予她的一份禮物，引誘她，一步一步踏入萬劫不復。

他會愛她。

她不是一個人。

這是只有她一個人記得的幻境。

而在這裡，無論她說什麼，做什麼，面前這個人都不會記得。

等出去，她還是花少主，他也依舊是清衡上君。

有什麼在心中響起，這樣的念頭，讓她忍不住微微俯身上前，她停在謝長寂面前，看著少年平靜又深沉的目光，低啞出聲：「你知道嗎，其實我很自私的人。」

「我給不了你同樣的感情。」她抬手，拂過他的眉眼。

「也給不了你任何許諾，任何未來。」她指尖一路下滑到他胸口。

「我狹隘，我卑劣，我心裡放著很多人、很多事，你在我心中微不足道——」她抬眼，看著他似乎早已知曉一切的眼睛，「可我貪念你愛我。」

「我知道。」謝長寂平靜出聲，他抬手握住她的手，他突然發現，這句話沒有那麼難。

他失憶那段時光，她一遍一遍教導他，他明白喜歡與愛，明白討厭與憎惡。

過去從來沒有人告訴過他，那些紛亂又遙遠的情緒要怎麼表達，而花向晚教會他。

他認真地看著花向晚，平穩開口：「我愛妳。」

花向晚聽著，她低下頭，忍不住有些想笑。

如果謝長寂記得所有，他說不出這句話。

可她知足，她抿起唇，垂眸應聲：「嗯。」

「以後，妳喜歡的，我都可以學。」他注視著她的眉眼，說得認真，「我學東西很快，只是我不知道該做什麼。」

「我知道。」

這一點她從來清楚。

從認識他，她就知道，他對這世間有著超常的敏銳聰慧，他明白所有人想什麼，能精準察覺對方情緒善惡，可偏生，他不能理解。

他知道所有人看小倌跳舞會高興，知道這是討人高興的手段，卻很難理解那些人真正高興的理由，也就很難明白該在什麼場合，去跳這支舞。

天劍宗培養對世情如白紙的他，他好像什麼都懂，可其實什麼都不懂。

他是最接近天道的人，所謂天道，就是漠然觀察這世人愛恨，甚至能推斷這些人因果未來，卻永遠不會真正體會愛恨。

他能為她做到這裡，已很是不易。

「我不需要你學什麼，」她伸手覆在他臉上，「你若想讓我高興，我教你。」

謝長寂認真看著她。

花向晚抿唇笑起來，湊到他耳邊，壓低聲：「叫姐姐。」

謝長寂一愣，他扭頭看她，見她帶著幾分占便宜一般的神情，他看了一會兒，便知她是玩笑。

「睡吧。」

他輕笑，像抱個孩子一樣，雙手扶著她的腰，將她舉起放在床上。

「我去洗漱，妳先睡。」他說著，便起身往淨室走去。

花向晚這才注意到，他衣衫上隱約的紅點，她叫住他：「你衣服上是什麼？你受傷了？」

謝長寂聽到這話，低頭看向衣衫，見到血浸出來，他鎮定搖頭，解釋：「衣服上有梅花。」

「哦。」花向晚不疑有他，謝長寂轉身走進淨室。

他脫下衣衫，抬起手，看著手臂上細細密密的傷口。

靈力暴動所造成的傷口不易癒合，可他不想讓花向晚看出來。

他催動靈力，等靈力幾乎耗盡，他身上傷口才終於修復。

他放下心來，把衣服銷毀，簡單清洗之後，才走了回去。

花向晚已經睡下，他走到床邊，坐在一側靜靜看著花向晚的側顏。

其實她不希望他記起來。

他知道。

她想要的，是什麼都不記得，十七歲的謝長寂。

謝長寂垂下眼眸，過了好久，他才上床，將她抱在懷中。

「我愛妳。」

他低低的又說了一遍，他細緻體會過這每一個字，感受著情緒流動在他的心臟，他的血液裡。

花向晚有些疲憊，等到第二日醒來，發現屋裡已經打掃乾淨。

花向晚打著哈欠起身，走出房間，便見狐眠和秦憫生坐在庭院裡。

狐眠給秦憫生餵著吃的，滿臉體貼：「來，張嘴，啊——」

秦憫生微微皺眉，似是不喜，只道：「我自己能行。」

「給我個照顧的機會嘛，」狐眠打過他想搶碗的手，「來，啊——」

花向晚看著這個場景，斜靠在一旁，看他們膩歪。

「來人了。」秦憫生雖然看不見，但察覺到花向晚的存在，紅了臉，訓斥狐眠，「妳要點臉。」

「哦，你嫌棄我了。」狐眠一聽這話，便撅起嘴來，「你得到了我，就不珍惜……」

「狐眠！」秦憫生見她越說越沒譜，趕緊打斷她：「別胡說八道，餵飯！」

「晚晚。」

花向晚正看得津津有味，旁邊突然傳來謝長寂的聲音，她回過頭，就看謝長寂端著東西過來。

他和之前好似沒什麼太大的不同，只是稱呼從「姐姐」變成了「晚晚」，她挑了挑眉，就看他端著一盤子餐點：「今天買了豆漿、油條、包子、蝦餃、紅棗糕，還煮了麵，」說著，他抬起頭，「妳想吃什麼？」

「謝長寂，」聽到謝長寂的話，狐眠突然反應過來，豁然回頭，頗為震驚，「你準備了這麼多，就給我一碗雞蛋羹？」

「我又不是廚子，妳想吃可以自己煮。」謝長寂說得理直氣壯，「或者等晚晚挑剩了也行。」

「晚秋妳看看妳養的狼崽子！」狐眠聽謝長寂的話，立刻抬頭看向花向晚，「妳管不管了？」

「管啊。」花向晚抓了個包子，咬了一口，含糊出聲：「你們病人隨便吃吃就行了，吃太多不好。」

說著，花向晚轉頭看謝長寂：「沈公子醒了嗎？」

「醒了，在飯廳等著。」

「那過去吧。」

花向晚說著，移步走到飯廳。

沈逸塵早早等在那裡，正低頭看著信件。

他氣色看上去好上許多，見花向晚和謝長寂走過來，他笑了笑，將信件收到袖中：「來了？」

「沈公子好些了嗎？」

花向晚坐到沈逸塵對面，謝長寂將吃的放到桌上，坐在兩人中間。

沈逸塵聽著花向晚問話，笑起來：「一點小傷，昨夜已休養好了。」

「巫媚那混帳玩意兒，」狐眠聽著他們說著話，拉著秦憫生走了進來，她一說起這事兒，面上便帶著幾分怒，往桌邊一坐，「欺負到你頭上，我早晚端了他們巫蠱宗！」

「師姐，不可如此胡說，」沈逸塵聽狐眠的話，搖頭勸阻，「巫媚是巫媚，巫蠱宗是巫蠱宗，如此說話，怕惹禍事。」

「禍事？有本事他們就來找我。」

狐眠冷笑：「現下他們明擺著是要給合歡宮設套，我還怕禍事？回去找宮主說明此事，宮主才要他們完蛋！」

狐眠罵著人，說著，她想起來：「逸塵你什麼時候出發？」

「明日就得出發了，」沈逸塵笑笑，「不然怕來不及。」

「也是，」狐眠點點頭，「那明天咱們好好吃一頓，給你送行。」

「好。」

幾人商量一番，等吃完飯，狐眠跟合歡宮說明了此次巫蠱宗的消息，接到消息的是玉姑，她得了話，沉吟片刻後，只道：「此事我同宮主商議，妳先不必聲張。」

狐眠對此很是不滿，第二日一行人吃飯，轉頭和花向晚埋怨：「多大點事兒，巫媚傷了咱們的人，直接打上門就是了，還用商議？」

花向晚聽著，她年少時和狐眠一樣，合歡宮強盛，便從未多想，向來張狂，口無遮攔。

可如今聽著這些話，她已經明白了玉姑的顧慮。

她低頭給狐眠倒酒，溫和道：「巫媚傷了沈公子，但也殺了一個人抵罪，她畢竟是巫蠱宗右使，沈公子雖然在合歡宮與我們感情深厚，但只是客卿，合歡宮若強行去鬧，情理上說不過去，旁人看了未免覺得仗勢欺人。」

傷一個客卿，殺一人抵命。

合歡宮本就樹敵眾多，若她沒記錯，此時，她母親應該已經推算出自己快要渡劫，合歡宮是該修生養息了。

可這些狐眠想不明白，她只皺起眉頭：「你哪兒學會搞這些彎彎道道？她就是故意殺那人給咱們看，人命在巫蠱宗重要嗎？說不過去就說不過去，修真界強者為尊，不服打過。」

「晚秋師姐說得不無道理。」沈逸塵在一旁聽著，終於開口：「師姐，妳收斂些。」

「好好好，」狐眠見眾人都說她，趕緊抬手，「我錯了，別說了，趕緊喝酒。喝完了你就雲萊找阿晚，」狐眠用一隻眼瞪他一眼，「別給我添堵。」

沈逸塵笑笑不說話，狐眠舉起杯子：「來來來，大家一起喝。」

五個人一起舉杯，吃吃喝喝到了黃昏，狐眠看了看天色：「哎喲，時間差不多了吧，逸塵，你夜裡行船不要緊吧？」

「我行船，」沈逸塵眼裡帶著幾分笑，「放心。」

狐眠不知沈逸塵的身分，可鮫人行船，哪裡能有什麼不放心？水才是他們的故鄉，他們連船都不需要。

「走吧走吧，」狐眠站起來，「我們去碼頭送你。」

說著，大家一起起身，狐眠去給了錢，領著眾人一起往前走。

她掛在秦憫生身上，兩個人高高興興走在前面，沈逸塵遲疑片刻，抬眼看向謝長寂：「我想同晚秋師姐說幾句話。」

謝長寂動作一頓，他看了花向晚一眼，見花向晚點頭，他才出聲：「好。」

他遲了幾步，遠遠跟在後面，花向晚和沈逸塵並行，沈逸塵平靜道：「我去了雲萊，妳高興嗎？」

「高興。」花向晚應聲，沈逸塵點點頭。

他回頭看了身後遠遠跟著的謝長寂一眼，又回頭看她：「妳同他是怎麼說的？」

「實話實說。」花向晚看著周邊夜市架起，雙手背在身後：「我希望他在我身邊陪著我，像什麼都沒發生，可我不能給他相應的感情。」

「阿晚……」

「我知道這不公平，但我就任性這一次。」花向晚轉頭輕笑：「反正他出了這裡，就不會記得，沒什麼影響。」

「妳到底在做什麼？」沈逸塵不明白。

花向晚沉默，過了一會兒後，她慢慢開口：「我具體做什麼不能告訴你，但我能告訴你的是——」

她揚起笑容：「未來見。」

和一個死人說未來相見。

要麼是死而復生，要麼是黃泉相逢。

沈逸塵說不出話，花向晚倒是很高興：「你不必擔心，我不是小時候，我知道我要什麼，做什麼，不必擔心。」

說著，一行人到了碼頭，狐眠和秦憫生挽著手回頭，狐眠對著沈逸塵大喊：「逸塵，走了。」

沈逸塵低頭看著花向晚，好久，才問：「接下來會發生什麼？」

「半年後，我會回到合歡宮，一月後，母親渡劫失敗，合歡宮覆滅。」

「但這次不一樣，」花向晚抬起頭，希望他寬心，「這一次，謝長寂在。」

沈逸塵不說話，他似乎是有些難過。

「阿晚，」他開口，只道，「我走得太早了。」

花向晚愣了愣，沈逸塵伸出手，他輕輕抱了抱她，隨後什麼都沒說，轉身離開。

花向晚遙送著他的背影，看他上了那條不會回來的船，謝長寂悄無聲息站到她身邊，從身後將她抱在懷中。

狐眠和秦憫生送走沈逸塵，這才打轉回來，她喝了酒，頗有興致，回來便通知花向晚：「我和憫生去逛逛街，你們呢？」

「我跟著妳啊。」花向晚挑眉：「想甩下我？」

「嘖。」狐眠頗為嫌棄：「想逛就逛，走吧。」

說著，狐眠挽著秦憫生，轉身走向長街。

兩人說說笑笑，秦憫生笑容不多，但是一直在聽狐眠說話，花向晚遠遠看著，莫名有些嫉妒。

她回頭看了旁邊的謝長寂一眼，想了想，伸手挽在謝長寂手上。

謝長寂一愣，就看花向晚挑眉：「不讓挽？」

「沒有，」謝長寂很快反應，他笑起來，流利地說著自己的情緒，「我很高興。」

這是花向晚教給十七歲謝長寂的。

花向晚靠在謝長寂身上，不遠不近跟著狐眠和秦憫生。

謝長寂在燈火下轉頭看她，想了想，終於問：「沈逸塵和妳說什麼？」

「沒什麼，就問了一下之後會發生的事。」

「之後？」

謝長寂一問，花向晚才想起來，她似乎沒有仔細和謝長寂說過現在的情況。

於是她將他們怎麼入畫說得清清楚楚，謝長寂靜靜聽著，等她說完，他似是疑惑：「我為什麼會跟著妳入畫呢？」

「呃……」花向晚遲疑著，想著到底要不要騙謝長寂。

謝長寂觀察著她神色，繼續追問：「妳之前說我是妳弟弟，又說不是，妳說我曾是妳喜歡的人，在妳做一件重要之事回來，妳重要之事是什麼，我又到底是妳的誰？」

「此事……說來話長。」花向晚掙扎著，看著一臉認真求問的謝長寂，有些不忍欺騙，只能老實作答：「簡而言之……你我在入畫之時，名義上算夫妻。」

「夫妻？」謝長寂似是疑惑：「妳我成親了？」

花向晚點頭，心虛開口：「啊，成親了，但實質上咱們應算是交易。那沈逸塵剛才就是和我聊了聊以後，」花向晚趕緊拉回話題，頗為嚴肅，「有個事我得提前通知你。」

「什麼事？」

「其實，我不是晚秋。」花向晚說得認真，謝長寂點了點頭，認真聽著花向晚報出自己真實身分：「我是合歡宮少主，花向晚。」

「如此。」謝長寂似是思索：「那與現在有何干係？」

「所以半年後，我會以少主身分回合歡宮，到時候你不要太驚訝。」

「好。」

花向晚見話題成功繞開，舒了口氣，她抬起頭，看著不遠處的狐眠。

秦憫生似乎是給她買了根髮簪，青年認認真真將髮簪插入她髮髻，狐眠面上帶笑，仰頭說著什麼。

秦憫生面上帶笑，這時不遠處不知是誰放棄煙花，衝天而起，在天空豔麗綻開。

所有人仰頭看煙花，這時秦憫生卻低下頭，吻在狐眠唇上。

狐眠愣了片刻，隨後伸出手，挽住秦憫生脖子。

花向晚遙遙看著，她不知道為什麼，那一刻，她居然有些羨慕。

她的人生算不上平坦，有諸多羨慕他人之事，她早已習慣。

然而在煙花一朵一朵炸開之間，她突然聽人叫她：「晚晚。」

她茫然回頭，就看少年低下頭，輕輕吻在她唇上。

她看著遠處煙花盛放，聽著有人高喊著：「高少爺向裴娘子獻禮——」

她感覺少年溫柔如細雨，澆灌在她枯竭的內心，讓她忍不住閉上眼睛。

她伸手環住他的脖子，踮起腳尖。

謝長寂感覺她的回應，伸手摟在她腰間，加深了這個吻。

等煙花盡散，花向晚幾乎是掛在他身上，她輕輕喘息著，聽他詢問：「我可以再親妳一次嗎？」

花向晚笑起來，她抬眼，只問：「你說呢？」

謝長寂呼吸微頓，片刻後，花向晚只覺冷風微涼，她便到了旁邊小巷。

他將她一把緊緊抱在懷中，迫著她抬頭，又低頭親了下去。

這次他吻得有些急，和幻境、夢境截然不同。

懷中人的觸感如此真實，她的氣息、她的溫度、她與他緊緊相貼的觸感，無一不讓他激動歡喜得發瘋。

周邊人來人往，不遠處車水馬龍，燈火通明。

他們卻在暗處，一次又一次親吻。

他將她壓在牆上，感覺她整個人掛在他身上依靠著他，他感覺整顆心被什麼東西填滿。

她不拒絕、不阻攔，他便有些克制不住。

她整個人軟成一潭春水，根本沒了意識，直到他入侵那一刻，她才驟然驚覺，慌忙出聲：

「結……結界……」

謝長寂沒說話，他們衣衫完整，周邊聲音忽遠忽近。

花向晚抬手想要設置結界，謝長寂卻一把按住她的手。

「謝長寂……」花向晚咬牙，聲音斷斷續續。

謝長寂低頭同她咬著耳朵：「叫哥哥。」

花向晚不說話，謝長寂手滑過她的脊骨，一貫清朗的聲帶著啞：「騙了我的，得還。」

花向晚不出聲，沒一會兒，她眼中帶了水汽，老遠她看見狐眠和秦憫生走過來，她身子巨顫，謝長寂察覺，眼裡帶了笑。

周邊場景瞬間變換，兩人一起倒入床榻。

「放心，」謝長寂壓在她身上，伸手握住她的十指，「結界早就設好了。」

說著，他低頭一路吻過她的脊骨：「我捨不得的，晚晚。」

——《劍尋千山【第一部】劍意尋情》完——

——敬請期待《劍尋千山【第二部】問心之劫》——

高寶書版集團
gobooks.com.tw

YE 079
劍尋千山【第一部】劍意尋情（下卷）

作　　者　墨書白
責任編輯　吳培禎
封面設計　單　宇
內頁排版　賴姵均
企　　劃　何嘉雯

發 行 人　朱凱蕾
出　　版　英屬維京群島商高寶國際有限公司台灣分公司
　　　　　Global Group Holdings, Ltd.
地　　址　台北市內湖區洲子街88號3樓
網　　址　gobooks.com.tw
電　　話　(02) 27992788
電　　郵　readers@gobooks.com.tw（讀者服務部）
傳　　真　出版部(02) 27990909　行銷部 (02) 27993088
郵政劃撥　19394552
戶　　名　英屬維京群島商高寶國際有限公司台灣分公司
發　　行　英屬維京群島商高寶國際有限公司台灣分公司
法律顧問　永然聯合法律事務所
初　　版　2024年07月

本著作物《劍尋千山》，作者：墨書白，由北京晉江原創網絡科技有限公司授權出版。

國家圖書館出版品預行編目(CIP)資料

劍尋千山. 第一部, 劍意尋情/墨書白著. -- 初版. -- 臺北市：英屬維京群島商高寶國際有限公司臺灣分公司, 2024.07
　冊；　公分. --

ISBN 978-626-402-030-5(上冊：平裝). --
ISBN 978-626-402-031-2(下冊：平裝). --
ISBN 978-626-402-032-9(全套：平裝)

857.7　　113009739